エッジ 上

鈴木光司

角川ホラー文庫
17237

エッジ　上

目次

プロローグ

二〇一一年、九月二十五日。

ソーダ・レイク・ロード、カリフォルニア州、USA。

一六六号線を折れて、ソーダ・レイク・ロードに入り、一時間ばかり車を飛ばした頃になって、ハンス・ツィームセンは妙に落ち着かない気分になってきた。バックミラーに視線をやれば、砂塵《さじん》が後方にたなびく様子が映り、右前方の大地の窪《くぼ》みに目をやれば、一面真っ白な塩の粒子に覆われて干上がった湖が見える。周囲に広がるのは典型的なアメリカ西部の砂漠地帯だったが、ドイツ人であるハンスには見慣れぬ不思議な風景と映った。太陽は西の地平に沈みつつあり、起伏の乏しい何の変哲もない大地が、赤茶けて底光りしている。ソーダ・レイク・ロードを走る車は一台も見えない。

……一体ここは地球なのだろうか。

妙に落ち着かないのは、ふと、自分が走っているこの大地が、地球以外の天体のように思えたからだ。地球以外の天体といっても、天体写真でおなじみなのは月と火星の表面ぐらいであった。両者ともこの砂漠以上に乾燥して、生物の痕跡《こんせき》など求むべくもなく、不毛という点では比較にならない。ソーダ・レイク周辺には、樹木の陰に潜むコヨーテや地中に蠢《うごめ》く生命の気配がまだしも感じられる。そのわずかな気配さえ、車を走らせるほど希薄になっていくようで、ハンスは不安を覚えた。

ハンスの横で、妻のクラウディアはさっきから口も開かず、微動だにしなかったが、右前方に干上がった湖が見えてくると、上半身を起こして顔をウインドウに近づけた。

「あれがソーダ・レイク？」

ハンスは即座に首を横に振った。

「いいや、もっと先だ」

クラウディアは、わざとらしく、大きく溜《た》め息をついて黙り込む。

……やれやれ、どうやら機嫌を損ねてしまったようだ。

今日の昼過ぎにロサンゼルス国際空港に到着し、休む間もなく、レンタカーを借りて、砂漠へのドライブに妻を駆り出してしまった。今日のところは、L.A.のホテルにチェックインして、休息を取るべきだったかもしれない。しかし、十日間という限られた日程を考えれば、大都市で無駄に時間を費やすことなく、一刻も早く砂漠地帯へと車を走らせたかった。たぶん、妻の希望は別のところにあったのだろうが……。

ハンスは、妻の関心を風景へと逸《そ》らすため、ひゅーと口笛を吹いて、湖を指差した。

「それにしても、奇妙な湖じゃないか」

このあたりに点在する大小様々の湖は、どれも春から夏にかけて水が完全に干上がって、湖底を太陽に晒《さら》すのだという。しかも、岩塩を水に含んでいるため、干上がった面には塩だけが残って白くなってしまう。ハンスはそのうちの最初に現れた湖を眺めているに過ぎない。この先にはもっと巨大なソーダ・レイクが待ち構えている。

湖を囲む大地は黄土色で全体的にほぼ同色の草に覆われている。山々の頂はゆったりと丸くなり、険しさはなかった。山肌を、ところどころ横に走る地層は、数万年という単位で刻み込まれた年輪に譬《たと》えることができそうだ。

形は微妙に異なっているが、山の高さが同じなのは、頂こそがかつての大地であり、周囲が浸蝕《しんしょく》されて流された結果、突起となって残されたことを意味するのだろうか。それとも平らな大地が隆起した結果、山となったのか。ハンスには、この付近の地質に関する知識はなかった。

ただ、乾燥した荒涼たる大地にできた白い湖を眺めていると、創造主がある意図をもって造ったもののように感じてしまう。湖底に積もった塩は、遠くから眺めると雪のように見え、砂漠の中、ミスマッチで不思議な雰囲気を醸し出してくれる。

ハンス・ツィームセンは、レンタカーのハンドルを握りながら、ほんの一瞬、神々しい気分にさせられた。神の手による造形物としての地球が、連想されてきたからだ。

「ねえ、対向車、一台も来ないじゃない」

クラウディアの一言によって、ハンスは現実に引き戻された。妻のクラウディアは、故郷のフランクフルトではけっして見られない、北米砂漠地帯に特有の風景に見入ることなく、前方にばかり気を取られている。彼女は、ほぼ一車線のソーダ・レイク・ロードから対向車が来るのを、苛立《いらだ》たしげに待ち構えていた。

声に非難の色が含まれるのを感じ取るや、ハンスは湖から目を戻し、アクセルをほんのわずか踏み込んだ。

「そのうち来るさ」

言ったはいいが、ハンス自身、自信が持てなくなっていた。実際、さっきから一台の対向車もなく、バックミラーに他の車のヘッドライトさえ映ることがなかった。

夕方の六時を回り、太陽は地平線のすぐ上を彷徨《さまよ》っている。あと三十分もすれば、地平線の下に吸い込まれてしまうだろう。夕暮れが間近に迫っていることを告げていた。にもかかわらず、今晩の部屋が確保されていないというのは、女性にとっては我慢のならない事態であろう。

今回の北米大陸のドライブ旅行を、行き当たりばったりでモーテルにチェックインする自由気ままな旅にしようと提案したのは、クラウディアのほうだった。彼女は、結婚以前にも似たような旅をしたことがあり、そのときはモーテルが満室であったためしはなく、空室などはいつでもどこでも簡単に手に入るものと思い込んでいた。

ところが、今日に限って、なぜか「満室」のネオンサインを掲げたモーテルばかりが目についた。

直前に通過した街、マリコパのモーテルが満室だったとき、取るべき選択肢はふたつあった。ひとつは、三三号線を北に進んでタフトを目指し、そこで空室を探す手。もうひとつはソーダ・レイクの付近でモーテルを探すという手。

タフトのほうが街の規模は上のようだし、距離も近いから、モーテルの空室が得られる可能性が大きいんじゃない、と説く妻に対して、ハンスは、ソーダ・レイクへの道を勧めたのだった。今回の旅ではどうしてもソーダ・レイクに寄りたかった。妻の言うことをきいて、タフトに向かうことになれば、次の目的地がサンフランシスコ方面なだけに、ソーダ・レイクはパスすることになってしまう。となれば、無理をしてでも、今日のうちに見ておくしかない。

「そんなところにちゃんとしたモーテルがあるの?」

と尋ねる妻に、ハンスは、

「いざとなれば、対向車を止めて、訊《き》いてみるさ」

と答えたのがつい二十分前のことだ。

道路地図だけからでは、街の規模を読み取るのはなかなか難しい。行ってみたはいいが、モーテル等の宿泊施設が何もない場合も考えられる。ハンスは、臨機応変に情報収集して、最善の策を取るからと妻を納得させたのだった。

しかし、ソーダ・レイク・ロードに入って三十分が過ぎたというのに、対向車どころか、同じ道を走る車の一台とも出会わずにいる。しかも、未舗装の悪路がところどころにあり、速度を上げることも、引き返すことも、不可能だった。ソーダ・レイクに空室があるのかどうか、運任せで探すほかなさそうである。

うまくいけばいいが、日がとっぷりと暮れてもまだ右往左往することになると、妻の機嫌が悪くなるのは目に見えている。

野宿という事態に陥ることを思うと、ハンスの心臓はギュッと締め付けられた。妻には熱いシャワーを浴びてほしかったし、ビールと美味《おい》しい夕食を提供したかった。結婚した翌年に出かけたイタリア旅行では、手違いでまともな夕食が取れなかった日が一晩だけあった。そのせいで、妻の機嫌が悪くなり、せっかくの旅行が台無しになってしまったことがある。

自分とは不釣り合いに美しい妻を持った男の常として、ハンスはいつも、妻の揺れ動く心模様を気にかけていた。普通以上のサラリーを得て、何不自由のない生活をさせているにもかかわらず、クラウディアはちょっとしたミスを見逃さずに難癖をつけ、そのまま黙り込む癖があった。失地回復しようとすれば、犯したミスの数十倍の労力が必要とされるのを、ハンスは、四年間の結婚生活で知り尽くしている。

人々がバカンスに出かける八月は、夏休みを返上して働き、九月になってからまとめて休みを取り、かねてからの念願であったアメリカへのドライブ旅行にやって来たのだ。時間をかけた分だけ、ふたりの絆《きずな》をより深めたいと思う。夫婦仲を悪くするために、大金をつかって、十日間ものドライブに出るわけではない。旅行中には子どもができやすいという言い伝えを信じて、できれば授かりものを得たいという目論見《もくろみ》もあった。

そのためにも、熱いシャワーと冷たいビール、そして快適なベッドが必須《ひっす》条件である。三つそろえば、妻の苛立ちはとりあえず収まるだろう。野宿という状況だけは是が非でも回避したい。第一、危険過ぎる。旅行前に読んだガイドブックでも、絶対避けるべきもののナンバー・ワンとして、野宿が挙げられていた。

……早め早めにモーテルを予約しながらドライブをすべし。

ガイドブックにアドバイスがあったにもかかわらず、従うことができなかった。

時間と共に、闇はゆっくりと舞い降り、闇の深さに比例してハンスのプレッシャーは増していった。

夜の六時半を過ぎ、西の地平線に太陽が沈み込もうとしている。五八号線に出さえすれば、必ずモーテルは見つかるはずだった。しかし、肝心の、その手前にあるはずのソーダ・レイクがまだ現れない。

楽しみにしていたスポットにもかかわらず、暮れなずむ夕闇の中でしか、乾いた湖の風景を味わうことができそうもなかった。

谷底のほうに、夕日を鮮やかに照り返して赤く染まる大地の一部が見え、それがソーダ・レイクに違いないと思ったとき、同時にハンスは、対向車線に停止している一台の車を目にした。ソーダ・レイク・ロードに入って以降、初めて見る車である。

車は、ポンティアックの四ドアセダンで、車体は明るいレッド、ルームライトが小さく灯《とも》り、ヘッドライトは消えたままだった。

ソーダ・レイクに到達してから、対向車のドライバーから情報を得る意味はあまりなかった。そんなことをしている暇があったら、先に進んで、直接モーテルを当たったほうがいい。

ところが、ハンスは、無意識のうちに車を路肩に寄せ、停止させていた。初めて対向車と出会い、ほっとすると同時に、「おやっ」と、小さな異変を感じ取っていた。

……何かが変だ。

奇妙な雰囲気への好奇心は、女よりも男のほうが強いようだ。

車が完全に停止すると同時に、クラウディアが小さな叫びを上げた。

「ねえ、どうするつもり?」

ハンスはサイドブレーキを引きながら、答えた。

「車が停まっている」

「そんなの、見ればわかるわよ」

「ちょっと訊いて来ようかと思うんだが」

赤いポンティアックは、何か小さな用事があって、一時停止したかのように見えた。

「訊くって、なにを?」

「この先にモーテルがあるかどうか。あるいは空室があるかどうか」

「そんなことしている間に、先に進んだほうがいいんじゃない」

妻はそう言うのだが、ハンスは無性に気になってならない。

「ちょっと見てくるだけだから。君はここで待っていてくれ」

妻を助手席に残し、ハンスは車から降りて路面に立った。左右を確認するまでもなく、通行する車両は一台もない。ハンスは、道路を横切り、さらに十メートルほど北に歩いて、ポンティアックに近づいていった。

ルームライトが灯ったままになっているせいで、遠くからでも、車両の中の様子がうかがえるのだが、フロントシートとリアシートに人間の姿がないように見えた。そこでハンスは、ついさっき何かが変だと感じた原因がここにあったことに、気付いた。車中に、人の気配がないのだ。

……たぶん、車体の陰に隠れるようにして、ドライバーが小便でもしているのだろう。

しかし、ポンティアックの裏側に回り込んでも、ハンスが人影を発見することはなかった。

ポンティアックは、傾斜した路肩が土に飲み込まれた先に停められていた。車輪の四つともが、完全に道路からはずれて砂漠の上にあった。

助手席側のドアが一枚小さく開いたままになっていた。ルームライトが点《つ》いているのは、そのせいだ。赤い地平線に縁取られた大地に遮蔽物《しゃへいぶつ》はまったくなかった。砂漠性の植物といえば草だけで、サボテンの類《たぐ》いも生えていなかった。

ハンスは、砂漠に向かって数歩進んだところで、地平線に向かって、声を張り上げた。

「すみません！」

返事はなく、代わりに、はるか遠くからコヨーテらしき動物の鳴き声が聞こえた。

鳴き声が止んで静寂に包まれた瞬間、背後からギターの音色がクローズアップされてきた。さらに、ギターを伴奏に歌う女性の声……。開け放たれた車のドアから、古いカントリーアンドウェスタンが流れている。どうもカーラジオがオンのままになっていたようだ。ハスキーなボーカルが、戦地にいる恋人を裏切って別の男と結婚することになった女心を、切々と歌っていた。

「こんなことを言うのは嫌だけれど。でも、今夜こそは言わなくちゃ。今さら、もう遅いわ。わたしは、あなたじゃない人と結婚するの」

ハンスは、女性の歌声に導かれ、振り返った。たった今、ラジオのスイッチがオンになって、歌が始まったように感じられたのだが、そんなことは有り得ない。

……車内にはだれもいないじゃないか。たぶん、風景の中に人を探すのに気を取られ、背後の音に気づかなかっただけだろう。

カーラジオはさっきからオンのままであったと、解釈するほかなかった。

開け放たれたドアから運転席を見ると、イグニッションにキィが差し込まれ、車体は細かく振動していた。エンジンもラジオもつけっ放しで、ドアは開けられ、しかし、車内に人はだれもいない。状況はそう語っていた。

ハンスはさらに観察した。助手席には女ものカーディガンとハンドバッグが置かれ、コンソールボックス横のカップホルダーには、プルリングの引かれたコーラが二缶おさまっている。煙草臭さはなく、代わりにミルクの匂いがした。リアシートに設置されたチャイルドシートがその原因のようだ。ついさっきまで、ここに幼い子どもが座っていたのは明らかだ。ふんわりとしたタオルと一緒に、マグカップが放置され、リアシート全体から乳臭さが匂いたっている。マグカップの中身はミルクだろうけれど、半分程が、残ったままになっていた。

常識的に考えれば、この車に乗っていたのは三人か四人の人間に違いない。ドライバー、助手席の女性、チャイルドシートの乳児、それ以上のキャパシティはひとりだけだ。

しかし、彼らはどこに行ってしまったのだろう。ついさっきまで、ここにいたという痕《こん》跡《せき》を残して、三人から四人の人間は皆姿を消してしまっている。

ハンスは、ドアの隙間から突っ込んでいた頭を戻し、完全に陽の沈もうとする地平線に、顔を巡らした。やはり人の気配はまるでない。時間が逆戻りしたかのように、さっきよりも、地平線付近の赤みが増したような気がした。

今回のドライブ旅行に発《た》つ前、ハンスは、現代のアメリカに流布する都市伝説をいくつか読んだことがあり、その中のひとつが脳裏に甦《よみがえ》ってきた。

口承で伝えられる短い物語は、実際にあったこととして、若い世代の口から耳へと伝播《でんぱ》し、微妙にバリエーションを変えていくのだが、どの話にも必ず原型となるものがある。

ハンスが思い出したのは、その中のひとつだった。

……同じ学校の友人から聞いた話なんだけどさ。いや、これ、実際にあったことなんだ。

その友人の父さんがね、車でハイウェイを走っていて、場所はそう、ビッグ・パインとオアシスを結ぶ一六八号線だった。時間は夕刻。街と街の間に民家もなければ、ハイウェイを走る車の影はまったくない。友人の父さんは、退屈そうにハンドルを握っていたんだ。すると彼、反対側の車線の路肩をとぼとぼと歩く三人の家族を発見した。周囲はまったく何もない砂漠地帯だぜ。男と、小さな子を抱えた女の三人連れが、ハイウェイを歩いているんだ。男と女は茫然《ぼうぜん》自失といった顔つきで、男は、なぜか、ギュッと握りつぶされたコーラの缶を、手に持ったままだった。

友人の父さんは、そこでスピードを落とした。三人がヒッチハイクをすると思ったからさ。だって、それ以外に、こんなところを歩いて何をしようってんだ。第一、三人はどこからやって来たんだ。

ところが、三人とも彼の車には見向きもせず、まっすぐ前を見て歩き続け、ヒッチハイクの意思を微塵《みじん》も見せない。友人の父さんは、変だなと思いつつも、そのまま行き過ぎてしまった。ところが、二マイルほど行ったところで、やはりどうしても気にかかるからと、Uターンして引き返してきたんだ。少なくとも声ぐらいかけるべきだろう。なぜこんなところを歩いているのか理由を訊《き》いて、手助けを必要としているなら、こちらから手を差し伸べるべきだと思い直したんだ。急いでいるわけでもないし、少しぐらい遠回りしてもいいかなってね。

ところが戻っても、例の三人連れが発見できないんだ。そんなはずはない。彼らはほんの二、三分前まで、路肩をとぼとぼ歩いていた。平らな大地を横切るハイウェイの真ん中で、一体、どこに行ってしまったというのか。彼はさらに二マイルばかり進んで、諦《あきら》めて引き返し、もっと注意深く捜した。しかし、三人連れはどこにもいない。彼らは忽然《こつぜん》と姿を消してしまったんだ。そうして、最初に彼らの姿を見た地点から五マイルほど先に進んだあたりで、友人の父さんは、横転してルーフを路面に接地させたセダンを発見した。タイヤがスリップした跡が黒々と路面に残り、車は原形をとどめないほど激しくクラッシュしていた。破壊されたラジエーターからは水蒸気が立ち上り、流れ出る血液のように、オイルが黒く路面を這《は》っていた。上下逆さまになって押し潰《つぶ》された運転席の窓は、半分ほど開いていて、そこからはぐにゃりと男の手が伸びていた。その手には、赤い缶コーラが握られ、おいでおいでと手招きするように揺れていた。

バリエーションが異なるとはいえ、ハンスは、この種の話を何度か本で読んだことがある。ハイウェイを彷徨《さまよ》う親子連れの幽霊……。

ハンスが今、実際に目の当たりにしている光景は、これとは異なっている。少し前まで、ポンティアックに数人が乗車していた痕跡があるにもかかわらず、その姿が砂漠に飲み込まれるようにして消えてしまったのだ。彼の頭に浮かぶのは、むしろ、大洋を彷徨う幽霊船のイメージだ。

一方は大海原、こちらは荒涼とした北米砂漠地帯。舞台は違えども、共通しているのは、ついさっきまでそこに居たという痕跡を残して、数名の人間が忽然と姿を消していることだ。

……それとも。

ハンスは、もっと単純な理由があるのだろうかと、考え直した。たとえば、車の調子が悪くなり、路肩に寄せて停止させたところ、運良く対向車が通りかかり、車に乗っていた人々は、取るものもとりあえずヒッチハイクして五八号線に引き返したという可能性だって有り得る。

たぶん、そんなところかもしれないと、架空の説明で納得しかけたとき、ハンスは柑橘《かんきつ》系の香りを鼻孔に受けた。レモンに似た、はじけるような刺激が、つんと鼻をついてきたのだ。

……砂漠に生える植物が匂いの源なのだろうか。

それにしてはやけにみずみずしく、さわやかだ。ハンスは、鼻をひくつかせながら両目を閉じ、深呼吸をする。

気のせいなのだろうか。大地がほんのわずか振動したような気がした。いや、揺れたというより、ざわざわと足下が泡立った感じだ。地下鉄の通風孔の上に立っていると、ねっとりと温《ぬる》い空気が下から吹き上がってくることがあるが、それとよく似ている。

ショートパンツとTシャツというラフな恰好《かっこう》をしていたハンスは、皮膚の多くを空気に晒《さら》していた。風は、すね毛を撫《な》で上げて、Tシャツの裾《すそ》を翻しながら、背中からうなじへと上った。ハンスは一歩二歩と後退《あとずさ》りした。

見上げるまでもなく、空には雲ひとつなかった。普通の風の吹き方ではなかった。その場だけ、突如、地面から吹き上がるような、局地的な風だった。

ハンスは、弾《はじ》かれるようにその場を離れ、自分の車へと駆け戻った。車を停止させ、ポンティアックの偵察に出かけて、一分もたっていなかったが、彼にはその数倍の時間が過ぎたように感じられる。

運転席のドアを開けてシートに滑り込み、サイドブレーキを戻しながら、ハンスは妻に向かって言った。

「さ、行こう」

しかし、返事はない。助手席に目をやるまでもなかった。まっすぐ前に顔を向けた姿勢のままでもわかる。

助手席に妻の姿がないのだ。

ハンスは、

「クラウディア！」

と、悲鳴に近い声を上げ、身体を硬直させた。妻はどこに行ってしまったのか……。自ら車を出て、全力で走ったとしても、行ける範囲は限られている。道の両側とも、山の裾野まで、数マイルという距離で、遮蔽物《しゃへいぶつ》のない平らな大地が広がっている。左右に視線を振ったところで、そんな中に妻の姿をとらえることはできなかった。

消えたことに対する恐怖以上に、背後から迫る、得体の知れない気配に神経が集中されていった。これまでにまったく経験したことのない雰囲気。うなじのあたりが総毛立ってくる。助手席にいたはずの妻が、リアシートに潜んで驚かそうとしているのではない。断じてそんな単純なことではない。凝縮された闇が、ゆったりと、生暖かな呼吸を繰り返すように、リアシートの隙間を漂っている。コンソールボックスの上部を渡って、空気の移動があった。エアコンの吹き出し口からではなく、背後から迫ってくる、ゆっくりとしたリズムを持った呼吸……。

「クラ……」

妻の名前を呼ぼうとして、ハンスの声は途中で詰まった。ルームミラーにリアシートの一部が映っているはずだったが、ハンスは見る勇気がなかった。もちろん、何もいないことはわかりきっている。しかし、この事態は一体なんだ。どうすべきなのか思いつかない。車のドアを開けて外に転がり出るべきか、それともアクセルを踏んでこの場から走り去るべきか。

金縛りにあったように、ハンスはシートから動くことができなかった。ついで襲ってくる呼吸困難。息を吸おうとして噎《む》せ、咳《せ》き込むと同時に、涙が溢《あふ》れてくる。ほんの二、三分で、世界は一挙に狂ってしまったのだろうか。しかし、何がどう変なのかさえわからない。谷間を縁取るソーダ・レイクの湖面が、ますます赤みを増してゆく。

湖面が夕暮れの色に染まるのと呼応して、背後から伸びてきた手に耳元を柔らかくくすぐられ、甘美なことばで囁《ささや》かれるような感覚が強まっていく。それは得も言われぬ誘惑だった。相手が何を望んでいるのか、ハンスにはわかる。振り向いてもらいたいのだ。振り向いた先のリアシートに何があるか、見極めてもらいたいのだ。

……ねえ、こっちを見て、ほら、早く。

必死に抗《あらが》うハンスであったが、結果は目に見えていた。十秒後、いや、ほんの二、三秒後にも振り返ってしまう自分の姿が簡単に予見できた。

二〇一二年　十二月十三日、午後九時三十四分。ハワイ島、マウナケア山頂。

常夏といわれるハワイでも、標高四千二百メートルの高所となるとさすがに冷え、気温は零下となる。国立天文台ハワイ観測所スタッフのひとり、マーク・ウェーバーは、たった今すばる望遠鏡本体のあるドームから観測制御棟に戻り、モニターの前に座ったばかりだった。歩いた距離はほんのわずかだったが、外の寒さが身に染みて、まだ震えが取れない。

麓《ふもと》の街、ヒロに下りてビーチに立てば夏、山頂に戻れば冬と、間近に夏冬両方の季節がある生活が、かれこれ五年続いている。マークは海辺の夏をより好んだが、クリスマスを目前に控えた今、山頂の雪景色もまた捨てがたいと思う。フィアンセのミキと過ごすクリスマス休暇の計画は万事ぬかりなく、考えるとつい口をついて鼻歌が出る。久し振りでアメリカ本土に戻り、ラスベガスのホテルに一週間滞在し、主だったショーをはしごするつもりだった。昨年来の計画はここにきてようやく実現の見通しとなり、押さえるべきチケットは全部手に入れた。独身で迎える最後のクリスマスなだけに、期待は膨らむ一方だ。

マークは、回転椅子の背を思いっきり倒し、ワゴンの上のサンドイッチに手を伸ばした。姿勢を戻すと、その反動で、宇宙の一部が目に飛び込んできた。

現在、目の前に並ぶモニターには、単一鏡としては世界最大、八・二メートルの口径が集めた光の模様が映し出されている。天文学に興味を抱き始めた中学生の頃から、数えきれないほど望遠鏡をのぞいてきたけれど、何度眺めても、望遠鏡がとらえる宇宙の輝きほど、魅入られるものはなかった。標高四千二百メートルで気圧は平地の三分の二、快晴の乾燥した日が多いマウナケア山頂は望遠鏡を設置するには絶好の条件を備えていて、すばる望遠鏡の精度は世界最高レベルを誇る。当然、モニターに映し出される夜空の美しさは、神秘を際立たせていた。子どもの頃、クリスマスプレゼントでもらった天体望遠鏡で眺めた宇宙とは雲泥の差だ。

サンドイッチを食べ終わり、熱いコーヒーの注がれたマグカップに手を伸ばそうとして、マークの手ははたと止まった。無意識の反応であり、最初のうち自分の手が止まった原因がわからなかった。モニター上をさまよっていた目が、何かちょっとした異変をとらえたとしか思えない。現在望遠鏡の焦点は天の川銀河の射手座からバルジ方向に合わせられていた。中心部に存在が予測されるブラックホールの電磁波を調査するためである。そのブラックホールからの電磁波の一種を、マークの目がとらえたのだろうか。いや、違う。もっと単純な、子どもでも気づくようなことが、たった今生じた。

マークはモニターを操作して、画像を一分前の映像に戻そうとした。別の装置でも記録しているため、映像を巻き戻したところで何の問題もない。彼は自分の直感を信じ、じっと目を凝らして、疑念を生じさせたものの正体を掴《つか》もうとした。

「え」

声を上げ、目をさらにモニターに近づけた。二秒巻き戻して、もう一度今度はスローで再生させていく。

音もなく、すっと、光の小さな点が消えた。銀河の中心を越えてその向こうにある、二等級ほどの光を持った星が消える様が、映像にははっきりと記録されていた。しかも、ほぼ一秒差で付近の星がもうひとつ消えている。近くにある星が、ふたつ続けて消えたのだ。

星が輝くのは内部で行われる核融合反応のためであり、星の寿命は質量の多寡、星の大きさによって異なる。重い星ほど、寿命が長いというわけではない。むしろ逆で、重い星は巨大な重力によって核融合反応が早く進むため、寿命は短く、軽い星は、核融合反応がゆっくりと進行して、寿命は長くなる。太陽は、ちょうど中間に位置する星で、予想される寿命は百億年ほどとされている。いずれにしろ、寿命を迎えた星は、光を消滅させることによって、はるか以前に起こった死を地球にいる我々に知らせてくるのだ。

まず第一に、マークの頭に浮かんだのは、超新星爆発によって恒星が最期を迎えたという解釈である。赤外線以外の電磁波を分析しなければ、正確なことは何も言えないにしても、星が消滅する瞬間に立ち会うのは、非常に珍しいことであり、マークは興奮を抑えるのに必死だった。しかし、心のどこかには納得し切れないものがある。超新星爆発にしては、消え方があまりにはかなげであり、消える直前の最後の瞬きがない。巨大な天体に遮られたにしては、再び現れることもなく、忽然《こつぜん》と姿を消すかのような、消滅の仕方だった。

消えた星の位置が確認され、距離がわかれば、消滅を知らせる光が、どれほど前の情報を伝えたのかわかる。たぶん数千年前から数万年前、星が続けて消えたニュースを、今になって伝えているのだ。

マークは、すぐにヒロにある山麓《さんろく》施設に事の次第を報告し、電磁波を分析する必要ありと付け加えた。報告を受けた山麓施設は、二つ続けて星が消滅した映像を、東京都三鷹《みたか》市にある国立天文台本部に、光ファイバーを使って転送した。

マークに観測されて十五分後、その映像は本部にいる漆原《うるしばら》准教授の目に留まった。彼もまた、ほとんどマークと同様の思考を辿《たど》り、最後には首をかしげざるを得ない事態に陥っていた。

……この消え方はちょっと尋常じゃないな。

漆原は、鼻の奥に痒《かゆ》みを感じ、おおきくひとつくしゃみをした。ちょっとした異変を嗅《か》ぎ当てたときの癖だった。

二〇一二年　十二月十九日。

スタンフォード大学線形加速器センターに新しいコンピューター、IBMグリーンフラッシュが導入された翌日、さっそくπの値を求めるためのプログラムが実行された。最新のアルゴリズムで構成されたプログラムを使えば、小数点以下数千億桁《けた》までπの値が求められるはずであった。

πは不思議な数字を紡ぎだす。円の直径と円周との比率であるπを正確に求めようとした歴史は、数学の歴史そのものといって過言ではない。

今から四千年前、古代バビロニアの人々は、πの値を3と1／8として計算し、紀元前三世紀に生きたアルキメデスは、3・14163という数字を既に得ていた。数学好きな人々を魅了し続けてきたπは、十八世紀には無理数であることが、十九世紀の終わりには超越数であることが、証明されてしまった。つまり、どこまで計算しても、小数点以下にはアトランダムな数字の列が続くだけで、規則性は見えてこないことが判明したのだ。それでも人々はπの値の計算をやめなかった。小数点以下何桁まで計算できるかは、単なるゲームではなく、その時代の数学のレベルと深く関わっている。

数学科助手のゲイリー・レイノルズにとって、それは片手間の仕事であった。プログラムを起動させたところで仕事は終わったも同然、放っておけばあとはコンピューターが勝手に計算をしてくれる。五千億桁に到達するのにもそう時間はかからない。今日の夕方頃には目安とする桁に届いていることだろう。現在の世界記録は一兆桁に迫ろうとしているが、記録への挑戦が今回の目的ではなかった。研究の相棒としてコンピューターを迎える前、その地位に相応《ふさわ》しいかどうかの信頼性をテストしなければならないのだ。そんなときはπの値を計算させるのが手っ取り早い。なにしろ、計算には膨大な回数の演算が必要とされる。πの値は、小数点以下数千億桁まで判明していて簡単に照合させることが可能だ。演算のミスは数字の違いとなって明瞭《めいりょう》に現れてくるため、チェックは簡単である。同じ数列が出てくればそれでよし、ある桁以降間違った数字が出現すれば、ハードウェアかソフトウェアのどこかに不具合があるというわけで、すぐに警告ブザーが鳴ってその異変を知らせてくれるシステムになっていた。

朝にプログラムを起動させ、ランチ後にチェックしたときはどこにも異変はなかった。ところがそれから二時間たって、ＩＢＭグリーンフラッシュの様子を見に戻ってくるや、ゲイリーは、思わず罵《ののし》りの言葉を吐いていた。コンピューターは勝手に計算をストップさせていたのだ。

何が原因なのか調べるまでもない。πの値が過去に得られたどの値とも異なった数字を吐き出し始めたからだ。

……面倒くさいことになった。

ゲイリーは、プログラムに何らかのミスがあった可能性を一番に恐れた。

クリスマス休暇は目前に迫っている。今こんなところで余計な時間を奪われたら、実りあるはずの休暇の計画が台無しにされてしまう。休暇中、彼はジュネーブに渡るつもりでいた。彼《か》の地では、世界的シンクタンクのディレクターとの会食がセッティングされており、その場でヘッドハンティングされるのはほぼ間違いないと踏んでいた。

純粋数学を専門としつつ、ゲイリーは、数学者としては異色のちゃっかり者として通っていた。研究者として大学に残る道にはまるで色気を見せず、大学在籍中は実績を積めるだけ積み、大企業に自分の能力を売り込んで転職する目論見《もくろみ》を臆《おく》することなく周囲の人間に語っていた。十代で数学的天才を使い果たしたゲイリーにとって、興味があるのは何不自由なく暮らせるだけの社会的地位と金である。

彼は淡々とエラーの箇所をチェックした。確かに、五千億桁を超えたところで、「0000000000000000……」と0の繰り返しが出てきている。πは無理数であり、超越数であることが証明されている。無限に0が並ぶのは、パターンが現れたのと同じ意味であり、絶対有り得ないことだ。

ゲイリーは舌打ちして、問題がどこにあるかを考えた。願わくはエラーの出所はハードウェア内であってほしい。そうすれば、自分の責任の範疇《はんちゅう》外ということで雑事から解放される。

通常のチェックを行ってハードウェアに異常がないらしいとわかると、彼は、潔いともいえる早さでギブアップ宣言をして、同僚の数学者やプログラマーたちに相談をもちかけた。計算過程の誤りを発見しようとする場合、ひとりよりも複数の人間で検証したほうが断然早いし、確度も高い。普通の数学者であればプライドが邪魔して、独力での解決にこだわるところだが、ゲイリーにとって大切なのはクリスマス休暇の会食に遅れないということだけだ。

「ちょっと、これ、どう思う?」

ゲイリーは持ち前の気さくさで手当たり次第に語りかけ、相手の興味を引き出して、無償の協力へと三人の同僚を駆り立てた。しかしそうやって集まってきた若手数学者三人が、様々な角度からプログラムを検証しても、間違いらしき箇所はどこにも発見できなかった。そこで、彼らのひとりは、πの値を六千億桁まで計算している古いプログラムをIBMグリーンフラッシュにかけ、新しいプログラムを別のコンピューターで作動させてみようという案を出し、実行に移され、結果は翌日に持ち越されることになった。

翌日の午前十時過ぎ、四人の研究者たちは、五千億桁を超えたところで計算をストップさせているコンピューターを順繰りにふたつ、目の当たりにする羽目に陥った。なんと問題は二倍に増えてしまった。結果は前回とまったく同じで、五千億桁を超えたところで無限とも思える0の列が出現してしまうのだ。四人の研究者は、この結果を前にして、初めのうち言葉もなかった。どんな突拍子もない仮説であっても脳に浮かばず、ただ溜《た》め息を漏らすだけだ。

コンピューターは正常に動いている。プログラムにも誤りはない。しかも、ふたつが同時に同じ答えを出してきた。そして、その答えは、πが無理数であり超越数であるという数学上の定理と異なってしまっている。絶対にあってはならない事態であり、論理的に説明する術《すべ》はなかった。

さらに別のコンピューターで計算して、翌日にまたも同じ結果が出ると、四人の数学者は、その事実を、同じ大学の物理学教授であり、量子重力理論の世界的権威であるジャック・ソーンの耳に入れることに決めた。

クリスマスイブは三日後に迫っていた。

教授室のソファに深々と座って目を閉じると、ジャック・ソーンの耳にはクリスマスソングが流れ始める。現実の音ではない。この季節に特有の雰囲気が、彼の耳の奥に幻聴をもたらす。しかし、それは心地のいい幻聴であった。彼がしばしば夢見心地で訪れるのは、クリスマスシーズンのストックホルムだった。

彼には放心癖とでもいえばいいのか、ひとつのことを考えながら意識があちこち行き来する癖があり、同時に考えられた二つの内容が交差するたび、思考は深まっていく。

目を開けると、正面には教授室と廊下を隔てるドアがある。たった今、四人の若手研究者が、報告書を置いて出ていったドア。ふと、そのドアが、異次元と結ばれるワームホールであるかのような錯覚を覚えた。ノーベル物理学賞の受賞のきっかけともなった、生涯を懸けた彼の研究テーマである。

　ゲイリーたちが言おうとした内容は理解したつもりだった。もし今日が四月一日なら、笑い飛ばした上で、彼らのウィットを褒めたところだろう。

……しかし、これは一体どうしたことだ？

　ジャックの視線はドアから離れ、そのまま右にずれて壁を彷徨《さまよ》い、見慣れた一枚の絵の上で止まった。ストックホルムの古い画廊で買った日本の水墨画。墨の濃淡で描かれた風景画は、北欧の古い町並みとは不釣り合いであったが、そのコントラストに惹《ひ》かれて購入したものだ。

　絵は主に山、川、橋の三つのパーツからなっている。構図自体は平凡ともいえるもので、連山を背景としてゆったりと川が流れ、真ん中あたりに橋がかかっている。絵の中心を占めるのは、半円形のカーブを三つ連ねて向こう岸に繋《つな》がる橋であった。ジャックが山水画の購入を決めたのは、まさにこの橋の形状だった。現代のアメリカにおいてこのような橋を見ることはまずない。木片をうまく積み上げてアーチ形にしたものだろうが、人が歩いて渡るのに十分な強度は保持していそうだ。

……そう、πの値だ。

　ジャックの意識は、テーブルの上の報告書に引き戻されていった。

……πの値にパターンが出た？　しかも無数に0が並ぶ？

　その事実をもう一度吟味する。非常に優秀な四人の数学者が、それぞれ別のコンピューターで計算して、同じ結論を得た。五千億桁《けた》を超えたところで0が繰り返されるというのだ。彼ら四人は、この結果をどう解釈していいかわからず、量子重力理論の専門家の判断を仰ぐことにした……。

これも一種の時流なのかと、ジャックは納得するところがある。

素数の振るまいの規則性を探る「リーマン予想」にしても、数論という、純粋数学のジャンルに属していながら、その深奥部では量子力学との関連が取り沙汰《ざた》されるようになった。他にも、量子力学の方法を用いて難解な数論問題解決の道が示された例が、ここにきていくつか発見されているのだ。その点を踏まえれば、奇妙な報告書を持って、ゲイリーたちが量子重力理論の教授に面会に来た気持ちがわかるというものだ。

……数学的範疇を超えているのかもしれないと、彼らは考えたのだろうか？　だとしても、彼らには、その先に待ち構えている現象など予想だにできないはずだ。

ジャックは、グリーンティのティバッグをカップに入れ、ポットからお湯を注いだ。二口三口お茶をすすっても、熱さは感じなかった。逆に、身体の芯《しん》が凍ってしまったという感覚が、腰のあたりを中心にじわじわと広がっていく。

壁に掛かっているもの以外にもジャックは何枚かの水墨画を鑑賞したことがある。淡く、単調で、すっきりとして、油絵とは違ったシンプルさの裏に潜む陰影に惹かれながらも、見るたびに同じ疑問が持ち上がるのだ。

……わたしの見る水墨画には、たとえ背景の一部であっても、人間はひとりも描かれてはいない。水墨画はなぜ人物を描かないのか。

ジャックは、カップが空になったのを見て取ると再度ポットの湯を注いだ。サーモスタットが利いているはずなのに、室内の温度が徐々に下がっていくように感じられる。

素粒子を扱うミクロの世界に入っていくと、物がモノとして存在しなくなる。その世界にどっぷり浸《つか》ると、生成と消滅を繰り返しながら流れる現象の、ほんの一断面を切り取ったのが目に映る世界であるという認識を持ち、永遠の実在などという観念は遠い夢の彼方《かなた》へと弾《はじ》き飛ばされてしまう。一次元と見える数直線にしたところで、たとえば、自然数である３と４の間には、無理数やら超越数やらが無数個、微生物のように蠢《うごめ》いている。物理学者であるジャックには、数直線は一次元の直線には見えない。二次元三次元どころか、アトランダムに繰り返されていく数の羅列の先には、果てのない奈落《ならく》がのぞいてさらなる多次元へと繋がっている気さえする。

ジャックの脳裏にはさっきからひとつの仮定が浮かんでは消えていた。できれば、言葉にしたくない仮定だった。

……量子の世界で数直線を考えれば、πの値が変化するのも、有り得ないことではない。

ただ、問題は、πの値が変化したとして、その先の展開だった。

ビッグバンによって宇宙が誕生し、現在我々が見ているような世界に出来上がる確率は一体いかほどだろうか。ジャックの友人のリー・スモーリンによれば$\frac{1}{10^{229}}$であり、計算好きのロジャー・ペンローズによれば、$\frac{1}{10^{10^{123}}}$である。数字的には大きな開きがあるが、言おうとしていることはどちらもあまり変わらない。その都度偶然の作用が働いて現在あるような宇宙ができあがる確率はゼロということだ。

宇宙に存在する構造は、天体と生命の二つに限られる。山や川は大体の一部であり、道具類は人間を始めとする生命によって作られたものだ。天体と生命の構造を支えているのは、無数に存在する物理定数である。物理定数とは、いってみれば調節用のダイアルのようなもので、そのすべてに微調整が利いているからこそ、今我々が日にしている世界の構造が維持される。そして、物理定数のほとんどは基礎方程式を通じてπと関係している。

臍《へそ》の下あたりに生じた冷たい塊が、溶けて全身に染み渡っていくようだ。さっきから間歇《かんけつ》的に起こっていた身体の震えが常態となると、ジャックの奥歯はガチガチと鳴り始めた。

単なる仮定である。しかし、その仮定から引き出される結果を脳裏に思い描いただけで、この始末だった。震えが止まらないのだ。

……πの値に変化が生じた。しかも、古代から異端の数と恐れられてきた0数列が現れた。

現実にその事実を認めざるを得なくなった瞬間、間違いなく、人間は、人生で最悪の恐怖を味わうことになる。

「人類はこれまでに一度も崩れたことのない橋を渡っているに過ぎない」

ふとそんな言葉を思いつくと同時に、水墨画の中に描かれた半円形の橋が、音もなく崩れていくイメージが浮かんだ。

第一章　失踪

1

二〇一二年　十一月五日。

目が覚めたのは激しい動悸《どうき》のせいだった。身体が心臓と化したかのように、中心部からの振動を受けて、乳房がびくんびくんと波打つように揺れている。今朝も栗山冴子《くりやまさえこ》は、目覚めてからしばらくの間、ベッドから抜け出すことができない。

目を開いて眺められる風景の輪郭はまだ黒々としていた。そのまましばらく動かずにいて、ゆっくりと呼吸を整えた後、サイドテーブルに手を伸ばして時計を取った。午前九時十一分を指している。起きるべき時間をとっくに過ぎていた。部屋の細部がはっきりしていくにしたがって、網膜に残っている黒いイメージが薄れていった。

二十分間というもの、何を考えるでもなく、布団を被《かぶ》ったまま、動悸が治まるのを待ち、尿意にも、喉《のど》の渇きにも耐えている。冷蔵庫までの数メートルが遠く感じられた。ミネラルウォーターの冷たい響きは魅力的だったけれど、どうにも身体を動かす気になれない。

生きているのが苦しくてならなかった。最近、朝起きるたびに同じことを思う。秋が深まって冬になっていく季節は特に、たったひとりで生きることの辛《つら》さが体内に蓄積される一方で、ときどき破裂しそうになる。排泄《はいせつ》できない苦しさが、出口を見つけようとして、暴れているのだ。

……もっと暴れてほしい。できれば、わたしの命を奪い去っても構わない。

死が誘いかけてくる。自殺する勇気なんてなかったが、ごく自然な流れの先に、死が待ち構えているとすれば、今の冴子は、敢《あ》えてその流れに逆らおうとは思わない。つまり、生きるということには固執しないということ。その理由はおぼろげながら分析可能だ。

半年前の離婚が心身に与えたダメージは予想をはるかに超えていた。結婚生活不適格者の烙印《らくいん》を押され、自信は喪失し、孤独はより深まった。自分には普通の人が普通に持っている何かが欠落しているのだと思い知らされた。

……おまえ相当ズレてんだよなあ。トランスフォーム断層なみだよ。これから人間フォッサマグナって呼ぼうか。

かつて一度、不機嫌を募らせた夫から、ふて腐れた態度でそんなふうに言われたことがあった。冴子は、「フォッサマグナは大地溝帯という意味であってトランスフォーム断層ではない」と、科学的な誤りを指摘しただけで、平然と聞き流した。

……だから変なんだよ。

表現は違えど、幾度となく似たようなことを言われた。

……ズレている。変わっている。

何度も言われれば、自分でもそうなのかなという気分になってくる。

……おまえさあ、いつでも比較してるんだよね。嫌になっちゃうよ。

その台詞《せりふ》だけは胸に響いた。見事に言い当てていたからだ。一緒に暮らしている間、冴子は、ことあるごとに夫を自分の父と比較していた。父なら簡単にできたことが夫にできないのを目の当たりにするたび、点数をマイナスしていったのだ。

……どんな男だってパパには敵《かな》わない。

今も冴子はそう思っている。

五年間共に暮らした夫との離婚劇など、父の失踪《しっそう》劇と比べたら、心身への痛手という点では比較にならなかった。流した涙の量には雲泥の差がある。十八年前、突如、冴子の父は、何の理由も告げぬまま、娘の前から姿を消した。父は、冴子にとってたったひとりの肉親であり、庇護者《ひごしゃ》だった。父がなぜ失踪したのか、生きているのか死んでいるのか、いまだに行方は杳《よう》として知れない。

三十五年前、冴子の母は、冴子を産むと同時に命を落とした。出産時における、医療事故と聞かされていたが、その件に関して父は多くを語ろうとしなかった。

……孤独の源は誕生のときから続いている。

そう思えば、あらゆることが腑《ふ》に落ちてくる。母の命と引き換えに誕生した自分の生命を、父は溢《あふ》れんばかりの愛情で支えてくれたが、その存在が大きかったゆえに、理由もなく失踪されたときの絶望は深く、未来は暗黒の蓋《ふた》で閉ざされてしまった。

そのせいかどうか、夢でも、ときどき狭く真っ暗な空間に閉じ込められて、身動きができなくなることがあった。夢でも、幻覚でも、金縛りでもなく、もっとリアルで生々しい。閉じ込められた空間を仕切るのは、ゼリー状の膜のようなもので、そのぶよぶよとした手触りまで伝えてくる。胎児のようにうずくまり、目も見えず、手足を動かすこともできず、ただじっとしていると、世界にたった一人取り残されたかのような寂寞《せきばく》の感が身に絡みつき、さらに呪縛《じゅばく》は強くなる。

数分という時間経過の後に自由を取り戻し、引き続いて起こる激しい鼓動も、それと共に次第に治まっていくのが常だった。

冴子は、両手を胸の前で交差させ、少しでも早く動悸が治まるようリズミカルに呼吸をした。その行為の中で、両方の指先が乳房に触れたときだった。冴子の両手は、対称性を維持しているはずの左右の乳房に、わずかな乱れを発見した。左乳房の外側に、こりっとした小さなしこりがあるのだ。

冴子ははっとして手を離し、そのままの姿勢で天井を見つめた。何かを思いついたり、嫌な予感に襲われたりしたときに、身体の動きを止めて考え込む癖があった。冴子は自分のその癖を「量子的重ね合わせ状態」と呼んでいた。肯定と否定が、意識と無意識の両面と絡まり合って、やがてひとつの判断へと凝縮されていく。そうして、脳が下した判断は、身体の部位に届けられるのだ。

冴子は、パジャマのボタンをふたつはずして、その隙間から手を差し入れ、両方の乳房を丹念に揉《も》んでみた。ここ一年ばかり男の愛撫《あいぶ》から遠ざかっている場所であった。

乳首を中心に、徐々に円を大きく描きながら三周したところで、冴子は、左乳房の下方に小さなしこりのようなものを発見した。

気のせいではない。さっきと同じ場所にそれは厳然とあった。

……やだ。

乳癌の感触がどんなものか知らなかったので、肉体内部の異変を探るべく、感覚を研ぎ澄ませてみる。消化器系、呼吸器系、循環器系、泌尿器系、生殖器系、神経系……各部の臓器をイメージしながら、悪性腫瘍《しゅよう》の新たな誕生と増殖の気配を嗅《か》ぎ取ろうとしてみたが、体の内部のことなど、わかるはずもなかった。冴子は、諦《あきら》めて、最後に健康診断を受けたのはいつのことだったかと思い出そうとした。

……二年前、それとも三年前。

そのときは数値に何の異変も見られなかった。むしろ、健康過ぎる三十代の肉体が、データによって提示されただけではなかったか。

乳癌を疑い、その先に待ち構えているかもしれない死を意識した途端、背中に戦慄《せんりつ》が走った。ついさっき、未来に待ち構える死の恐怖を否定したばかりなのに、肉体に異物が生じる不気味さを思い浮かべるや、その覚悟が揺らいでいく。

性衝動などあまり感じたことのない冴子だったが、胸を揉みしだきながら、その手を顔のない他の男のものと置き換えていた。たった今、可能性として発芽したばかりの死と、性が、乳房の一か所に凝集していた。

……たぶん乳腺炎《にゅうせんえん》のせいだわ。

乳癌かもしれないという不安を、自分流の勝手な解釈で押し退《の》けると、冴子は、ベッドの上に起き上がった。うだうだしていると、よけいなことばかり考えてしまう。こんなときはさっさと起きて、仕事にかかったほうがいい。嫌なことを忘れるためにこそ働く。冴子にとって仕事はお金を稼ぐための手段ではない。生に張り合いを持たせるための方途である。

今、彼女が関わっているのは、テレビ局が制作する番組であった。やろうかやるまいかと迷っているうち、あれよあれよとスタッフとして組み込まれてしまったのだ。

冴子は、ベッドの上からリモコン操作でテレビのスイッチをオンにした。音声と同時に、乳癌の二文字は頭から消えたが、右手だけは、無意識の動作で、左乳房をまさぐり続けている。

テレビのワイドショーで、あの事件が取り上げられたのは、今年の一月のことだ。やはり今と同じように、ベッドに転がりながら、リモコン操作でテレビのスイッチをオンにしてみたところ、濃い緑を背景として坂の途中に建つ立派な民家が、画面に映し出された。

時間帯も同じ朝の九時を少し回った頃だった。

あの日の朝のワイドショーの映像は、不思議なぐらいはっきり覚えている。

問題の家は、山間の村でときおり見掛けるタイプの純和風の造りで、舗装されたなだらかな坂道に面して建っていた。その家の前を、マイクを片手にした女性レポーターがゆっくりと上りながら、事件のあらましを説明していた。

「高遠《たかとお》郊外のこの家で、二週間前、一家四人が忽然《こつぜん》と姿を消してしまったのです」

この一言で、冴子は、画面に釘付《くぎづ》けになってしまった。言葉が脳裏に差し込まれ、過去の記憶がクイッと引き上げられてきた。降るような蟬の声が、現実の音のように蘇《よみがえ》る。神社の境内の急な石段……、頭上を覆う鬱蒼《うっそう》たる杉の大木……。目がくらむような夏の光があちこちに降り注ぐ。

冴子の回想を置き去りにして、女性レポーターはさらに解説を加えていった。レポーターは、左手にマイクを持ち替え、右手で民家を指して、心持ち神妙な顔を作る。

「この家の中で、藤村さん一家四人は、姿を消してしまったのです。台所では食器の洗い上げが終わり、テーブルの上には湯呑《ゆの》みが並べられ、浴槽には湯が張られ、洗濯機に衣類が入ったままの状態でした。家の中は物色された様子もなく、なにもかもまったく普段通りのまま、ただ住人だけが忽然といなくなってしまいました。一家には、借金もなく、失踪しなければならない理由はまったくありません。ごらんの通り裕福な一家で、カルト教団の信者であった者もいません。事件はまったくの謎に包まれております」

その後、画面には藤村家の親戚《しんせき》と名乗る人間が登場して、失踪の理由に関してまったく心当たりがなく、一家の身が案じられてならないと、お決まりのコメントを披露したところで、女性レポーターが取って代わった。

「一家の安否が気遣われます」

場を締めたところで、シーンはがらりと変わって、大物芸能人カップルの婚約の話題へとシフトした。冴子は興味を失ってテレビのチャンネルを変えていた。

藤村一家失踪事件は、そのあともしばらくはワイドショーネタとして扱われ、雑誌の特集記事にもなったが、失踪後一か月を過ぎた頃から徐々にメディアから消えていった。新しい展開がなかったため、番組制作の切り口が見つからなかったに違いない。しかし、人々の関心はそこそこに大きく、この事件は日本中に知れ渡ることになった。

その後も事件の展開はなく、藤村一家の四人がどこに行ってしまったのか行方は知れぬまま、十か月近くが過ぎようとしていた。

そんな事件と、まさか自分が関わることになろうとは、当時、思いも寄らなかった。

事件から半年ばかり経過した七月のこと、冴子は、月刊誌『海鳥』の編集長、前園《まえぞの》から呼ばれて、版元の総合出版社「明日香《あすか》書房」を訪れることになった。仕事の依頼であることは行く前からわかっていた。電話の雰囲気だと、相当に長いレポートの執筆依頼らしく、連載になる可能性も示唆されていた。

明日香書房の受付で、前園編集長を呼んでもらうと、彼女は巨体をゆすりながら階段を

下りてきて、開口一番、

「ランチでも食べよっか」

と、近くにあるイタリアンレストランに誘ってきた。まず食事をご馳走《ちそう》し、満腹になったところで、おもむろに仕事の話に移るというのが、編集長の手である。

食後のコーヒーを飲む頃になって、前園編集長は切り出してきた。

「藤村一家失踪《しっそう》事件だけど……、知ってるよね？」

編集長から訊《き》かれて、冴子はすぐに答えた。

「ええ、もちろん」

すると今度は間髪を容《い》れず、

「どう、興味ある？」

と、探りを入れてきた。

興味のあるなしではなく、失踪事件は、冴子にとって人生と関わる切実な問題を含んでいた。もちろん、編集長は、そのことを知った上で言っている。

無言のまま見つめ返す冴子の前に、彼女は、資料を束ねたファイルを差し出してくる。

「ほんと、嫌なら、断ってくれてもいいんだけどさあ。ただ、あなた以上の適任者はいないなって思うの」

「この事件のルポを書けってわけね」

「うん」

「確かに、事件には興味あるわ」

気になるテーマではあるけれど、敢《あ》えて触れないでおくほうが精神衛生上いいのかもしれなかった。失踪について書けば、当然、父のことを思い出す頻度が増えることになる。

失踪そのものは、我が身の問題として、綿密に調べた経緯があるため、調査方法等のノウハウは相当に心得ているつもりだった。編集長は、失踪事件を扱うルポルタージュを、冴子の得意ジャンルのひとつに加えようと目論《もくろ》んでいるようだ。

「お願いできないかしら。うん、あなたにとって、微妙な問題を含んでいるのはわかっているつもり。でも、正面から取り組むことによって、克服できる過去もあるはずじゃない。ほら、あなたが書いた離婚体験談のように」

今年五月に、離婚したばかりの冴子は、自分の離婚体験をおもしろおかしく記事にして、スポーツ新聞に発表するという機会を得た。結婚を機に科学雑誌の編集者を辞めてルポライターとして独立し、守備範囲をもっと広げたいと考えていた冴子にとって、その依頼は実にグッドタイミングだった。離婚体験をユーモアを交えて書いてほしいという注文が、新境地の開拓に繋《つな》がった。

すると、それまで一面識もなかった前園が、偶然に記事を読み、即座に電話をよこした。

今年四十二歳になる前園もまた離婚経験者であり、記事の内容にシンパシーを持ったのだと言う。

……敢えて笑い飛ばすことによって、苦しさ、辛《つら》さに耐える姿勢がいいのよね。

同じ女性として、嘗《な》めた苦汁は似たり寄ったりで、ふたりは会った当初から意気投合して、かつて亭主だった男たちの性癖を肴《さかな》にして、大いにおちょくり、笑い合った。

間を置かず、前園は、冴子にライターとしての仕事を回し始めた。独身に戻った冴子の経済的なバックアップというより、綿密な取材に基づいた彼女の仕事っぷりが気に入ったのだ。

その頃、前園は編集長に抜擢《ばってき》されたばかりで、周囲からは異常と思われるほどの張り切りを見せ、部数を伸ばそうと必死だった。部数が伸びれば、自分を抜擢してくれた役員にも顔向けができる。しくじれば、編集長のポストを失うばかりか、目をかけてくれている役員の立場が危うくなる。

売れるために彼女が考えたのは、それまでの論壇誌的色調を持った誌面の変革である。男性読者だけを視野に入れた誌面作りでは部数にも限界がある。さらに伸ばすためには、読者層を開拓するのがもっとも手っ取り早い。そこで前園は、社会面を賑《にぎ》わした事件の克明なレポートを多く掲載することによって、女性購買層の興味をかきたてるという戦法に出たのだった。

目論見は当たり、雑誌は大幅に部数を伸ばし、前園の編集長としての手腕は高く評価された。彼女の才能は、科学的な思考方法に習熟した冴子というルポライターを手に入れ、さらに磨きをかけたという点にも表れていた。

冴子もまた、前園編集長と出会うことにより、新しい展開を定着させることができたのである。

共に離婚経験者であるふたりは、もちつもたれつの関係を築いていた。

編集長は、メニューでドルチェを選びながら、上目遣《い》いに冴子を見た。

「それに、せっかくもっているノウハウを活かさない手はないと思うの。でも、あなたが辛いっていうんなら……」

おもしろおかしく記事にはしたけれど、離婚の顚末《てんまつ》を書くのはやはり辛いことだった。夫への愛情が冷めていたにもかかわらず、なぜ苦しくてしかたがないのか、書くことによって、元の夫から指摘された通り、心の奥に父の存在を引きずっていると分析することができた。夫でも恋人でも、男と見ればつい自分の父と比べてしまう癖を、客観的に自覚できたのである。不在によって、父の素晴らしさはより際立ち、どんな男も敵《かな》わない理想像として、冴子の潜在意識に屹立《きつりつ》している。それはまた自分が結婚に適さないと、宣告を受けたようなものだ。

しかし、編集長の言う通り、離婚劇をおもしろおかしく笑い飛ばすことにより、どろどろした感情に区切りをつけたのも確かだ。

「話だけでも聞かせてちょうだい」

そこで編集長から知らされたのは、半年から一年、あるいはそれ以上の期間を視野に入れて、失踪者にまつわるネタを記事にする方針がまとまり、とりあえず高遠郊外で起こった、藤村一家失踪事件の克明なレポートを掲載するという企画だった。

その日、冴子ははっきり、やると返事しないまま、前園から渡された資料を家に持ち帰った。資料といっても、これまでメディアに発表された記事の切り抜きがほとんどで、新しい情報の類《たぐ》いは何もなかった。冴子が最初にすべきことは、事件の全貌《ぜんぼう》を正確に理解することだ。

藤村一家は、いつどこでどのようにして失踪を遂げたのか。家族構成、それぞれの年齢や職業、ひとりひとりが抱えていた問題の有無、家庭内の確執などを、頭に入れなければならない。

ほぼ事件の全体像を理解したところで、冴子は、いくつかの仮説をたて、アプローチのしかたに関しての試行錯誤を繰り返した。

日本国内における失踪者の数は、年間十万件にのぼるが、そのうちの半分から三分の二は、自主的に帰ってくる。残りの約三万人は、失踪して消息が摑《つか》めないわけだが、その大半は借金が絡んだ上での、いわゆる夜逃げである。それ以外の、約一万人が、理由のはっきりしない失踪事件として分類されることになる。

すべてを清算して人生の再出発をはかるための失踪ならば、それは自主的であるといえる。だが、拉致《らち》、誘拐等の強制力が働くとなると、最悪の場合、殺害されているケースが多くなってくる。近年の例を鑑《かんが》みれば、カルト集団、あるいは独裁国家の諜報《ちょうほう》機関が絡む場合も、除外するわけにはいかないだろう。

レポートを書くとすれば、当然、原因の究明に焦点を合わせるべきだ。藤村一家失踪事件は、事件性なしという警察の判断によって、付近の山や川、湖沼が捜索されただけで、犯罪捜査の対象からははずれている。これまで調査に当たったのはすべて取材記者やフリーのルポライターである。彼らは、綿密な調査をしたはずなのに、だれひとりとして、真相に迫ってさえいなかった。借金もなく、家族のだれひとりとして深刻な問題を抱えている者はいない。近所の住民は皆、口を揃えて、他人様《ひとさま》から恨みを買うような家族ではないと証言している。もちろん、近隣の住民とのトラブルもない。それを証明するかのように、家の中に争った跡もなければ、ルミノール反応も検出されていなかった。

資料を読む限りにおいては、失踪の原因がまったく見当たらなかった。

……そんなばかな。

全部の資料に目を通し終えても、冴子は、信じることができなかった。

……ううん、きっとどこかに見落とした点があるはずだわ。

何の理由もなく、一家四人が、一晩で姿を消してしまうはずがない。

冴子は、小学生の頃に、世界の七不思議を集めた本を読んだことがあった。その中の一話は、北大西洋で乗組員が謎の集団失踪を遂げた、マリー・セレスト号の事件を扱っていた。

それは現実に起こった話としてレポートされ、事件発生の日時、その場の状況が、他の帆船の乗組員によって報告されている。

一八七二年十二月四日、イギリスのグラチア号は、大西洋上を航海中、あたかも漂流しているかのような帆船「マリー・セレスト号」を発見した。海の上では互いに助け合うのが船乗りの掟《おきて》である。もしや何かあったのかもしれないと、声をかけてみたが返事はない。そこでグラチア号の船長はマリー・セレスト号に船を横付けして、数人の乗組員と共に、乗り込むことにした。ところが船内には人間がだれもいない。船の主人である乗組員だけを欠いた、無人の船であることを発見したのである。

その後の調査によってわかったのは、まさに幽霊船であることを証明するかのような、奇怪な事実ばかりだった。

マリー・セレスト号は、乗組員九人を乗せて、十一月七日にニューヨークを出航し、発見されたのが十二月四日の朝。発見されたときの状況はざっと次のような具合だった。

船長室のテーブルには朝食が用意され、食べかけのままだった。パンにコーヒー、そしてなぜかテーブルの片隅には、赤ん坊用のミルクポットまで置かれている。さらに傍らに放置された航海日誌には、「十二月四日、我が妻、マリーが」という走り書きがされてあった。

調理室では鍋《なべ》が火にかけられ、乗組員室にも、調理されたばかりの鳥の丸焼きとシチューが、食べかけのまま残されていた。

洗面室に目を移せば、直前までだれかが髭《ひげ》を剃《そ》っていた形跡があり、その隣のキャビンには、血のついたナイフが置いてあった。

相当額の積み荷が手付かずのままであることからも、海賊に襲われたという可能性は有り得ない。船に破損はなく、疫病等の緊急事態が発生して、自力脱出した形跡もなかった。飲料水や食糧も豊富で、救命ボートはロープでしっかりとデッキに固定されたままだ。

一体、この船で何が起こったのか。真相は未《いま》だ闇の中である。

冴子は、子どもの頃に読んで、背筋をぞくぞくさせたものだ。集団失踪《しっそう》事件といって、まず頭に浮かべるのは、この事件だった。

しかし、三十五歳になった冴子は、子どもの頃のように、純粋に世界の神秘性を信じる気にはなれない。かならず原因があるに違いないと、冷静な目で真実を割り出そうとする。

案外、乗組員が消えてしまった原因は単純ではないかと……。

たとえば、朝食の最中、乗組員のひとりが落水したとする。それを救おうとして、他の乗組員が次々に飛び込み、結果としてだれもいなくなってしまった……。おそらく答えは、身近なところに転がっているのではないか。当事者がだれもいなくなってしまったため、謎を抱えたまま、船が放置されてしまっただけだ。

冴子は、今回の藤村一家失踪事件を、突拍子もないアイデアを放棄して、なるべく単純に考えようとした。

彼女はメモ用紙を用意してチャートを作り、家族の意志による失踪と、他からの強制力が働いた上での拉致、誘拐の、ふたつの大きな流れに分けてみた。前者の流れをたどった場合、考えられる理由は、借金から逃れるための夜逃げか、一家心中である。あるいは、家族が同時に川や湖への落水等の事故にあったパターン。

後者の場合、拉致誘拐を引き起こす何らかの原因が、事件以前より発生していなければならない。前者に比べて、これは相当に目立つはずである。綿密な計画をたて、その道のプロの手を借りなければ、何の痕跡《こんせき》も残さず、一家四人まとめて誘拐できるわけがない。

……無理があるわ。

冴子は、拉致誘拐の線を一旦《いったん》消去して前に進んだ。家族構成員のだれかひとり、あるいは全員の意志による失踪。あるいは事故。一家が一度に事故に遭うとすれば、車以外には考えられない。ところが、これまでの調査によれば、藤村家の自家用車は、現在もガレージに納まったままだ。それ以外に、一家四人が同時に姿を消す方法は何か。

基本に忠実に……、もっとも注意を向けなければならないのは、人間関係だった。家族を取り巻く人間関係を、徹底的に調査しなければならない。多くのルポライターが既に調べたことではあるが、どこかに見落としている点があるはずだ。

冴子は、アプローチの方法を大まかに決めたところで、担当編集者の菊池《きくち》とさらに細かな打ち合わせをし、一週間に及ぶ現地取材を二度行った上で、約三十枚の記事にまとめたのだった。

しかし、彼女にしたところで、結論に至ることはなかった。一家の身に何が起こったのか、犯罪が行われたとしたら犯人はだれなのか、断言できるだけの証拠はどこからも発見できなかった。

むしろ冴子は、藤村家の四人が一瞬にして消滅したかのような印象を持った。

2

冴子は、テレビを消し、ベッドから這《は》い出して手帳を開き、今日の、テレビ局での打ち合わせ時間を確認した。午後一時。場所はテレビ局の会議室。まだ時間は十分にあった。

朝食をとり、ゆっくりとシャワーを浴び、久し振りのタイトスカートに脚を通してファスナーをあげると同時に、わずかばかりの緊張によって身が引き締まってゆく。テレビ番組の制作と関わるのは初めての体験だった。これまでになく過酷な仕事がしたいと思う。身も心もへとへとになり、しかし誇りや自尊心を失うことのない仕事に我を忘れたかった。常に新しさを求めれば、日常はほどよい緊張に満たされ、生きる苦しさを忘れさせてくれるとわかっていながら、冴子は、どうせうまくいかないだろうと結果を先取りして、自発的に新しい一歩を踏み出す勇気をなかなか持てないでいた。いつもいつも受け身的な状況の中、成り行きで取り込まれていった仕事ばかりだ。

かつて父から言われたのはその逆であったはずなのに……。

勉強してわからないことがあっても、父はすぐに答えを用意してはくれなかった。ヒントを小出しにして、自分の力で答えに近付くよう導こうとしてくれた。

小学校六年のとき、理科の授業で、教科書や参考書に答えの載っていない難問を、宿題として出されたことがあった。天体に関する空間把握ができていなければ到底答えに行き着くことができない類《たぐ》いの問題であり、教師自身、まさか解答できる生徒はひとりもいないと思い込んでいた。難問にチャレンジさせて深く考える体験をさせようという意図の宿題であった。

いくら考えてもわからず、冴子はとうとう父に訊《き》いた。

父はまず紙にイラストを描き、太陽を公転する惑星の動きを説明してくれた。そこから発生する光と闇の駆け引き、月の満ち欠けから日蝕《にっしょく》や月蝕《げっしょく》、金星と火星の位置関係と太陽の光を受ける向きと量などを、身振り手振りでおもしろおかしく説明してくれた上で、太陽と惑星と月が織り成す関係性が、地球にいる我々の目にどのような情景をもたらすのかを、具体的にイメージできれば、その難問の答えに到達できるだろうと、ヒントをくれた。

それでも最初のうち冴子には難し過ぎて、うまく理解できなかった。自分の頭の中に立体的な空間を作り出せないのだ。

……目を閉じてごらん。ほら、イメージするんだ。

父の優しい導きが功を奏したのだろう。深い思考を繰り返した後、突如、冴子の脳裏で、惑星たちは太陽の周りを公転し始めた。三百六十度すべてに放射される光の複雑な陰影は、想像の中だけにより美しく、月と金星と火星を幻想的に輝かせた。公転軌道を巡る様が手に取るようにわかり、現象の裏に秘められていた法則がすんなりと飲み込めたのである。

これをきっかけに冴子は科学への興味を深め、目を閉じればいつでも、光が綾《あや》なす見事な天体ショーが展開されるようになった。

ところが高校二年の夏、父の失踪によって、脳裏における天体の動きは止まってしまった。光のない暗い淵《ふち》で、無機質な物体が回転していても、美しさのイメージはどこからも得られない。同時に、空間を把握する能力と物理や数学への興味を失い、新しい領域に新しい一歩を踏みだそうとする勇気をなくしていった。

冴子はふと我に返った。心のどこかに引っ掛かるものがある。「父から与えられたヒント」というキィワードにより、一枚の絵ハガキの存在が思い出されてきたのだ。

……あれ、どこにしまったっけ。

冴子は、ここ何年か、大切なことを忘れていたことに気付き、打って変わった素早い動きで、部屋中の引き出しを開け、目当ての品を捜した。

絵ハガキは、失踪時の父の状況を記録したファイルの中に挟まれていた。届いた当時、毎日のように持ち歩き、手で触れ、食い入るように眺めたハガキの縁は、ぼろぼろに綻《ほころ》びている。ファイルの中にしまい込んだのは、たぶん結婚する数年前のことだ。見なくなってしまってから、十年以上たっていた。

ごく普通の絵ハガキであったが、投函《とうかん》された場所がちょっと変わっている。南米ボリビアの首都、ラパス。写真の風景は、ラパスからほど近い距離にあるティアワナコ遺跡の遠景だった。

裏返すと懐かしい父の筆跡が横に並んでいた。父が書くハガキや手紙は、数字や英語が多用されているため必ず横書きだった。

書かれた日は一九九四年八月十九日で消印も同日である。八月十九日の朝にこれを書き、ラパスのホテルをチェックアウトした直後に投函したに違いない。父はホテルをチェックアウト後、ラパスのエル・アルト国際空港からヒューストンに飛び、翌日、成田《なりた》に向かった。八月二十一日に成田に到着して空港周辺のホテルにチェックインし、翌日から四国のほうに出かけると電話で冴子に言い残したまま、消息を絶ってしまった。

この絵ハガキが届いたのは八月二十五日、父の失踪に茫然《ぼうぜん》自失して、生きていく気力をなくしかけていたときだった。一週間前に書かれたものであると知りつつも、冴子は、絵ハガキから、父ときっとまた会えるという確信と、生きていく力を受け取った。

父が書いてきた内容は、文章というより、断片といったものであり、完全に暗記していた。眺めているのは、中身を確認するためである。

「冴子、元気にしているか。パパは今から、ヒューストン経由で成田に向かう。こちらに来て、気づいたことがあるので書いておく。

生命、眼、ブラックホール、言語……、

恐竜の絶滅、ネアンデルタール人の絶滅……。

生成と消滅。対立概念。情報理論から考えれば、発生と絶滅のメカニズムは同じ。光との相互作用。脳、意識との相互作用によって宇宙の構造は保たれる。大切なのは関係のネットワーク。関係性が崩れれば、『明日の朝、太陽は昇らない』

一九九四年　八月十九日　ラパスにて」

ハガキを受け取った十七歳の頃、父が何を言おうとしたのか、冴子にはまるでわからなかった。大学の哲学科に籍を置き、科学哲学を学び始めてようやく、ラストの『明日の朝、太陽は昇らない』という文句が、ウィトゲンシュタインの『論理哲学論考』からの引用であると気付いた程度だ。父は、後々混乱が起きないよう、他の書物からの引用には必ずかぎかっこを使っていた。ウィトゲンシュタインの言葉を正確に記せば次のようになる。

「太陽は明日も昇るだろうというのはひとつの仮説である。すなわち、我々は太陽が昇るかどうか、知っているわけではない」

当時はまだメールやインターネットは今ほど普及していなかった。父はこのハガキを、娘への伝達と、自分自身にとってのメモ代わりの、両方の用途として使ったような気がする。

しかし、父は一体何を伝えたかったのだろう。失踪《しっそう》したという事実ばかりに目を奪われ、このハガキで父が伝えようとした中身の解明を、冴子は怠ってきた。「消滅」という単語が含まれているのも、条件つきで「太陽は昇らない」と未来を否定している点も、なにやら不穏だ。

高遠における失踪事件の記事を書き、その記事がもとでテレビ局からお呼びがかかって出向こうとする朝、十八年前に失踪した父から届いたハガキを思い出したのは単なる偶然だろうか。父からは常にインスピレーションを大切にするよう言われていた。

当時は思いも寄らなかったけれど、父の失踪と、父がハガキの中で伝えようとしていた内容は、関係があるのかもしれない。

今日の午後、テレビ局での打ち合わせが終わったら、以前よく通っていた図書館に寄ってみようと冴子は思い立った。家とテレビ局を結ぶ中間に図書館があり、子どもの頃から勉強の場として使っていた。初心に立ち返り、もう一度あの場所で、父からのヒントを手掛かりにメッセージの中身を解き明かす仕事に取り掛かる。たとえ結果を得られなかったとしても、その時間が生きる辛《つら》さを忘れさせてくれるはずだ。

3

テレビ局の企画会議に出るのは初めてだった。直接に会ったことがあるのは番組制作部ディレクターの羽柴《はしば》だけで、それ以外のメンバーは、今回が初顔合わせとなる。

冴子は、タクシーを正面玄関で降り、受付のデスクに行くと、羽柴を呼んでもらった。

受付の女性は、社内電話で一言二言しゃべってから、

「ソファにかけてお待ちください」

と柔らかく指示を出してきた。冴子は、言われた通り、ロビーを横切って、空いているソファに腰を下ろした。

何気なく隣を見ると、テレビで見たことがある女性タレントが座っている。咄嗟《とっさ》に名前が出てこなかったが、金曜夜のバラエティ番組でアシスタントをしている女性に違いなか

った。じっと見つめるのも失礼だろうと、視線を逸《そ》らした先には、スタッフと話しながら歩く、世界的に有名な映画監督の姿があった。

なんとなく場違いなところに来てしまったようで、冴子は、身体にかすかな緊張を覚えた。

しかし、なぜ今になって、高遠近郊での一家失踪事件を番組として取り上げるのか、意図がわからない。冴子の知る限り、事件には何の進展もないはずだった。

テレビ局ディレクターの羽柴と名乗る男から電話を受けたのは、先月中旬のことだった。羽柴は、高遠近郊での一家失踪事件を扱った冴子のルポルタージュを読んでいて、その件に関して話を聞きたいと言ってきた。

「どういうことでしょうか」

冴子が慎重に構えると、羽柴はおもむろに切り出した。

「実はですねえ」

羽柴は、一家失踪事件をテレビ番組で取り上げることになったと告げ、スタッフのひとりとして協力してくれないかと要請してきたのだった。

冴子が、全身全霊を傾けて仕上げた記事ではあるが、真相究明への何の手掛かりをも提示することができず、読者からの反響は無難な線をキープした程度だった。しかし、業界筋からは、冴子の綿密な取材力への評価が多く寄せられてきたと、編集長から聞かされていた。そのダイレクトな反応のひとつが羽柴からの電話だった。

「なぜ、わたしが……」

経験の浅い冴子には、この事態をどうとらえていいのか、わからない。仕事を飛躍させるチャンスなのか、それともただ雑事を増やすだけのことになるのか。

「文章、内容ともすばらしいですけれど、なにしろ、よく調べられてますからねえ」

羽柴は、冴子の能力を持ち上げた上で、包み隠さずに打ち明けた。

「正直なところを申し上げますと、我々ディレクターが現地へ赴いて取材をするより、あなたの情報をお借りしたほうがよほど手っ取り早いと判断したわけです。失礼ですが、失踪事件のルポを手掛けるのはこれが初めてなんですか」

「ええ、まあ」

嘘をついたわけではない。実際のところ、記事として失踪事件を扱うのは、まったく初めてである。昔とった杵柄《きねづか》とはよくいったもので、この手の調査に関しての方法論も、協力者も十分に持ち合わせていたのだが、冴子は、その点には、敢《あ》えて触れないでおいた。

一週間に及ぶ現地取材を二度こなして、両親とふたりの子どもからなる四人家族の藤村家を徹底的に洗い直す作業は、ある程度マニュアルにのっとったものだった。失踪事件調査における三点セットと呼ばれる住民票、戸籍謄本、附票を、現地の司法書士を使って取得し、ほぼ三代にわたる親戚《しんせき》関係の家系図を頭に入れ、担保物件を洗って借金を調べ、両親の仕事先や知人友人にあたって、不倫関係のあるなしに探りを入れた。子どもが通う学校に赴き、友人たちに取材しては、何か問題を抱えていなかったかどうか尋ね、少しでも可能性がありそうな話題にはすぐに飛び付いて、裏付け調査を行った。

純粋に現地調査にかけた時間は、ゆうに百時間以上に及ぶ。テレビ局のディレクターが同じ内容を調べようとすれば、慣れていないだけに、より以上の時間がかかるのは必至だろう。それを考えれば、冴子から情報提供を受けるほうがよほど経済的であるし、もっとも重要課題であるはずの、時間の節約となる。この手の番組は、時間の浪費が命取りとなる場合が多い。

携帯電話を耳に当てた三十代の男がフロアに出てきて、きょろきょろと首を振っているのが見えた。ディレクターの羽柴だった。冴子はソファから立ち上がって、彼のほうに歩み寄っていく。冴子の姿を認めると、羽柴はそそくさと電話を切って、笑顔で頭を下げた。

「どうもお待たせしました」

スリムのジーンズにデニムのシャツをラフにはおり、腹のあたりに余分な肉がまったくなかった。以前に会ったときと比べ、表情も態度も初々しい。

……この人、こんな好青年だっけ。

冴子は首を傾げながら、彼のあとに従った。

4

会議室にいるメンバーは、冴子を含めて七人だった。

テーブルの正面に座っているのが、プロデューサーの大木とチーフ・ディレクターの羽柴で、左側に同じくディレクターである加賀山《かがやま》と中村、右側に構成作家の重田《しげた》と里山《さとやま》が席に着いていた。プロデューサーは四十代、ディレクターは三十代、構成作家は二十代と見事に年齢層が分かれている。女性は唯一冴子だけだった。

「どうもわざわざ、ご足労いただきまして……」

慇懃《いんぎん》に挨拶《あいさつ》するやいなや、大木プロデューサーはすぐに本題に入り、今回の番組作りの狙いを説明し始めた。

「コンセプトとしてはですね、年間十万人が失踪する現代日本の病理に迫りつつ、公開捜査的要素を出そうとするものです。ずばり我々の番組によって事件が解決されるのが狙いです」

冴子もそのつもりだった。ルポを書くことによって、少しでも真相に迫り、できれば自分の手で解決の糸口を発見するというカタルシスを得ようとした。だが、現実はそう甘くなかった。

無言で見返す冴子に、大木は続ける。

「ところで栗山さん、記事に書けなかったこともおありでしょうから、そんなことも含め、もう一度事件の全容をざっと説明していただけますか」

冴子は、手元のファイルを広げるふりをして、男たちの視線を避けた。

「みなさんもご存じの通り、藤村家の家族四人は、今年一月二十二日の夜、忽然《こつぜん》と姿を消してしまいました」

　冴子が言うと、羽柴がすぐに応じた。

「一月二十二日の夜というのは、確かなんですか」

「正確に言うと、二十二日の夜十時過ぎから翌朝七時までのどこかです」

「特定できるんですね」

「ええ、二十二日の夜十時頃、晴子さんの友人が電話をかけてきて、本人が出ています」

「晴子というのは」

「そうですね、もう一度家系図を確認しておきましょうか」

　そう言って冴子は、その場にいるひとりひとりに、親戚関係等が一目でわかる、家系図を書いたプリントを配付した。ルポを書きやすくするために、冴子が簡単に整理したものだった。

「よろしいですか。藤村家の構成メンバーは、夫の孝太、四十九歳、地元のJA勤務。妻、晴子四十五歳、伊那《いな》市内の高校教師。長女、扶美《ふみ》、高遠高校一年。長男、啓輔、高遠中学一年。以上、四人です。この四人が、二十二日の夜十時の時点で家に居たことは確かです」

「電話をかけてきた晴子の友人が、そう言っているのですか」

　訊《き》いてきたのは羽柴だった。

「もちろん、家族のひとりひとりと話したわけではありません。ただ、晴子の友人は、電話で話していて、一家に何ら変わったことはなく、居間にいるほかの家族の話し声が、受話器に流れ込んできたと証言しているのです」

「なるほど、でも、その時点で、たとえば、家族のうちのひとりふたりが消えているということも考えられるわけでしょう」

羽柴は、疑問点を提示してきた。

「その可能性はあります。でも、晴子の友人が得た感触によれば、その時点で、藤村一家に異変が起こっていたとは考えにくいということです」

「何を喋《しゃべ》ったのですか」

今度は、大木が口を挟んだ。

「晴子と、友人がですか」

「そうです」

「ふたりは高校時代の友人同士なのですが、もうひとり仲のよかった友人がアメリカにいて、一時帰国することになったから久し振りに三人で飲もうという相談です」

「アメリカ在住の友人が帰ってきたのは、いつ？」

「一月二十四日です」

「失踪《しっそう》した夜の翌々日じゃないですか。明後日の飲み会の打ち合わせをした人間が、その日の夜、自らの意志で失踪するとは考えられない」

羽柴は、独り言のように呟《つぶや》いた。考え事をするとき、彼にはボールペンの先で紙片をつつく癖があるようだ。

「そうです。少なくとも、晴子には、失踪しなければならない理由はまったく見当たりません」

「わかりました。ところで、一家が失踪したのが翌朝の七時までという根拠はどこにあるのですか」

　話を戻したのは大木だった。

「やっぱり電話です。朝の七時に、晴子の姉の順子《じゅんこ》が電話を入れているのですが、その時点で、だれも出なかったということです。平日の午前七時に電話に出ないというのは、普段なら有り得ないということです。孝太が勤めに出るのが午前九時、子どもたちふたりが家を出るのは午前八時前、晴子が勤めに出るのが最も早くて七時半」

「最初に藤村家の異変を嗅《か》ぎ取ったのはだれですか」

「長男が通う高遠中学校の担任教師です」

「学校を無断欠席したから？」

「そうです。さっそく家に電話してみたのですが、だれも出ない。子どもたちの母親もまた教師ですから、横のつながりで連絡を取り合い、職場に電話をかけてみると、彼女もまた来ていないと言う。その日の午後には、親戚に連絡を取って、事情を説明したそうです」

「それで、現場に最初に赴いたのは？」

「妻、晴子の姉の順子です」

「朝、電話をかけた女性ですね」

「ええ」

「順子が見たものは?」

「一言で言えば、ちょっとどこかへ行ってそのままいなくなってしまった、という雰囲気です」

そこで冴子以外の、六人の男は、なんとなく顔を見合わせた。

……そんなことが一体有り得るのか。

と、互いに目は訴えている。

「具体的に、彼女は何を見たのですか」

黙って聞いていた加賀山が初めて口を開いた。全員が興味深く耳を傾ける中、加賀山の表情にだけ、わずかな恐怖が含まれているように見える。

「藤村家の日常そのままです。浴室の浴槽は湯で満たされ……、もちろん発見されたときは冷めていましたけど、子どもたちふたりは既に入浴をすませた形跡があり、失踪した時点で、パジャマを着ていた可能性があります。台所では食器の洗い上げが終わり、居間のテーブルの上には、半分ばかりお茶が残された湯呑《ゆの》みがふたつ、空のビール瓶一本と飲みかけのグラスが置かれていました。ごみ箱の中には、数枚のティッシュと一緒にバナナの皮が捨てられ、子ども部屋に置かれたラジオがついたままでした」

「部屋の明かりは?」

「ついたままです」

「順子は、玄関から入ったのですか?」

「いいえ。カギがかかっていたので、裏に回って勝手口から入ったそうです」

「なるほど、そこで彼女が見たのは、一家に残された仕事は寝るだけという、日常風景だったわけですね。しかし、なぜか人間だけが消えてしまっている。ところで、栗山さんは、最初、どうお考えでした? 藤村一家が消えてしまった理由に関して、何か心当たりはありましたか」

「ごくオーソドックスに、選択肢を消去していきました。記事にも書いた通り、日本における失踪事件の大半は、借金の絡んだものです。まず、一番に調べなければならないのは、この点です。一見、堅実な生活をしていそうで、実は多額の借金を抱えていたという例は枚挙にいとまがありません」

「で、調べたわけですよね」

「ええ、徹底的に」

「でも、何もなかった」

「具体的な数字を申し上げます。孝太名義の定期預金が二千五百万円、晴子名義の定期預金九百五十万、子どもたちの分は除外するとして、二人の額を合計するとほぼ三千五百万に達します。それでいて、家のローンは既に完済していて、なし。残っているのは車のローンだけで、これは残金百万円を切っています。それ以外に、不動産を所有していますが、担保はついていません。ようするに、この一家は、ほとんど無借金の上、三千五百万円にものぼる定期預金を所有していました。さらに、失踪以降、銀行口座からは一銭も引き出されていません」

「借金による失踪の線はまったく考えられないということですか」

「有り得ないでしょう」

明確な数字を提示された以上、納得せざるを得ない。藤村一家が借金を苦に夜逃げしたという事態だけはなさそうだ。

「他の可能性は？」

「借金以外に、失踪の原因として浮かぶのは、痴情のもつれです。孝太は、身辺がきれいで、不倫等の噂はどこからも聞こえてきません。もともと社交的ではないのか、友人も少ない。ただ、妻の晴子のほうは、なかなか魅力的な女性だったらしく、他の男性との仲が噂されたことがありました」

「ほう、で、夫のほうは知っていたの」

勢い込んで訊いたのは、大木だった。夫が妻の浮気を知り、逆上して一家心中に走ったという展開を、脳裏に描いているらしい。もちろん、冴子も同じ予想を抱いたことがあった。

「その可能性も検証したのですが、どうも、孝太の耳に、妻に関する噂は届いていないようなのです。根拠のない噂というだけで、しかも流れた範囲は彼女の職場に限定されています。である以上、妻の浮気に思い悩む夫、という線も出てきそうにありません」

大木プロデューサーは派手な動作で椅子の背もたれに、上半身を倒し込んだ。

「うーん、となると、やっぱり例の線かなあ」

「拉致《らち》、ですか」

「ええ、どうですか」

「例の国の仕業というのはないと思いますけど、残された可能性の中で最も高いのは、拉致だと思います」

「ほう」

大木は、妙に感心した声を上げ、背もたれにあずけていた上半身を戻し、テーブルの上に乗り出してきた。

「他に考えられません。犯人の一団が家に侵入して、家族を連れ去ったという可能性は、ゼロです。家が荒らされた形跡はまったくないですから。ガレージには自家用車が残されていて、夜、一家が車で出かけて事故にあったという線も考えられない。ごく親しい人によって、家族全員が近所に呼び出され、あらかじめ用意されたワゴン車か何かで連れ去られた……、それ以外の解釈は成り立たないように見えます」

「なるほどね。さてさて、こんな場合、他にどんな推理が成り立つかな」

大木は、冴子以外のメンバーに感想を求めた。

「まず考慮に入れるべきは、ＵＦＯの存在じゃないですか」

　わざと大きく目を見開いて、構成作家の里山が言うと、一気にその場の雰囲気が和んで、何人かが笑いを漏らした。里山が本気で言っているのか、冗談で言っているのか、冴子には判断がつかなかった。外見は、いかにも引きこもりのオカルトマニアのようで、案外本気で宇宙人の介入を信じているのかもしれない。

　冴子は笑って受け流してから、記事には書けなかった、彼女の推理を披露する。

「ここだけの話ですが、調査を始めた頃、わたしは、孝太の兄の精二《せいじ》が怪しいと考えました」

　明確な根拠もなく、個人を特定して、彼への疑惑を活字にすれば、人権侵害で訴えられかねない。証拠がない以上、ルポの中では決して触れられない箇所であった。

「ほう、なぜです」

　大木と羽柴は同時に関心を示してきた。

「この人物に借金があるからです」

冴子が言うと、その場にいる人間は一瞬で表情を硬くした。里山の顔にだけは、失望が浮かんだように見える。

「なるほど、借金ですか。で、いくらぐらい？」

　大木が尋ねた。

「約二百万円。経営していた会社等の倒産によるものではなく、浪費がかさんでローン地獄に陥ったものです」

「ま、よくあるパターンですね」

「しかし、彼には返せるあてはまったくありません」

「もし、藤村一家が全員失踪《しっそう》した場合、藤村家の財産は、全部、彼のところにいくわけですか」

羽柴の確認に答えて、冴子は首を縦に振る。

「ええ、その通りです。他に兄弟はいません。藤村一家がこのまま姿を現さなかった場合の、法定相続人は、精二です。さっきも申しあげた通り、藤村家の資産は、定期預金を合計しただけで三千五百万円にのぼります。それ以外に現住居である家と宅地、他の場所に所有する不動産等合計すれば、五千万を軽く超えるでしょう」

「なるほど、仮に精二が犯人だとして、一家全員を亡き者としなければ、財産を得ることができないってわけだ」

「彼、わたしに訊《き》いてきましたもの」

「なんて」

冴子は、思いっきり喉《のど》の奥を濁らせ、精二の声を真似て言った。

「失踪宣告を受けるまでに七年かかるというのは本当かね」

羽柴は、はっとした表情で見返してきた。これまでごく真面目に、訊かれたことだけを平凡に答えてきた冴子だった。それが突如、欲望丸出しの中年男の物真似をしてきたのだ。

いかにも唐突で、笑うタイミングさえ与えられなかったが、羽柴には、冴子のキャラクターを見直すきっかけにはなったようだ。羽柴は、愉快なおもちゃを発見した少年のように、顔を輝かせた。

「なるほど、失踪宣告を受けなければ、財産は彼のものにならないもんなあ」

大木もまた、丁寧だった喋《しゃべ》り方が崩れ、態度からよそよそしさが消えていった。

「で、どうなんでしょうか、栗山さんは、実際に精二とお会いになってるんでしょう」

羽柴は、精二の印象を尋ねた。

「ええ」

「どうでした。ずばり彼は、クロですか」

六人の男たちは、固唾《かたず》を呑《の》んで冴子の返事を待った。

「いいえ」

全員の期待が集まる中で、冴子はいともあっさり肩透かしを食らわせる。

「なんだ、違うんですか」

皆、口々に、なぜクロではないと断定できるのかと、矢継ぎ早に訊いてきた。

「データを見る限り、非常に怪しいのですが、会ってみれば、すぐにわかります。精二は完全にシロです。そんな大それたことができるタマではございません」

冴子の喋り方がよほどおかしかったのか、羽柴は、顔を歪《ゆが》ませて笑いを堪《こら》えた。

「罪を犯すような人間ではない、と」

「いいえ、彼の心根はひどいもんです。金のためなら、どんなことでもやるタイプでしょう。でも、彼が事を起こせば、必ずぼろが出ます。そんなタイプなのです。今回の事件では、一家四人が、まるで神隠しにあったかのように、何の証拠も残さず、一晩で姿を消しています。絶対に、彼ひとりでできる芸当ではありません」

「しかし、単独犯とは言い切れないでしょう。ひょっとしたら、仲間がいたかもしれない」

「もっと有り得ません」

即座に冴子が否定したため、疑問を呈した大木はちょっと面食らい、わざと片方の肩を落として見せる。

「なぜ、わかるんです」

「まともな人間なら……、いえ、まともじゃない人間でも、精二と組んで仕事をしようなどとは、決して思わないでしょう」

ほんの二、三回会っただけで、そんなことまでわかるのだろうかと、皆一様に疑わしそうな顔をしている。

「そんなにはっきり断定できるんですか」

「彼、ちょっと変わってるんです。いえ、ちょっとではなく、だいぶ。仕事を転々として、社会性がまったくないというのか……、家族の鼻摘《つ》まみ者で、藤村家の者も遠ざけていたふしがあります。近所の掘っ建て小屋に住んでるものの、住所不定も同然で、一か月から二か月、長いときは数年という期間で、姿を消してしまうことがあるんです。会ってみればだれでもわかります。証拠ひとつ残さず、一家四人を拉致するグループの一員にさえ、なれない男だということが」

精二に対する冴子の評価は、度を超えて低い。羽柴は、その断乎《だんこ》とした響きが心地好《よ》いのか、妙に満足気な顔を天井に向けている。あるいは、取材の過程で、冴子と精二に何かあったのではないだろうかと、邪推を働かせているのかもしれない。

それと比較して、大木のほうは、なんとなく顔をしかめているようだ。

「でも、藤村家のカギを持っているのは、その、精二ですよね」

カギというのは文字通り、現在は空き家になっている藤村家玄関のカギのことである。

「そうです。やっかいなことに、彼が現在、藤村家の管財人となっています」

「ということは、精二の許可を得ない限り、何人も藤村家に入ることはできないわけですね」

「そう、その通りです」

「でも、あなたの書かれたルポを読むと、あなたは家の中にお入りになっているようですが」

「わたしは、入ることができた数少ないひとりだと思います」

「お金を無心されましたか」

「いいえ、藤村家の内部に入る入らないに関して、お金は一切絡んでいません。不思議なことに、精二は滅多なことでは取材陣を家に入れようとしないのです。たぶん、彼がカギを貸すのは、自分の味方だと思われる人間だけなのではないでしょうか」

冴子の書いたルポの特色はまさにそこにあった。彼女のものだけが、現在空き家となった藤村家の内部を克明に描写していた。テーブルに残されたビール瓶、子ども部屋の机に設置された古めかしいラジオ、ごみ箱の中で黒ずんだまま固くなったバナナの皮、浴室の洗濯籠《かご》に放り込まれた衣類……。住人のいなくなった家の中、無機質な品々を客観的に描写することによって、冴子は、ある種の恐怖を引き出し、読み物としてもおもしろい記事に仕上げていたのだった。

「ほかの取材陣は？」

「拒否されています」

「なぜ、あなただけが許され、ほかの取材陣は拒否されたのですか」

「わかりません。たぶん……、その、わたしだけが……、気に入られてしまったんじゃないかと思います」

その言い方が、切実に嫌そうだったので、羽柴は堪えきれず、ついに声に出して笑ってしまった。

「いや、失礼。精二さんがあなたを気に入る気持ちもよくわかりますが、あなたがお嫌な気持ちもよくわかります」

大木は、羽柴の追従に付き合わないで、逆に真面目に顔を引き締めてきた。

「実はですね、今回の番組では、カメラが家の中に入る必要が出てくるのです」

三十分という時間枠の中、一家が失踪を遂げた家の中が映らないのでは、番組として成立しにくいのは確かだろう。テレビ制作の現場を知らない冴子にも、そのぐらいの察しはつく。

「そうでしょうね」

冴子が相槌《あいづち》を打つと、大木はシャツの袖《そで》で半分隠れた手の甲をテーブルの上に置き、ゆっくりと組んでいった。

「そこで、栗山さん。お訊きしたいのですが。あなたが頼めば、精二は、我々取材クルーが家に入ることを許可すると思いますか」

頭の中で歯車の合うカチリという音が聞こえたように思う。藤村一家失踪事件をルポしたライターはあまたいるけれど、なぜその中から取材協力者として自分が選ばれたのか、ここに至ってようやく合点がいった。

プロデューサーもディレクターも、空き家に入るためのカギを欲しがっているのだ。

……その仲介役として、わたしを必要としたんだわ。不名誉なことに、精二という男に気に入られてしまったわたしを。

取材協力を依頼されたのは、優れたルポを書いたからだと思い込んでいた冴子は、鼻を折られたような気分になった。

5

打ち合わせを終え、会議室を出ようとすると、羽柴が、

「玄関まで送りましょう」

と、申し出てくれた。エレベーターでロビー階に降り、歩きかけたところで、羽柴は立ち止まって、腕時計に目をやった。

「時間ありますか」

ちょっとお茶でも飲みませんかという訊き方だった。急いでいるわけではない。帰りに図書館に寄ろうと決めていたが、個人的な用件であって、時間の制約はなかった。

「ええ」

冴子が答えると、

「じゃ、そこのカフェテリアで」

と、先に立って案内する。羽柴には、実際に何か話したいことがあって誘っているような雰囲気があった。

テーブルを挟んで席に座ると、羽柴はペコンと頭を下げ、

「どうもすみませんでした」

と、謝ってきた。何を謝っているのかわからず、冴子は正直に、

「何がですか」

と、聞き返した。

「我々があなたの協力を必要としたのは、藤村家の玄関キィが欲しかったからというだけではありません」

冴子はふっと頬を緩めた。会議室で見せたに違いない、むっとした表情がどこからくるものなのか、正確に読み取っていることに感心させられた。

元の夫は、いつも心の内を読み違えて、冴子は苛々《いらいら》させられてばかりいた。夫の無神経な一言が引っ掛かって機嫌を悪くしたにもかかわらず、不機嫌なのは空腹のせいと決め付けて無理に食事を強要してきたり、ふと見せた涙の訳を勘違いして、「いつまでも過去の悲しみを引きずるなよ」と、陳腐で説教臭いアドバイスを聞かされたりするたび、彼と自分の間に横たわるズレを意識させられた。

亀裂《きれつ》は埋まることなく、小さな事件を重ねながらますます拡大され、最終的に離婚という事態に至ったのだが、もとはといえば、「ああこの人とは何かが違う」という、些細《ささい》なすれ違いが始まりだった。元の夫に、心の中をぴたりと言い当てられたためしはない。

「わざわざそんなことを言うために、お茶に誘ったんですか」

嫌がっていると誤解されないよう、冴子は、愛想のいい笑みを浮かべて尋ねた。

「もう、ひとつ。番組の中身がああなってしまったことについて、説明したかったからです。だって、わたしは見逃しませんでしたよ。プロデューサーが、あの家に霊能者を入れると言ったときに、あなたの顔に浮かんだ表情……、軽蔑《けいべつ》が混じっていませんでした？」

冴子は笑いながら、手を横に振った。

「そんなことないのに」

「なんというステレオタイプ、なんという安易さ、お決まりの展開、常套《じょうとう》手段、手垢《てあか》のついた手法……、たぶん、あなたの脳裏にはそんな言葉が流れていったんじゃないですか」

「そこまで卑下することないんじゃありません？」

実は、羽柴の言う通りだった。大木プロデューサーが、藤村家の内部を霊能者に見てもらい、一家四人がどこに消えてしまったかを占ってもらうという企画を説明し始めた瞬間、あまりにありふれた展開に、冴子はがっくりと肩を落としてしまったのだ。自分が関わる番組なのに、それはないだろうと。

「でも、そうなんでしょ」

「正直言って、ちょっとびっくりしただけです」

冴子は、両手の平を羽柴に向け、驚いて見せた。しかし、びっくりしているのは企画の内容にではなく、羽柴の反応に対してだった。こんなことでムキになる羽柴が、子どものようで、可愛くも見えてくる。自分が有能なディレクターであることを、アピールしたくてしようがないのだ。そのためには、今ここで、お決まりの番組制作を押しつけられた憐《あわ》れなディレクターを演じて見せなければならない。

「番組の企画というのはひょんなところから始まるものなんです。今回もそうでした。里山や重田たちと昼飯を食べていたところ、だれからともなく、高遠で起きた一家失踪《しっそう》事件を話題に上げてきたんです。不思議だ、原因として何が考えられるかということになり、番組として成立しないかどうか頭をひねっていたところに運よくというか、悪くというか、大木プロデューサーがやって来て、霊能者として有名な鳥居繁子《とりいしげこ》があの事件に興味を持っているという情報を伝えてきました。そこからあとは、とんとん拍子で話が進み、結構すんなりと企画会議を通ってしまったという次第です。ようするに、最初に霊能者の鳥居繁子ありき、という企画でした」

話を聞いているうち、冴子は、その流れが当然のように思われてくる。仮に、冴子だったら、どんな番組にするだろうか。現在明らかになった事実だけを並べたてれば、硬派な路線を狙った報道番組にはなるけれど、実際に視聴率が取れるかどうかは、怪しいところだ。民放の場合、視聴率が命だった。手を替え品を替えて、視聴者の関心を煽《あお》らなければ、特番として成立しにくいに決まっている。しかも、高遠失踪事件は、世界の怪奇ミステリー現象の枠に括《くく》られて放送されるという。霊能者という色もの的要素が入るのはある程度、仕方ないのかもしれない。

「そんな気になさらないでください。わたし、批判しようなんてつもりは毛頭ございませんから。きっと、おもしろい番組になると思いますわ」

冴子に慰められ、羽柴はほっと顔を崩して、コーヒーカップに口をつける。

「あなたはおもしろい人ですね」

口調から推して、けなされているのではないとわかるけれど、どうおもしろいのだろうと、冴子は、首を傾《かし》げてみせた。

「おもしろいって？」

「喋《しゃべ》り方も、喋る内容も、おかしい」

まだ二度しか会ったことのない相手が喋り方がおかしいと指摘するのは、常識的に見て、失礼なことかもしれない。だが、冴子は、怒るでもなく平然と、

「あら、はっきりおっしゃるのねえ。わたし、どんなふうに、変？」

と、問い返す。

「まだお若いのに、言い回しに年季が入っている」

「わたし、いくつに見えます？」

「二十代後半でしょう」

「プラス十」

それを聞いて、羽柴は一旦《いったん》テーブルから身体を引いて、また徐々に近づけていった。あらゆる距離、角度から冴子を眺め、実年齢と外見との差を吟味しようとでもするように。

「冗談でしょ」

「来年、三十六歳になります」

「驚いた。じゃ、ぼくと同い年じゃないですか」

冴子のほうこそ、羽柴は自分より年下とばかり思い込んでいた。

「同級生ってわけね」

冴子は、急に親しみを感じて、話し方から硬さが抜けていった。

羽柴は、ふたりが過ごしてきた時代に共通の話題を見つけようとして、小学校、中学校、高校時代のエポックメーキングとなった事件に言及してきた。冴子は、表面で話を合わせながら、心の奥底で、この人は結婚しているのだろうかということが気になり始めた。冴子は、ごく自然に、羽柴と一緒にひとつ部屋にいるときの気分を想像しようとした。どことなく安心できて、身体中の筋肉が寛《くつろ》ぐように思えるのだ。がっちりした体格が安心感を与えるのだろうか。控え目な態度の裏に、精神のタフさが感じられた。ただひとつ気になるのは、実際以上に自分を有能と見せたがる幼さを匂わす点だ。しかし、それがほとんど初対面である冴子の関心を引こうとするだけのものなら、愛嬌《あいきょう》と許して、歓迎してあげてもいいと思う。

小学校から高校時代までの話題を、冴子は、敢《あ》えて避けたわけではなかった。なんとなく、あの頃のことを思い出したくなかっただけだ。

生返事が多くなったのを微妙に感じ取り、羽柴は、今回の仕事のほうに話題を移していった。

「現代の神隠し……、なんていっても、実際には偶然が重なっただけで、神秘性も何もない事故なのかもしれませんね。番組の放送直前に、あっけなく事件が解決されたら、目も当てられないな」

羽柴はそう言って力なく笑うのだが、冴子は、別の考えを持っていた。

「昔から日本には神隠しという言葉があって、失踪という現象が取り沙汰《ざた》されてきました。山に入って消えてしまった人間は、鬼や天狗《てんぐ》にさらわれたと言われ、川で消えれば河童《かっぱ》のせいにされる。それ以外にも、神隠し譚《たん》には類型が見られるのです。たとえば、神隠しの多くなる季節は春、時間は夕暮れ時……、事件の前後では、決まって風が強く吹いたりする。そして、神隠しにあった人間は、運良く戻ってきたとしても、どこに行っていたのか、その間の記憶が完全に消えてしまっているんです。だからこそ、神秘的な体験として、その後に様々な臆測《おくそく》を引き起こすんですね。やれ天狗にさらわれた、やれ狐に騙《だま》された……。でも、実際には、現実から逃れるため自ら失踪したり、事故にあっただけというケースが多かったんだと思います。結婚の前夜、突如姿を消してしまった若い女性のケースなんて、ただ単に結婚したくなかったから失踪したというだけかもしれません。逃避する先イコールユートピアという見方だってあるんですもの。ほら、たとえば、浦島太郎の物語のようにね」

そこから、羽柴は一方的に聞き役に回った。適宜質問に答えることによって、冴子は、日本と世界における神隠し譚から歴史上の集団失踪事件、現代社会の失踪に至るまで、現象を細かく分析した上で、失踪者の行方を調べるための具体的方策までも披露したのだった。

その上で、冴子は断言した。

「今度のケースは、過去のどのパターンとも違います」

「地元の住民たちは、現代の神隠しと呼んでいるのでしょう」

「ええ、不思議な失踪事件は、決まってそう呼ばれますから」

「これまでのパターンとはどう違うんですか」

「そう、なんて言ったらいいのか……、手品というか、もっと大掛かりな、イリュージョンに近いものと思われてならないんです」

「イリュージョン……。ああ、ステージの上でマジシャンが人間を消してしまうような」

「そう、だって、わたしは、藤村家の中を見てるんですもの。間違いなく、一家は、あの家の中から一瞬で消えてしまった」

「しかしマジックには必ずトリックがある」

「そう、でも、わたしにはわからない。詳しく調査した結果、出た答えは、わからないということ」

　羽柴は興味深く、耳を傾けていた。聞いているだけで、冴子の失踪に関する知識は十分に豊富であり、しかも、経験に裏打ちされていることがわかってくる。

「あなたは失踪事件の調査を専門とするライターなんですか」

「まさか、今回が初めてです」

「それにしてはやけにお詳しい」

「昔取った杵柄《きねづか》……、だからわたしにお鉢が回ってきたってわけ」

意味がわからず羽柴は首を傾げてみせたが、冴子は目をつぶってこれを無視した。高校生のときに味わった苦汁を、ここで打ち明ける気にはならなかった。今でも、力を込めて制御しなければ、神経がやられてしまいそうになるほど、辛《つら》さはしこりとなって胸に残っている。もう十八年が経過したというのに、思い出すたび、胸の痛みが蘇《よみがえ》ってくる。

羽柴は、冴子の顔に浮かんだ表情を見逃し、つい軽口を叩《たた》いてしまった。

「子どもの頃、家出の計画を立てたとか……」

羽柴は冗談のつもりで言ったようだが、冴子は笑えなかった。家出は、唯一身近だった者との別れという、同じ状況をもたらすだけだ。まさか、自らの意志で家出などしたいと思うものか。身を切られるような寂しさの中へ、敢えて飛び込めるわけがない。

冴子の心は、当時の感情をそのままの形で取り戻そうとしていた。一方で、引き返せという声が聞こえるのだが、次々に襲い来る波に連れ去られ、意識は現実から遠のき始める。こうなるともはや、まともな会話ができなかった。ずるずると黒い淵《ふち》の底に引き込まれていくようなものだ。自分だけの世界に取り残され、だれが何を喋ろうと、声が耳を通り抜けるだけで、言葉の真の意味が脳裏に残ることはない。

羽柴は、冴子の突然の落ち込みに戸惑っていた。自分の発したどの言葉が、彼女を傷つけてしまったのだろうかと思い巡らし、会話のスムーズな流れを回復させようと懸命になっているようだ。これから先の取材日程を告げる羽柴の声が、片方の耳からもう一方の耳へと、通り過ぎていった。ごくわずかな単語だけが、脳裏に引っ掛かってくる。

「十日後……、取材クルー……、台本……、鳥居繁子……」

しかし、冴子は何も返事ができなかった。

……ああ、またやってしまった。

自分の置かれた状況をあっさりと捨て、過去の思い出の中に取り込まれてゆく。子どもの頃から無数に聞かされていた父の言葉が、そのままの温かみを持って耳の奥で蘇り、次の瞬間に消去された。喪失の悲しみが一気に体内に流れ込み、冴子の眺めている風景から輪郭が消え、暗黒に包まれていく。今朝、ベッドの中で体験したばかりなのに、また同じ症状に見舞われようとしていた。「助けて」と声を上げようとしても、肉体はいうことをきいてくれない。

ところが、暗い淵に落ちかけたところで、冴子の意識は現実に引き戻された。左手の甲に熱を感じて目を開けると、そこには心配そうに覗《のぞ》き込む羽柴の顔があった。自分の手の上には羽柴の手が重ねられている。

「大丈夫ですか」

人の身を案じる表情に嘘偽りはなかった。触れ合った皮膚の表面を通して、心の中に柔らかな光が流れ込んでくる。

回復は目覚ましく、冴子はまたたく間に肉体感覚と話の接《つ》ぎ穂を取り戻していった。

「ごめんなさい。ちょっと、貧血気味なの」

羽柴は頬を緩めてひとつ頷《うなず》いただけで、手をどかそうとはしなかった。

他者との関わりによって、持病ともいえる症状から回復できたことが、冴子には小さな驚きであった。

6

その図書館は外部への蔵書の持ち出しを許しておらず、館内に持ち込めるのはノートと筆記用具程度に制限されていた。それで構わない。冴子にとって必要なのは、ノートとボールペン、父からもらった絵ハガキ、その三点である。

図書館は分野によってフロアが分かれていて、冴子が上がった四階の書棚は、科学を専門に扱う本で占められていた。

中学、高校と勉強の場として使っていた図書館であったが、父の失踪《しっそう》を境にしてぱたりと来なくなってしまった。久し振りに嗅《か》ぐ館内の匂いは懐かしく、子どもの頃の様々なエピソードが思い出されてくる。小学校から中学校へと進む春休み、父の実家の熱海から戻ってすぐのこと、冴子は、「宿題」をこなすために何回かここに通った。問題が提示されたのは、父と出かけた伊豆《いず》サイクルスポーツセンターである。

父はその頃多忙を極め、海外を行ったり来たりの毎日であり、娘を構ってやれないのが辛く、ならば春休みの間だけでも実家の祖父母に面倒を見てもらったほうが両者にとってもいいのではないかと、冴子を熱海《あたみ》へと送り出した。冴子にしても、せっかくの春休みをひとり東京で過ごすより、祖父母に甘えていたほうがよほど楽しく、熱海行きは望むところであった。

翌年に相次いで亡くなる運命を事前に知っていたかのように、祖父母は冴子をかわいがってくれたのだが、その猫かわいがりぶりを少々鬱陶《うっとう》しく思い始めた四月初めの桜が満開の日、父は期せずして冴子が滞在する熱海にやって来た。海外出張から急に戻ることになり、チャンス到来とばかり休日を実家で過ごすべく、早朝に車でやって来て冴子が寝ている枕元に座り、耳元に囁《ささや》いた。

「サエ、起きろ。パパだよ」

目覚めて、父の顔を間近に見たとき、冴子が抱いたのはなんともいえない安心感だった。ほっと安心したのと、嬉《うれ》しいのとが相俟《あいま》って、冴子は、上半身を弾《はじ》けさせた。

冴子が寝ていたのは広縁つき十畳の和室で、ひとりでは持て余すほどの広さがあった。薄闇の中にあぐらをかく父は、部屋の密度を上げると同時に、朝の冷気を払ってくれる。冴子は、はねのけた掛け布団の上に前屈《まえかが》みになって、羽毛の感触を味わった。このままもう一度眠ってもいい。今なら、どんな夢を見ても、不安にはならない。

こうあってほしくないという願望が悪夢を生むのか、父がいなくなったり、死んでしまったりする夢をみることが多かった。そんなとき、目覚めてからも動悸《どうき》は治まらず、近くに父がいて存在を確認できればいいのだけれど、留守だったりすると、冴子は父の姿を見るまで不安に苛《さいな》まれた。特に出張中は、元気な顔を見るまで安心できなかった。それを知っていて、父は留守中には必ず夜の八時に電話をかけるようにしていたのである。

　自分の完全なる庇護者《ひごしゃ》を失うことによってもたらされる恐怖は、想像の域を超えていた。祖父母は十分にかわいがってくれるけれど、心の容器から溢《あふ》れてこぼれるような無償の愛の、代役にはならない。感受性が豊かなだけに、想像の中の父の死が現実以上の重みを持ってのしかかってくる。父がいなくなった後の世界の悲しさを思っただけで、何度布団の中で泣いたか知れない。初詣《はつもう》でや神社でお参りするとき、冴子はまず父が長生きしますようにと祈った。

　春の日の早朝、父は、突っ伏してしまった冴子の背中に手を乗せ、徹夜明けにもかかわらず興奮した声で、こう言ってきた。

「サエ、ドライブに行きたいんだけど、付き合わないか」

　出かけたのは、熱海からほど近い距離にある伊豆のサイクルスポーツセンターだった。二時間ばかり仮眠を取った後、父は嬉々《きき》として伊豆スカイラインに車を走らせた。

　名前の通り、自転車を中心にしたアトラクションを備えたテーマパークは、様々なゾーンに分かれている。サイクルコースターやサイクルモノレールなどの遊戯施設のゾーン、夏場はプールとなるウォーターゾーン、温泉やレストランもあればパターゴルフもある。しかし、大きな特徴は、全長五キロと二キロのロード自転車用と、オフロードのマウンテンバイク用コースを備えていることだ。

　春休みとあって、その日は家族連れで賑《にぎ》わっていた。

父はジーンズにジャンパーというラフな服装で走り回り、冴子の望みをすべて聞き届けようとする。

「サエ、次は何がやりたいんだ?」

たまに取れた休みだけに、短時間でこれまでの遅れを取り戻したいのだろう、張り切り方は子ども以上で、見ているだけで疲れてしまう。

冴子も遊園地は大好きだった。一緒にサイクルコースター、サイクルヘリコプター、サイクルモノレールなどに乗り、全長二キロのサイクリングコースに挑んだはいいが、終えたところでさすがの父も音を上げた。普段からの運動不足と過労に加え、今朝は徹夜明けである。疲労も極みに達すると、父は、公園内のベンチに座り込んで、肩を沈めた。

「やっぱ、年だよなあ」

張り切り過ぎたことを後悔し、苦笑いを浮かべた父は、しばらくの間ベンチの上で脱力していたが、正面にある広場で走り回る自転車の形状を眺めているうち、

「うん、うん」

と、ひとり納得して頷き、見る間に生気を取り戻していった。

そこは自転車の牧場ともいえる広場だった。木の柵《さく》で囲まれた円形の広場には、大小様々の自転車が放置され、子どもたちは好きなタイプを選んで乗ることができる。しかし、自転車はどれも奇妙な形をしていて、子どもたちは乗りこなすのに必死だ。

後輪に比べ前輪が極端に大きいもの、板の上で身体を上下させることによって前に進む

もの、一輪車、三輪車、四輪車、ハンドルの形状が変わっているもの……、現在、市販されているタイプと比べ、グロテスクともとれる形の自転車が、柵の内側で放牧されている。

そのとき父は何か思いついたに違いなく、急に目を輝かせ、こんな譬《たと》え話を始めた。

疲労のあまり肉体がついていけなくなった父は、代わりに頭を使って、冴子のイマジネーションを刺激しようとしていた。

「いいか、サエ。ここにある自転車はな、絶滅種ともいえるものなんだ」

まだ中学入学も果たしていない冴子に、父が話す内容がすべて理解できたわけではない。しかし、お構いなしで、父は喋《しゃべ》り続けた。

「自転車という道具が初めて人間の手で作られたばかりの頃は、たぶん試行錯誤の連続だったに違いない。どのような形状のものがもっとも合理的で、性能が優れているのか、乗っていて速くて楽か、なかなかわからなかった。だから様々な種が作られた。ほら、そこにあるやつ……。後輪より前輪のほうが極端にでかいだろ。チェーンはなく前輪を直接足でこぐタイプだ。しかし、より性能のいい、新しいタイプが出現すると、淘汰《とうた》されていった。古いやつは、量産車として市場に出回ることはなく、こんなところで骨董《こっとう》品として、子どものおもちゃになっている。ま、いってみれば、博物館にのみ遺骸《いがい》が保管されている絶滅種のようなもの、ここにあるのは自転車の化石。わかるか」

自転車の化石という譬えに興味を引かれ、冴子は父の言葉に耳を傾けた。

「人間の手で作られた製品と、地球上に誕生した生命の間には、奇妙な類似がある。ここでは初期生命誕生のメカニズムには触れないでおこう。アミノ酸の濃縮スープをかき混ぜていたら偶然生命ができたなんて、到底考えられない。サエがもっと大きくなったら、おれの考えを話してあげるが、メカニズムに関しては不明であるとだけ心得ておけ。とにかく、約三十九億年前……、地球ができて十億年もたたずして、最初の生命が誕生した。こいつは、核を持たない原核生命で、バクテリアみたいなものだ。機構はごく単純なものだったが、生命であることに変わりはない。ごく原始的な生命は、その後、約二十億年もの間、何の進歩も遂げずに同じ形態を維持し続ける。いいか。二十億年もの間、変化なし。気が遠くなるような長さだ。ようやく核を持った真核生命が誕生するのは十五億年前のこと。そして、さらに時代が進んで六億年前、カンブリア紀の大爆発と呼ばれる、一気に生命が多様化していく大変化が訪れた。ここで現れた生命は、それまでのものとうって変わって奇妙な形をしている。現代の基準から見て、どっちが頭でどっちが尻尾《しっぽ》なのか、あるいはどっちが上でどっちが下なのかわからないような、グロテスク極まりない生き物たちだ。さらに、四億年前、植物が先に陸に上がり、続いて両生類が誕生して陸に上がり、恐竜が出現し、動物が空を飛び始め、哺乳類《ほにゅう》が跋扈《ばっこ》し、言語を操る人間が登場して、現在見られるような生物界ができあがっていった。その中では、絶滅した種のほうが圧倒的に多い。進化の過程で、九十九パーセント以上の種が絶滅してきたと言われている。有名なものは、サエも、知っているだろう」

三畳紀《さんじょうき》に出現して、ジュラ紀にわが世の春を謳歌《おうか》した恐竜は、今から六千五百万年前の白亜紀《はくあき》末期に滅亡したことで有名である。絶滅の原因に関しては諸説紛々、巨大隕石《いんせき》衝突説、巨大分子雲説、地殻変動説、プレートテクトニクスによる大陸移動説まで様々であり、現在のところ、確かなことは何もわかっていないが、冴子は、学校の友人同士で話題に上げたことがあった。

「さて、ここで人間の作り出した道具……、製品を見てみようか。我々の直接の祖先のひとつは、新人、クロマニヨン人とされているが、それ以前、旧人、原人の時代から簡単な石器が使われていた。たとえば最初に原人が作り出した製品は、石でできた斧《おの》、ハンドアックスであり、最初の使用は百数十万年前に遡《さかのぼ》る。現在から見れば信じられないような長い期間……、そうだな、およそ百万年もの間、ハンドアックスはさしたる変化もなく、同じ形状を保って使われた。どうだ、最初に誕生した原核生命が二十億年もの間、進化しなかったというのに似ていやしないかい。さて、エジプト、メソポタミア、インダス、黄河《こうが》流域に文明が誕生すると、人間が作り出す製品のバリエーションは徐々に増えてくる。原核生命が核を手に入れ、多細胞生命へと変化するようなものだ。しかし、まだ他の生命を捕食し、そのエネルギーを消費して動くもの……、動物界系はできていない。たとえれば、植物界系ともいえるものばかりで、製品がエネルギーを消費して作動するものはなかった。ギリシア、ローマ、ルネッサンスを経て、十七世紀にニュートンが登場すると、古典力学の一応の完成をみる。そしてイギリスにおいて産業革命が起こる。これは、生命史における動物の登場、あるいはカンブリア紀の大爆発を彷彿《ほうふつ》とさせ、以後、機械化と動力化が推し進められ、製品の多様性は一気に増す。日本ではどうか。弥生《やよい》時代から江戸時代まで、製品のバリエーションにあまり変化はなかった。一気に変わるのは明治になってからのことだ。製品は徐々に進化するのではない。停滞期間を経て、変化すべき時がくると、瞬く間にバリエーションを増やしていく。そして停滞期間は、過去から現在へと時が経つにつれて、短くなる。わかるだろう。十九世紀に起こった文明の進歩と、二十世紀のそれとでは比較にならないぐらい後者のほうが速い。

もうひとつ、生命進化と製品の進化の類似点は、両者とも絶滅が起こるということだ。日本を例にとろう。江戸時代に移動の手段として使われていた駕籠《かご》や人力車は、車や電車の登場を待って絶滅した。同じ目的を持ち、さらに進化した製品が現れれば、古い製品は消えていく運命にある。かと言って、ずっと生き残るものも多い。さっき言及した石斧は、もっと洗練された鉄製の斧となり、その形状は現在もほとんど変化がない。ナイフ、フォークやスプーン、箸《はし》などはむかしからずっと同じ形状のままで、これからも変わる可能性はなさそうだ。生物にたとえれば、初期の頃のバクテリア、古細菌、あるいは太古からあまり変化していないクラゲやウミユリ、珊瑚《さんご》のようなものだろうね。

ところで、製品の絶滅がなぜ起こるかだ。理由はさっきちょっと言いかけた。これは生命と製品の大きな違いでもある。製品が作られるのには、まず目的がある。道具箱をかき交ぜていたら偶然にテレビができたなんてことは有り得ない。人間が心に抱いた意思と目的があって、それは言語化される。だから、同じ目的を持って、さらに進歩した形態が現れれば、旧製品は居場所を失って淘汰されることになる。簡単に言えば、自動車ができれば人力車は絶滅させられる。情報理論でいえば、上書き保存されるようなものだ。名前を変えて保存されたものは、別種として生き残るってわけだ。

さて、ここでちょっと、最初に誕生した生命が、メスかオスかを考えてみようじゃないか。単細胞生命には雌雄の区別がないけれど、敢《あ》えてオスかメスの概念を当てはめるとしたら、おまえはどう思う？」

父はそこで言葉を止めて冴子に意見を求めた。

長く考えるまでもなかった。単細胞生命ではあっても単独で子孫を残すことができるのは明らかだ。となればすぐにメスという概念が浮かび上がる。

「メスだと思う」

父は軽く手を打って続けた。

「そうだな。最初の原核生命はメスということになりそうだ。雌雄が分かれるのは、おそらくカンブリア紀の大爆発のあたりで、捕食という行為の出現と時期が重なる。雌雄による生殖は、食べる食べられるということの、一バージョンなのかもしれない。雌雄ふたつある性の中で、メスは実に基本的なものであり、揺らぐことなく安定している。それだけ歴史が長いからだ。

製品にしても似たところがある。ハンドアックスやナイフ、スプーン、箸などの道具は歴史が長く安定していて、生活必需品ともいえるものだ。だいぶ遅れて出現した、エネルギーを消費する製品は、オスというか、肉食動物を彷彿とさせる。オス、動物、エネルギーを消費する製品。メス、植物、エネルギーを消費しない製品。なんとなく、大きくふたつのカテゴリーにわかれるような気がしないかい。ゆるぎなく安定しているのはメス系のほうだ。たとえば、ほらそこにある自転車はメス系だ。だが、エンジンをつければオス系となる。メスという大樹から枝分かれしたオスは、不安定であり、常に元のところに戻ろうとする傾向があるような気がする。しかし、なぜだろう。なぜ自然界にはふたつの相反するカテゴリーが満ちているのだろうか」

世界には、相反する概念があって当たり前だと思っていたけれど、その理由を訊《き》かれると冴子には答えることができなかった。オスとメスがあるのは、次世代に多様性を残すために、互いの遺伝子を交ぜ合わせる必要があるからに違いない。生殖にはオスとメスが必要、というわけである。ふたつの性が交ざり合うメカニズムでなくても一向に構わないということを、父は後日、交互にプラスチック製の小さなナイフをおもちゃの樽《たる》に刺していき、樽に埋められた海賊が飛び出したほうが負けるというゲームをしながら教えてくれた。

「黒ひげ危機一発」という名称のそのおもちゃはデパートの福袋に入っていたもので、冴子と父は、風呂《ふろ》洗いの当番を決めるじゃんけんの代わりにゲームを始めたのだった。

……実際、働きバチや働きアリは似たシステムで生きているけれども、ほら、生殖がこのような形式を取っていても、一向に構わないんだ。この茶色の樽をメスだと思ってごらん。一個の巨大なメスだ。そして、この小さなプラスチック製のナイフは、憐《あわ》れなオスだ。オスは一体のメスに十数本群がって、プチプチと生殖器を差し込んで、精子を注いでゆく。二種類の性だけじゃなく、十数種類の遺伝子を十分に攪拌《かくはん》して大いなる多様性を用意した後、チャンスが来れば、新しい生命である海賊が飛び出す。

そう言った直後、父が刺したナイフが作用し、黒い眼帯をした漫画チックな顔の海賊が飛び出してテーブルの上を転がっていったので、冴子は、思わず歓声を上げてしまった。海賊とはいってみれば赤ん坊のことである。

「宇宙にはふたつから成る様々な対立概念がある。サエ、それを探してみるんだ。たとえば、すぐに思いつくのは、電磁気におけるプラスとマイナス、地球の南極と北極。ほかにもいろいろある。物理から生物学、いやどんなジャンルでも構わない。思いつく限り、対立する二つの概念を探し出し、そのメカニズムや由来について考えてみるんだ」

冴子は、中学に入ったばかりの頃にこの図書館に来た目的を思い出していた。宇宙にある様々な対立概念を列挙するためだ。どうも父は、パートナーとなり得るふたつの対立概念が相互に関係し合うことによって宇宙の基本構造が支えられている、と考えていたふしがある。

二十二年前の春の日、伊豆のサイクルスポーツセンターで、自転車の絶滅種を題材に父が話してくれた内容は、絵ハガキに書かれた断片との共通項をいくつか含んでいる。

生命の誕生、恐竜の絶滅、情報理論、対立概念……。

閲覧室のテーブルでノートを広げた冴子は、まず思い付く限り対立概念を記述することから取り掛かった。

……プラスとマイナス、オスとメス、右と左、N極とS極、善と悪、進歩と後退、光と闇、生と死、戦争と平和。

そこまでは中学校のときに思いついて、既に一度ノートに書き出したものだ。大学で科学哲学を学び、三十五歳になった自分は、もっと先に行かなければならない。

冴子は書き足した。

……主観と客観、実数と虚数、論理と情緒、生命と物質、引力と斥力、波と粒子、物質と反物質、カオスと秩序、ボソンとフェルミオン、相対論と量子論、物質粒子と仮想粒子。

一旦《いったん》ペンが止まったところで、冴子は「脳」と書いて、その対立概念を考えた。ときとして、脳と敵対するかのごとく働く器官が、体内のどこかにあるだろうか。すぐに「遺伝子」という相棒が導き出された。たとえば生存を願う遺伝子に対して、脳は自殺という手段を用いて反抗する場合がある。

次に書いたのは「0」だった。コンピューターの1ビットは1と0、つまりオンとオフから成っている。となると0の対立概念は1なのだろうか。いや、違う。ゼロを、何もないということ、つまり「無」ととらえれば、対立概念は「有」となりそうだが、数学上の解釈は異なる。「0」の対立概念は「無限大」だ。

「0」は実に危険な数であり、数学の歴史の中で長い間、異端の数として扱われてきた。有理数や無理数を含めた他の数とは性質を異にし、迂闊《うかつ》に扱うと大変な結果を招きかねない。他の数を0で割ると、無限大、特異点が出現して、計算不能に陥ってしまう。0は整然とした数学の枠組みを簡単に崩壊させたり、すべてを貪欲《どんよく》に飲み込むだけの力を持っている。この性質のため、中世キリスト教世界は0を悪魔のごとく恐れた。0と無限大、このふたつが持つ魔力と同等の力を有するものが宇宙には実在する。ブラックホールがそれだ。

無意識のうちに冴子は、中学校のときに思いつくべきであった、有名かつ一般的なペアをノートの上に走り書きしていた。

……神と悪魔。

オスはメスから枝分かれしたものだという父の言葉によって、冴子は、初期の悪魔が堕天使とも呼ばれていたことに気づいた。天使が堕《お》ちてきて悪魔となるメカニズムは、メスからオスが枝分かれするメカニズムと似ている。もとは同類であったのだ。

となると、0と無限大のコンビも同じなのだろうか。無限に存在するかのような星々に彩られた宇宙は、百四十億年ばかり前に、無から生じたと言われている。元はひとつであったものが枝分かれしたという点では、これも似ている。

神と悪魔、0と無限大……、神は悪魔を生み、0は無限大を生む。また、0は無限のエネルギーを内包しているといわれる。ブラックホールはすべての物質を飲み込んで、光さえもその呪縛《じゅばく》から逃れることはできない。

父が列挙したキィワードが次々と引き出されてくる。ハガキにはブラックホールという単語も記載されていた。

……父は何を言いたかったのだろう。

父が伝えたかった内容と失踪《しっそう》の間に関連があるとすれば、冴子にとって、これはどうしても解かなければならない謎だった。

目的の設定は、生きていこうという活力を与えてくれる。自分で考え、思考を押し進めていく作業は実に楽しくスリリングだ。ただ、ひとりでは限界がある。意見を出し合い、自分の考えを客観的に評価してくれる人間がいて初めて、思考の道筋にある程度の確かさが保証される。

冴子の脳裏に一組の親子の顔が浮かんだ。ここ数年会っていなかった懐かしい北沢の顔が、冴子の名前を呼び掛けてくる。

7

翌朝、午前中に電話して午後には北沢秀明《ひであき》のオフィスに顔を出そうとしていた冴子であったが、のんびり構えているうちに前園編集長からの呼び出しを食らってしまった。請われるまま出版社に出向くと、新たな仕事の依頼を受けることとなった。

藤村一家失踪事件のレポートの評判がよく、懸案であった、同種の事件を扱う企画『ミッシング・ストーリー』が、隔月連載でスタートすることが本決まりとなった旨を告げられ、否応《いやおう》なく冴子は、糸魚川《いといがわ》市で連続して起こった若い男の失踪事件のファイルの束を渡されてしまった。

「お願い、あなたしかいないの」

編集長から懇願された上、連載終了時に単行本にまとめて出版するという条件を提示されたた以上、断れる道理はなかった。今の冴子にとって、まず第一の目標は、大手出版社から単行本を出すことだ。

失踪事件といっても、藤村一家のときとは異なり、今度のパターンは単独の失踪が連続して生じたもので、被害者は二十歳前後の若者たちである。締め切りまでまだ余裕はあるが、どこを切り口とすべきかの見当は早々につけなければならない。

失踪したふたりの男性に関するデータの概略は以下の通りである。

西村智明《ともあき》（二十歳）コンビニエンスストアのアルバイト店員。二〇一一年九月十三日以来行方不明。

午後六時半過ぎ、糸魚川市の姫川《ひめかわ》河口付近にあるコンビニエンスストアSマートでアルバイト中にもかかわらず、西村は突如店から姿を消してしまった。西村がいないことに気付いたのは同店の店長である。店長が倉庫に段ボール箱を運んでいる途中、糸魚川市を震度四の地震が襲った。彼は、地面に伏せて事なきを得たが、戻ってみると、カウンターで店番をしているはずの西村の姿が見えなくなっていた。当初、地震のショックで気が動転し、どこかに隠れたか、あるいは避難したのかとも思われたが、いつまで待っても戻って来ないので、彼は、変に思って、自宅に電話をかけてみた。すると、家の人は、アルバイトに出かけたまま帰ってこないと言うだけであった。西村の消息は以後途絶えたまま、現在に至っている。


五十嵐信久《いがらしのぶひさ》（十九歳）専門学校生。二〇一一年九月中旬頃に姿を消す。

富山県、滑川《なめりかわ》市出身の五十嵐信久は、糸魚川市に下宿して、料理関係の専門学校に通っていたが、九月中旬頃から実家との連絡が途絶えてしまった。

専門学校での出席簿を見ると、九月十三日から十五日頃までの期間に、なんらかのトラブルが生じたものと思われるが、普段から休みがちで、正確な判断材料にはならない。友人も少ないため、学校で姿を見掛けなくなったからといっても、気に留める者もなかった。

何度電話しても本人が出ないため、不審に思った母が、下宿を訪れてみると、数日間、主《あるじ》を欠いたままに放置された痕跡《こんせき》の数々を、彼の下宿の中に発見したのだった。

警察に捜索願いが提出されたのは、九月十九日のことである。


西村と五十嵐は、知り合い同士ではなかったが、共に糸魚川市在住であり、Sマートと五十嵐の下宿は極めて近い場所に位置する。ポイントがそこにあるのは明らかだ。

連続して何らかの事件に巻き込まれたと考えるのが、もっとも自然だろう。たとえば、たまたま近くにいて、暴走族のグループと揉《も》め事を起こし、連れ去られたという類《たぐ》いの事件が想定できる。その場合、目撃証言を得る必要があるが、事件として扱われているとしたら、警察の手でとっくに情報収集は為《な》されているはずだ。

ひとつの仮説を立て、それに添って調査を進めようと思うのだが、冴子はどうも自信が持てない。藤村家失踪事件という前例があるからだ。あのとき、冴子は資料を熟読して、藤村孝太の兄である精二が怪しいとにらみ、その線で調査を進めたのだが、本人と直《じか》に会ったところで予想は見事にはずれ、おかげで記事の着地点はあやふやなものになってしまった。にもかかわらず、そこそこの評価を得たのだから、もっと自信を持っていいはずなのに、何事にも完璧《かんぺき》主義の冴子は、方針を決めぬまま一歩を踏み出すことに躊躇《ちゅうちょ》してしまうのだ。

端緒をどこに求めようかと考えているうち、脳裏に占めていた北沢の顔の輪郭がさらにはっきりとして、久し振りに彼のオフィスを訪ねてみようかという軽い願望は、是が非でも訪れなければという義務感に変わっていく。図書館で北沢の顔を思い浮かべた翌日に、新たな失踪人調査の依頼を引き受けることになったのは、偶然というにはできすぎている。

調査会社の経営者である北沢は、調査内容を失踪人調査にだけ絞った、この道四十年のベテラン探偵である。情報網は日本どころか世界に及び、他の追随を許さない人捜しのエキスパートであった。

痩《や》せていなければ、彼の体重は今も百キロ近いはずだ。その割に声が甲高く、ところどころ幼児言葉を交ぜるという、変わり者ぶりである。普通の人が聞いたら、馬鹿にされているような印象を受けるだろうが、慣れてしまえばたいしたことはない。北沢は愛すべきキャラクターの持ち主であり、なによりも冴子にとっての恩人であった。さらに、編集長から依頼された仕事を仕上げる上で、なくてはならない能力の持ち主だった。

前園編集長のもとを辞した冴子は、その足で迷うことなく北沢のオフィスに向かった。四谷《よつや》三丁目の交差点から路地をひとつ奥に入ったところに、目当てのビルはあった。三階部分に掲げられる「マン・サーチ」という看板に変化はなかったが、看板そのものが新しくなっている。

高校二年の夏、冴子は、藁《わら》にも縋《すが》る思いで、同じ建物を見上げたことがあった。父は、出張に出れば必ず、午後八時には家に電話連絡を入れていた。一九九四年の八月二十一日、南米ボリビアから戻って成田周辺のホテルにチェックインし、そこから電話をよこしたときは、明日から四国の高松に行くようなことを言っていたが、翌二十二日の夜八時、父からの電話はなかった。これまで、冴子は、父の留守中、旅先から電話を受けなかったことはない。たとえ、地球の裏側にいるときでも、日本時間の午後八時きっかりに電話して、冴子が元気にしているかどうかを確認するのだ。いついかなる場所においても、一人娘の安否が気にかかるらしく、午後の八時に電話をかけるという行為は、強迫観念による習慣となっていた。

したがって、八月二十二日の夜、日本にいるにもかかわらず、電話を寄越さないということだけで、冴子は相当に嫌な予感を持った。翌日、翌々日になっても何の連絡もなく、冴子は早々に警察に出かけて、父の身に異変が起こったことを訴えようとした。しかし、もちろん、旅行先から電話連絡がないというだけで、警察が動くことはない。捜索願いを受けつけるのも早すぎるからしばらく様子を見るようにと諭されたぐらいだ。

警察が動いてくれない以上、冴子は独力で父を捜すほかなかった。

北沢秀明とは、それまでに面識があったわけではなく、まったくの初対面だった。職業別電話帳で探偵事務所を調べているうち、名刺大の広告に書かれた「人捜し専門」という謳《うた》い文句に惹《ひ》かれたのだ。探偵事務所の広告は他にもたくさんあったが、どれも浮気調査や身元調査等が主な業務と思え、冴子が必要とする助けを提供できるのは、「マン・リーチ」事務所の北沢以外にはないと判断し、アポイントメントも取らず、住所だけを頼りに訪ねてきたのだった。

ところが、事務所が近づくにつれ、夜逃げをした者たちからの借金取り立てを扱う怖い面々が、薄汚い事務所にたむろしている光景が思い浮かんで、足がすくんでいった。女子高生が単独で乗り込んだところで、相手にしてもらえるのかどうか……。追い払われるだけならまだしも、体よくカモにされたらたまったものではない。

目当てのビルを見上げ、メモしてある住所と見比べ、住所表示と同じなのを確認して三階に昇るエレベーターに乗り込んだときにも、オフィスのドアを開く決心ができていなかった。

背後でエレベーターが閉まると、身体からは汗が噴き出してくる。濡《ぬ》れたTシャツが冷たく感じられた。四谷三丁目で地下鉄を降り、歩いた距離はわずかであったが、その間、緊張によって抑えられていた汗が、一気に噴き出したものらしい。

胸に抱えたバッグには、残高が記載された銀行の預金通帳が入っている。失踪《しっそう》した父を捜すためにいくら費用がかかるのか、事前の知識があるわけではなかった。吹っ掛けられても、払うだけの覚悟はできている。支払い能力を証明するためには、父名義の通帳を持参したほうがいいかもしれないと、一冊だけバッグにほうり込んできたのだ。しかし、質《たち》の悪い人間から見れば、この通帳こそ、カモが背負《しょ》ってきたネギに見えはしないだろうか。

不安を抱えた冴子の前に、「マン・サーチ」という看板のかかったドアがあった。エレベーターホールのすぐ前が、事務所となっていたのだ。すりガラスがはめ込まれた木製のドアだけでは、行くべきか帰るべきか、判断材料として乏し過ぎる。冴子は、近づいて耳をそばだててみた。話し声のひとつでも聞こえれば、中にいる人間のタイプがわかるかもしれないと……。

しかし、部屋の中からは何の物音も聞こえなかった。電話による話し声もなければ、パソコンを操作する音も聞こえない。わずかに、椅子が軋《きし》む音がするように思えた。

ガラスに耳をくっつけ、さらに耳を澄ませようと、頰を軽く触れさせただけでドアが開いてしまった。

「あっ」

と、声を上げる間もなく、事務机に座って一心不乱に本を読む女性の姿が目に飛び込んできた。女性がいることでひとまず安心し、

「こんにちは」

と、ごく自然に挨拶《あいさつ》が出た。

中年の小柄な女性が、本から顔を上げてにっこりと笑みを浮かべてきた。まるで、冴了がやって来ることを知っていたかのような愛嬌《あいきょう》のたっぷり込められた笑顔で、冴子の警戒心は一気に解かれた。

女性の名前は北沢千恵子《ちえこ》、北沢秀明の妻であり、相棒であり、探偵事務所の共同経営者だった。


十八年前とは、事務所の様子はがらりと変わってしまった。モダンにリフォームされた部屋の中に数台のパソコンが機能的にセットされている。知らずに入ってきた人間は、ここが探偵事務所だとは思わないだろう。

かつては三階の一部屋のみが事務所であったが、今は全フロアを専有するまでに成長を遂げていた。ここ十年で業績が飛躍的に向上したことを如実に語っている。北沢以外に、専門の探偵が六人と女性の相談員が三人、有資格の協力者ネットワークは全国に張り巡らされ、それ以外に探偵学校の運営、企業関係やその他様々なデータを集めて売る部門を充実させたりと、もはや人捜しを売りとする探偵事務所ではなく、総合的に情報を売買する

会社へと変貌《へんぼう》を遂げつつあった。

ただ、北沢の妻である千恵子は、四年前に病死して、事務所から姿を消していた。北沢ともども、冴子にとっては、恩人ともいえる大切な人であった。十七歳の夏、事務所の机に座っていたのが、千恵子でなく北沢だったら、冴子は、その面構えに恐れをなし、声もかけずに逃げ出していたかもしれない。親身になって、まず話を聞いてくれたのは、千恵子であった。

四年振りに見る北沢の顔は、目に見えて老けていた。若い頃の不摂生が祟《たた》ってのことだろうが、今年還暦を迎えたのだから仕方がない。思った通り、百キロの体重に変化はなさそうだ。

北沢は巨体を揺らしながら近づいて、

「やあ、お嬢ちゃん、よく来まちたね」

と破顔一笑して、応接室のソファに座るように勧めてくれた。

「なんだか元気そうじゃない」

老けた印象を持ったことを隠し、冴子は願望を口にした。最後に北沢に会ったのは千恵子の葬式であり、そのときの憔悴《しょうすい》し切った姿は、見ていて辛《つら》くなるほどだった。

冴子の脳裏に後悔がよぎった。父がいなくなって失意のどん底にいたとき、捜索から生活のすべてにおいて助けてくれ、生きる力を与えてくれたのは、北沢だった。にもかかわらず、妻を亡くしてがっくりとした北沢を、自分は慰めようとしなかった。葬式に顔を出したただけで終わり、足繁く通って、話し相手になってやらなかったことが悔やまれる。

考えてみれば、ここ数年、離婚、勤めていた会社の退職、新たな仕事へのチャレンジと、私生活は目まぐるしく移り変わり、他人の心配をするどころではなかったのだ。

「ごめんなさい。ご無沙汰《ぶさた》しちゃって」

北沢は、なぜ冴子が謝るのかわからぬまま、話を戻し、

「本当にそう思うの、元気そうだって？」

と、薄くなった頭のてっぺんを手で叩《たた》きながら、不思議そうな顔をする。

「元気そうに見えるわよ」

「だって、相当老けたでしょ、ぼく」

「そりゃ、還暦なんだから、仕方ないじゃない。それより、頭のてっぺんに申し訳程度の髪を残しておくより、いっそのことスキンヘッドにしちゃったらどう？　似合うわよ、ヤクザみたいで」

街を歩いていて、北沢と出会う人は皆、目を合わせないようにするか、さっと身体をどけて道をあけるかの、どちらかの態度を取る。体格、髪形、服装、醸し出す雰囲気に至るまで、どこから見ても、その筋の人間としか見えないのだ。

実際、大学を卒業して入社した大手ノンバンクでは、こわもての風貌《ふうぼう》が買われて、債権回収部門に回され、夜逃げした者を捜し出しては借金を取り立てるという、ヤクザ同然の仕事に就いていた。ふたり一組でチームを組み、付近の聞き込みによって居場所を突き止

め、非情な手段を行使する……。それが、人捜し人生への第一歩であった。

その後、人の弱みに付け込む仕事が憂鬱《ゆううつ》になり、不動産業へと転職したのだが、やはりなぜか債務者を追う仕事に回されてしまう。追い詰めた債務者に、目前で自殺されたのがきっかけで、悲惨な運命に陥った人間たちを追う仕事に心底嫌気が差し、北沢は断乎《だんこ》たる覚悟で転職を決意する。会社で身につけた特技といったら人捜ししかなく、この能力を活《い》かして、なおかつ人に喜ばれる仕事は何かと考えた末、探偵という職業を思い付いたのだった。

最初のうち大手探偵事務所に雇われる身だったが、同じ事務所の女性相談員であった千恵子と結婚して独立してからは、業務を人捜しだけに絞って、夫婦ふたりで捜索するようになった。

どだい北沢ひとりでは無理があった。探偵業務で大切なのは、聞き込みによる情報収集であるが、北沢の風体では初対面の人は怖がって皆、逃げ出してしまう。まず前面に立つのは千恵子だった。彼女には、どんな人間の心をも和ませてしまう、妙な能力があった。人間だけではない。侵入者に吠《ほ》え立てる犬も、千恵子にだけは吠えず、逆に尻尾《しっぽ》を振ってくるほどだ。

千恵子との、絶妙のコンビネーションで会話の糸口をつかみ、心をオープンにさせれば、あとはしめたもの、話してみれば、北沢の人のよさはすぐに相手に伝わった。見た目が怖そうな人間ほど、その効果は大きい。

冴子の場合、ほぼ初対面で、北沢のキャラクターを見抜いていた。

「相変わらずだなあ。昔から疑問に思ってるんだけど、お嬢ちゃん、ほかの人には古風で丁寧な口をきくのに、どうしてぼくだけ、ぞんざいに扱うのかな？」

「相手を見て喋《しゃべ》ってますからね」

冴子と北沢は、四年というブランクを一瞬で埋めて軽口を叩き合った。冴子にとっても不思議だった。なぜ、北沢とはすぐに打ち解け、遠慮もなく、何でも言えてしまうのだろうかと。

「初めてここに来たとき、パパの銀行預金通帳を持ってきたよなあ。うちの奴、通帳に記載された金額を見て、呆然《ぼうぜん》として、しばらく口がきけなかったっけ。覚えてるかい。数字を見たときのばあさんの驚いた顔」

北沢が頰を膨らませ、両目を大きく見開いて千恵子の顔を真似たので、冴子は吹き出してしまった。

北沢は、五歳年上の妻を、普段から「ばあさん」と呼んでいた。

「世間知らずですみませんでした」

「こっちだって、びっくりしたよ。ぼくたちが面倒見なかったら、この子、大変なことになると思ってさあ」

「飛び込んだのが、おっちゃんのところで、ラッキーだったってわけね」

十八年前、冴子の依頼を受けた北沢がまず作成したのは、失踪人である栗山眞一郎《しんいちろう》本人に関する基礎情報を満載したファイルだった。

氏名、年齢、生年月日、血液型、家族構成、本籍地、現住所、学歴、職歴、身体的特徴、交友関係、運転免許の有無、パスポートの有無、海外渡航歴、趣味、金銭の流れ、入信している宗教の有無、保険加入の有無、行きつけの店、かかりつけの病院、健康状態、失踪時の服装と携帯品……。

調査に当たったのは北沢夫妻だけではない。ふたりでは人手不足と判断して、ときどきアルバイトで使っている探偵を三人雇い、五人体制で高松に乗り込み、必要な基礎情報を盛り込んだ写真付きのビラを配り、徹底的な聞き込み調査を行った。

高松近郊に発着するフェリーの乗船名簿や、可能性のある空港の乗客名簿を洗ってみたが、栗山眞一郎《あきら》という名前は発見できなかった。偽名を使ったという場合も考えられるため、そこで諦めず、高松市内のシティホテルやビジネスホテル、近隣の温泉旅館など、滞在しそうな施設をしらみ潰《つぶ》しに当たって、調査したのだが手掛かりはなし。立ち寄りそうな飲食店やデパート等でも、これという情報がまったく得られなかった。

東京に戻ってからも、高松市に囚《とら》われることなく、成田から各地へ行くルートを辿《たど》り、定期的な情報収集を行ったが、結局、冴子の父の消息は、一九九四年の八月二十一日を最後に、途絶えてしまったのである。

8

十八年前の九月初旬、テーブルをはさんでソファに座ると、北沢は、十日間の調査によって作成された報告書を冴子の前に置いた。場所は、この同じ事務所で、テーブルの上には、今は必要のなくなった灰皿が置かれていた。

報告書といってもごく簡単なもので、北沢は敗北宣言をしたも同じだった。旅先で、ひとり忽然《こつぜん》と、何の理由もなく姿を消すという、失踪人《しっそうにん》調査におけるもっとも難しいケースに当たってしまったことを、ひしひしと感じながら……。

これまでの調査でわかったのは、八月二十一日の夜、栗山眞一郎が成田空港のNホテルに宿泊したことぐらいであった。その後、彼が本当に高松に行ったのか、それとも別の場所に行ったのか、足取りがまったくつかめぬまま、報告書には「不明」の文字がいくつも並んでいた。

冴子の前で口にするのは憚《はばか》られたが、北沢には、栗山眞一郎が既に生きていないのではないかと思われてならなかった。長年の探偵稼業で培われた勘が、そう告げていたのだ。

これまでも失踪人の捜索を行っていて、ああ、もうこの人はこの世にいないというインスピレーションを持ったことは数多くあり、そんな場合、やはりターゲットが死体で発見されることが多かった。事故を除けば、明らかに他殺より自殺の割合のほうが高く、それだけ余計に、早い段階で発見して自殺を食い止めようと、依頼人は必死になる。

中には、もちろん成功例もあった。

自分の犯したミスで、会社に多大な迷惑をかけてしまったのを気に病み、ふと魔が差して無断欠勤した揚げ句、風に誘われるまま北に向かう列車に飛び乗ってしまった男の捜索に当たったのは、事務所を立ち上げてちょうど五年目のことだった。

ターゲットは、妻とふたりの幼子を持つ父であり、元来、気の弱い性格の持ち主であったらしい。自分が犯したミスを許せないというのは、生真面目を通り越して、心の弱さを露呈していると思われてならなかった。

一家の大黒柱に失踪された妻は、北沢の事務所を訪れ、泣きながら懇願した。

「お願いです。あの人を見つけてください。早くしないと、あの人、死んでしまいます」

失踪を遂げた後、家の留守番電話には、自殺をほのめかすメッセージが残されていたという。

依頼を受けて七日目、仙台でターゲットを保護したとき、彼の持ち金は尽きる寸前であった。金が尽きたら自殺すべく死に場所を探して放浪していた男を、まさに実行寸前で保護できたのである。がっちりとガードして、家庭に連れ戻したときの、妻の喜びと感謝は凄《すさ》まじく、この仕事をしていて本当によかったと、北沢は、もらい泣きしてしまうほどの感動を味わったものだ。

仕事の成功と失敗によって、得られる満足感には雲泥の差がある。だからといって、報酬にはあまり差がないのが、探偵の世界だった。

父を捜し出せたときの、冴子の喜びを想像し、張り合いにしてきた北沢ではあったが、今回のケースは完全にお手上げであった。栗山眞一郎の失踪は、これまでに扱ったどのケースとも、まるで異なっていたのだ。

借金、痴情のもつれ、裏世界の人間たちとの交遊関係等、失踪の原因として考えられる要素とは無縁であり、自らの意志で姿を消す理由がまったく見つからないのだ。とすれば、河川や崖《がけ》下への転落など不慮の事故に遭ったか、あるいは偶然、犯罪に巻き込まれたという線しか思い浮かばなくなる。となると、結論はひとつだった。

どこかに監禁されているのでない限り、既に死体となっているとしか考えられない。

おまけに、栗山眞一郎は、ひとり娘の冴子を、掌中の珠《たま》のごとく可愛がっていた。それもあって、冴子は、父の身に生じた異変を、早い段階で悟ることができたのだった。

冴子本人の証言や、捜索にかける情熱、父の友人知人からの聞き込み調査によって得られたのは、眞一郎にとって、冴子は、人生のすべてといえるほどの存在であり、彼女ひとり置き去りにして自らの意志で失踪することなど、金輪際有り得ないという、確信だった。

失踪の理由がなくなればなくなるほど、逆に、不慮の事故に遭って、人目につかない場所で眠っている可能性が高まってくる。それは、冴子にとって絶対にあってはならない事態であったが、北沢は確信を変えることができなかった。

十八年前、捜査の打ち切りを進言したとき、冴子は、烈火の如く怒って、北沢に詰め寄ってきた。

「絶対に生きている。わたしにはパルスが伝わってくるもの。たとえば、記憶喪失になって、帰る場所がわからなくなっちゃったとか……」

もちろん、その可能性も考え、警察や病院に問い合わせてみたのだが、該当するケースは発見できなかった。

北沢はその意味を込めて、ゆっくりと首を横に振って見せた。すると、冴子は、

「わかったわ、もうあなたには頼まない。その代わり、わたしに教えてちょうだい。人捜しの方法を伝授してほしいの。勝手に弟子入りさせてもらいますからね」

と、ひとりで調査を続けるからやり方を教えてほしいと言い張り、実際に北沢に付きまとうようになった。女子高生に付きまとわれては仕事にならず、これには困り果て、余暇を利用して実際に人捜しの基本を手解《てほど》きしたわけだが、その結果、こうして冴子と北沢の親しい関係が生まれることになった。後に北沢は、冴子に教えた経験からヒントを得て探偵学校の必要性を思いつき、経営に乗り出して成功を収め、冴子は冴子で、失踪人調査を得意とするライターになっていくのだから、人生何が転機になるかわかったものではない。

北沢は、冴子から渡されたファイルを膝《ひざ》の上に載せたまま、苦笑いを浮かべて、減肥茶の入った湯飲みに手を伸ばして啜《すす》った。妻に薦められて飲み始めて十年経つが、一向に効く様子がない。

北沢は、結婚も離婚も経験し、三十五歳となって、父の死という厳粛な事実を受け入れ

ることができたのかと、冴子の心の状態が気になった。出版社から依頼されたのはともかく、未《いま》だに失踪人と係わり合ってファイルを持ち歩いているところを見ると、まだ諦めていないのだろうと察せられ、その心情が痛ましくなる。

冴子は、北沢の心配をよそに、遠慮がちに背後を振り返る素振りを見せた。

「ところで、俊哉《としや》くん、いる？」

「もちろんだよ、お嬢ちゃんが来るのを、もう、楽しみに待っていたんだから」

北沢は、インターホンを上げ、出た相手に冴子の来訪を告げた。

ほどなくしてドアが開け放たれ、北沢と顔がそっくりなのだが、身体は一回り小さく、醸し出す雰囲気のまるで違う若い男が、弾《はじ》けたボールのように飛び込んできた。

「先生。ごぶさた」

俊哉は呼吸も荒く、破顔一笑して、懐かしそうに冴子を見つめたが、目と目が合った瞬間、視線を不自然に宙に泳がせた。

「俊哉くん、久し振り。ちょっと痩《や》せた？」

北沢のひとり息子である俊哉は、冴子より六つ下の二十九歳、現実から逃避しかけている人間に特有の幼さを全身から滲《にじ》み出させていた。北沢同様、会うのは千恵子の葬式以来であったが、近況は電話で聞いておおよそのところは心得ている。

冴子は、ふと脳裏に、半分包皮に覆われてちぢこまってゆく俊哉の性器が浮かんだ。それはとりもなおさず、相手の脳裏にも自分に対する同様のイメージが浮かんでいるという証《あかし》だ。

冴子は、軽く半歩下がって横を向き、正面から受けていた俊哉の視線を避けた。

冴子、北沢、俊哉……、今この場にいる三人は、すべて師弟関係にある。冴子は、失踪人調査のいろはを北沢から教わり、家庭教師として俊哉に勉強を教えた。

初めて出会ったとき彼はまだ小学校の六年生で、丸々と太った少年であった。北沢に頼まれて俊哉の高校受験を助け、見事第一志望に合格してからも家庭教師を続けることになった。

大学生だった冴子の教え方は、父から伝授された勉強法の受け売りであり、特に英語、数学、物理に力を入れた。その甲斐《かい》あって、俊哉は、国立大学の工学部に入学して情報理論を学ぶことになった。

しかし冴子は、大学受験の面倒まで見たわけではない。数学と物理の成績を飛躍的に伸ばすことには貢献したけれど、受験前年の、俊哉が高校二年の時に家庭教師の役を辞している。北沢には、就職活動が忙しくなったと理由を告げたが、実際はそうではない。高校二年の冬休み、勉強を教えている最中、俊哉から強姦《ごうかん》されそうになったのが原因だった。

北沢夫妻が泊まり込みの出張にでかけた冬の夜のことであった。俊哉の意識は別方向に向かって、勉強など手につかない状態であったことなど知るよしもなく、冴子は、暖房の効いた勉強部屋の机の前に椅子をふたつ並べて座り、物理の問題を解かせていた。

考えに煮詰まったのか、俊哉は心ここにあらずといった表情でぶつぶつと意味不明のことを呟《つぶや》き、机から顔を上げて深呼吸をする回数を増やし、やがて口許《くちもと》を小刻みに震わせ、川から上がった犬が水を振り払うように大きくひとつ胴震いをした。同じ仕草を何回か繰り返したあたりで、冴子は、俊哉の心に生じた異変に気づき始めた。横から眺めても、彼の身体に力が入って硬くなっているのがわかる。緊張と躊躇《ちゅうちょ》が交互に入れ替わり、やがてひとつの決意に導かれようとする直前、冴子は嫌な気配を読み取って、椅子に座ったまま身体を横にずらした。すると、俊哉は、吹っ切れたように顔を上げ、充血した目に精気を漲《みなぎ》らせ、冴子の両肩に両手を置いてきた。

「ごめん、先生……、おれ、もうだめだ」

「え」と身を引いても間に合わなかった。俊哉は背後にあるベッドに冴子を押し倒して、体重をかけてのしかかってきた。

八十キロ近い体重を胸と腹に受け、圧迫にびっくりして思わず呼吸を止めていた。普段の鈍重さとは打って変わって俊哉の動きは速く、冴子には、自分の身に起こっていることを理解することも、声を上げることもできない。

息を止めたままの冴子の耳元に口をつけると、俊哉は言った。

「先生……、おれ、もうだめだ。好きで、好きでしょうがない。いいでしょ」

「ね、ちょっと待って」

もちろん、待ってくれるはずもなく、俊哉の手は冴子のスカートを押し上げ、ショーツへと伸びてくる。

頭の中のブレーカーが飛び、周囲の色彩が消えていった。天井に設置された蛍光灯が瞼《まぶた》の裏に円い輪郭を投げつつ、徐々に光量を落としていく。本能的に、圧迫から逃れたいと感じた。怒りや恐怖よりも、まず肉体の自由を得たいという欲求が湧き上がったのだ。押さえつけてくるこの肉塊を撥《は》ね除《の》けて自由にならなければ、人間としての尊厳が奪われかねない。えびのように身体を曲げ、反転して逆に向け、また伸ばそうとするのだが、俊哉の柔らかな肉体は上から吸いつくようにして冴子の動きを封じ込めてくる。押さえつけられ、自由を奪われ、踏みにじられてもなお、感情の爆発を先延ばしにしている場合ではなかった。怒りを発火させ、歯を食いしばって顎《あご》の先に頭突きを食らわせようとするのだが、もうちょっとのところで届かない。ようやく片方の手を腹の下から引き出すのに成功したところで、冴子は、皮膚の露《あら》わな箇所に爪をたてて持ち上げ、二の腕のあたりに嚙《か》み付いた。

俊哉は悲鳴を上げて上半身をのけぞらせ、圧迫が減ると同時にふたりの間にスペースができた。その隙を見逃さず、冴子は、身体を回転させ、反動を利用して拳《こぶし》を俊哉の顎にヒットさせた。バランスを崩しかけていたところに見事な有効打を受け、俊哉はベッドの下に転落してどすんと鈍い音をたてた。

身体の自由を得るやいなや、冴子は膝のあたりまでずり落ちているショーツを引っ張り上げ、スカートの裾《すそ》を直してベッドの上に正座して俊哉を睨《にら》みつけた。怒りと屈辱、恐怖がいっしょくたになり、何をどう言っていいのかわからず、怒鳴ることもなく、ただ非難を込めた目で見つめているうち、無性に泣けてきて、涙と一緒に疑問が浮かび上がる。

「わたし、隙があった？」

まず考えたのは、このことの原因が自分の側にあったのではないか、ということだ。

俊哉は絨毯《じゅうたん》の上でひっくり返り、自分の身に起こったことを把握できぬまま、茫然《ぼうぜん》自失の表情で顎を撫《な》でていた。ジャージのズボンと共に白いブリーフが膝まで下がり、勃起《ぼっき》してなお皮をかぶったままの性器がのぞいていた。だがそれは見る間に萎《な》え、肉体から切り離された別の生き物のように、小さくなっていく。俊哉は泣いていた。冴子も辛《つら》かったけれど、彼もまた強い後悔に苛《さいな》まれているに違いない。

「先生、ごめんなさい」

俊哉は、ごほごほと咳《せ》き込み、声を詰まらせ、両手で顔を覆っていく。股間《こかん》を覆うより先、まず顔を隠そうとする姿がなんとも情けない。冴子の断乎《だんこ》たる反撃によって、甘く、楽観的で、一方的な思い込みが打ち砕かれたのが辛いのだ。

おそらく、高校の悪友たちから、アクションを起こせば女は心を開くものだと、ばかなことを吹き込まれたに違いない。異性との交遊など持ったことのない俊哉は、実体験を通してではなく、無知な友人たちの世迷い言を参考にして女性像を自分に都合よく歪《ゆが》めていった。あるいは、童貞であることを揶揄《やゆ》され、引っ込みがつかなくなった可能性もある。

中学生や高校生の大胆な行動の裏には、友人たちとの張り合いが係わっている場合が多い。

既に大人の女になりかけていた冴子は、少年期から思春期へと移行しつつあるアンバランスな心を理解できず、小学校六年当時の純情で素直な姿のままに彼を見ていた。大人になりつつある俊哉が年上の冴子に恋心を抱いているなどと、想像したことすらなかった。兆候があったにもかかわらず、出会った当時の面影に邪魔されて見逃していた。理解が足りなかったのだ。相手の気持ちさえわかれば、流れが大きくなる前に支流へと導くこともできただろうし、無様《ぶざま》に決壊するまで追い詰めることもなかった。

両者ともに反省すべき点があったとしても、姉と弟のようなふたりの関係がその一事をもって崩壊したことに変わりはない。俊哉の謝罪を受け入れた後も、ぎくしゃくとした空気が正常に戻ることはなかった。

俊哉は、あのときの屈辱をどのように克服して、成長するための糧に変えたのだろうか。それがわかれば、もう一度いい関係を再構築することもできそうだ。高校当時のまま身長は止まって、体重にもあまり変化はない。二十九歳にして、少年のように肌は滑らか。相変わらず、女性を引きつけるフェロモンとは無縁であるように見えた。まだ女を知らないままかもしれない。

冴子は、無意識のうちに別れた夫と比較していた。俊哉とは正反対の遊び人タイプであったが、関係が崩れたという点では同じである。離婚の原因を分析したばかりなのでなおさらのこと、一旦《いったん》崩れた関係を修復できるかどうかは、今の冴子にとっての大きな課題となっている。

「俊哉くん、どう、論文は順調？」

残像を振り払って、近況を確認した。

「うん、順調、順調」

母校の大学院を修了した俊哉は、博士論文に取り組みながら、父親の経営する「マン・サーチ」で働いていた。大学に職を得るのが目的であったが、他にもオーバードクターは何人かいて、非常勤の講師であってもポストを得るのは難しいという。彼の専門は情報理論であり、「マン・サーチ」にとってはまさに必要な人材である。以前、北沢が、「息子に集められない情報はないよ」と豪語していたのを冴子は思い出した。

「ところでちょっと訊《き》きたいことがあるんだけど……、情報理論とブラックホールって、どこでどうつながっているわけ」

情報理論もブラックホールも、父が絵ハガキに書いてきたキィワードの主要テーマだ。父がメモしたのは一九九四年。十八年後の現在、科学は日進月歩を遂げている。大学で科学と哲学を同時に学んだ冴子にしても、学問の現場からちょっと離れただけでおいていかれてしまう。日々、新しい情報を得ている俊哉ならきっといいヒントを与えてくれるに違いないと踏んで、冴子は彼のアドバイスを求めた。

「どうしたんですか、突然」

俊哉は、両目を大袈裟《おおげさ》に見開いて、自分の得意分野でアドバイスを求められた喜びを、驚きの表情で覆い隠そうとする。

「うん、今、科学関係のルポを書いているんだけど、ちょっと気になったものだから」

冴子は適当にはぐらかした。

「そうですか。ブラックホールと情報理論でしょ。簡単ですよ。おおいに関係ありです」

俊哉は頭を指でつつきながら「うーん、うーん」と唸《うな》った後、「ちょっと、待っててもらえますか」と一旦席をはずし、ほんの十分後にカラープリントされた英文の原稿を持って現れた。

「はい、これ、読んでみてください。昨年、『サイエンティフィック・アメリカン』に発表された論文。執筆者は、物理学者のジャック・ソーン。もろ、ど真ん中、情報理論とブラックホールの関係を扱っています」

冴子は、記事を受け取りながら、必要とする情報を瞬時に引き出してくる俊哉の能力に驚きを隠し切れない。

息子と冴子のやりとりを眺めていた北沢は、

「お嬢ちゃん、難しいこと書いてるんだね」

と、目を細めてきた。

今の冴子には、北沢父子の両方が必要だった。北沢は失踪人《しっそうにん》調査の協力者として、息子は絵ハガキに書かれたキィワードから父の言おうとしていた内容を割り出すためのアドバイザーとして。ひとりで考えるより、協力者がいてくれたほうが、真実に到達できるチャンスは断然増える。自分の考えを客観的に検証してもらえる存在を、是が非でも得たいと思っていた冴子にとって、俊哉はうってつけだ。

学問の分野が限られていたとしても、かつての教え子の成長した姿を見るのは嬉《うれ》しいものである。そして、それはまた同時に、父が自分に対して望んでいたことであると、冴子は思う。

9

松本行きの特急「スーパーあずさ一五号」のグリーン車の通路を歩き、チケットの番号を確認して自分の席を見つけるやいなや、冴子は、はっとして立ち止まってしまった。隣の席に座っている初老の女性に見覚えがあったからだ。こんなことなら予定通り、昨日に東京を発《た》ったキャラバンに便乗させてもらうんだったと、後悔することしきりである。

もともと冴子は、取材クルーたちの乗るキャラバンで東京から高遠に向かう予定でいた。しかし、どうしても原稿の締め切りが間に合わず、出発を一日延ばしてもらい、ほとんど徹夜に近い状態で、特急列車に飛び乗ったのだった。席はあらかじめアシスタント・ディレクターの坂井が取っておいり、ホームでグリーン券を渡された。そして、その席まで来て初めて、隣の席にいるのが、名高い霊能者である鳥居繁子であることを知ったのである。

……なんて小柄な女性なんでしょう。

冴子の得た第一印象だった。シートに座っている鳥居繁子は、女性として平均的な身長の冴子より、頭ひとつぶん小さかった。敢《あ》えてグリーン席に座る必要がないぐらいである。

一般席でも十分に快適で、スペースには余裕があるに違いない。年齢にしても、もっと若いように記憶していたが、実際に見ると、顔の皺《しわ》が深かった。頭は白髪に覆われ、ところどころ斑《まだら》状に抜け落ち、あらわになった頭皮には黒い染みが浮き出ていた。八十過ぎの老人のように見える。

冴子は、

「失礼します」

と頭を下げ、おずおずと横に座った。すると、隣の女性は、

「鳥居繁子でございます」

と名乗り、身体を半身にして冴子のほうに向けてきた。冴子が隣の席に座ることは、ADの坂井から聞かされていたらしい。

「初めまして。ルポライターの栗山といいます。どうぞよろしくお願いします」

冴子はバッグから名刺を一枚取り出して、鳥居繁子に差し出した。彼女は、賞状を授与される子どものように、両手で恭《うやうや》しく受け取り、ほぼ一分近くもじっと小さな紙片に見入った。肩書きも何もない、名前と住所、電話番号だけが記された名刺である。

名刺を摑《つか》む、鳥居繁子の手が震えていた。何が原因なのかわからない。アルコール依存症患者が禁断症状を起こしているようにも見えるし、神経に小さな障害があるようにも見える。指先だけではなく、顎のあたりも細かく震えていた。テレビで見るときは、もっと堂々としているのに、間近から眺めると、華奢《きゃしゃ》な上、極端に神経が細そうな印象がある。

伊那まで、この女性と一緒に行くのを直感的に嫌がったのはそのためだった。なんとも落ち着かず、ピリピリと肌が苛立《いらだ》ってくる。他の人間にはない波動が、全身から放射されているようだ。

ＡＤの坂井は、知っていて敢えて普通席に逃げたのではないかと邪推したくなる。取材クルーが列車を使って移動する場合、出演者はグリーン席でそれ以外のスタッフは普通席というのが通例だった。協力者である冴子は、通例に従えば普通席に着くのが自然であろうが、坂井はなぜかグリーン券を用意していた。ひょっとしたら、鳥居繁子がそう希望したのかもしれない。旅の道連れとして、話し相手が欲しいと訴えられ、坂井は人身御供《ひとみごくう》として冴子を差し出したのではないだろうか。

鳥居は、名刺から顔を上げ、冴子の右目と左目を交互に観察して鼻から息を吹き出し、足下に置いてあったバッグを膝《ひざ》に引き上げた。

そのまま、背中を丸めた恰好《かっこう》で、彼女は言った。

「ひとりではずいぶん寂しいでしょうに」

真意は不明だったが、冴子は、ハッと身を硬くした。自分の名刺を窓口として、心の中を覗《のぞ》き見られたような気がする。

身を切られるような寂寥《せきりょう》感……、十七歳の夏を境に生活は一変してしまった。

……言い当てられたのかしら。

過去のことは放っておいてもらいたかった。

頼んでもいないのに、勝手に心の内を読まれることが、二時間も続くと思うとうんざりだった。睡眠不足で眠くてならないのに、鳥居繁子を置き去りにして寝るわけにもいかない。

どう答えたらいいものかと、冴子が戸惑っていると、鳥居は、バッグからワンカップを取り出してふたを開け、ズルズルと音を出して口から吸い込み、周囲に日本酒の匂いを漂わせた。そのとたん、指の震えが止まったのを見て、冴子は、ああ、やっぱりアルコール依存症だったのかと思う。

「あなたもいかが」

鳥居から、飲みかけのワンカップを差し出され、冴子が、

「いいえ、わたし、飲めませんから」

と断ると、鳥居は短く、

「うそ」

と、いたずらっぽく笑う。

その通りだった。冴子は、酒が飲めない体質ではない。逆に、女性としてはめっぽう強いほうで、このところ酒なしでは眠れない夜が続いている。

冴子は言葉を失ったまま、さらに緊張を強くした。この場の空気を和ませるような会話に持っていきたいのだけれど、どう切り出せばいいかわからないのだ。

鳥居繁子が番組に出演すると知らされたときから、ルポライターの習性で、彼女のプロ

フィールはおおよそのところ調査済みだった。生まれは確か一九四四年……、そこで冴子は、先程は八十歳を超えていると見えた鳥居の年齢が、六十八歳であることを認識し直した。

霊能者として世間に知られるようになったのは五十歳を過ぎてからのことで、霊感を得たのはその前年の痛ましい事故によってである。鳥居は、三十八歳という、当時としては高齢出産で生まれたひとり息子を、目前の電車踏切事故で亡くすという悲劇に見舞われたのだった。

それは鳥居が、十歳になったばかりの息子とふたりで、二台の自転車に分乗して商店街の踏切を越えようとしていたときに起こった。踏切に入ったとき、電車の到来を告げる警報が聞こえていたのだが、鳥居はすぐ後ろに息子の自転車が続いているものとばかり思っていた。彼女は確かに息子の気配を後方に感じたという。ところが、息子は母に置いていかれまいと踏切内で焦ったあげく、車輪をレールの溝に落として転倒していたのだった。

後ろにだれもいないことに気付き、踏切に取って返した母の目前を赤い電車が横切り、鳥居は、息子の四肢が切断されて飛び散るのを目の当たりにした。息子の即死は一目瞭《りょう》然《ぜん》だったが、その瞬間彼女は、現実を否定するための雄たけびを上げた。

その場に居合わせた者の証言によると、鳥居の上げた悲鳴は人間のものとも思えず、「くぉー」という鋭く尖《とが》った響きを放ち、動きの速い雲を串刺《くしざ》しにして、空に昇ってゆくかのような印象があったという。

鳥居は口から泡を吹いてアスファルトに両膝をつき、昏倒《こんとう》して意識を失って病院に運ばれ、目覚めたのは既に事故の処理が終わって三日たった頃のことだった。

彼女の髪が白く変わり、ごっそりと抜け落ち、と同時に毎日の飲酒が日課となったのはそれからのことである。

葬式を済ませてからも、鳥居は、息子が付近を彷徨《さまよ》っていると言い張って、身内の者がいくら説得しても、彼の死を認めようとしなかった。彼女の頭には常に息子の声が響いていた。鳥居は、その声をみんなに聞いてもらえれば、周囲の者も信じるのではないかと、恐山《おそれざん》のイタコに頼んで霊を呼んでもらおうとした。ところが、恐山に赴いてイタコたちと会ううちに、豈図《あにはか》らんや彼女たちの口から、自分の身体に不思議な力が宿ったことを知らされることになった。

物に触れただけで、その持ち主の過去が読み取れるようになったのである。

彼女の身に備わった力が口コミで広がるのに時間はかからなかった。噂を聞き付けたテレビ局のディレクターが半信半疑で取材を申し込み、持参した古い眼鏡を差し出したところ、鳥居は軽くツルに触れ、たちどころにその持ち主に関する情報を、三つばかり並べ立てた。

……持ち主は老婦人で既に世を去っている。

……生前は能や狂言に関わる仕事をしていた。

……白内障の手術を一回経験していて、死ぬ瞬間にこの眼鏡をかけていた。

三つとも全て正解である。眼鏡は、ディレクターを可愛がってくれた叔母《おば》の愛用品だった。彼女は一昨年に自宅トイレで心臓発作を起こして倒れ、発見が遅かったために手遅れとなり、救急車の中で息を引き取ったときは、眼鏡をかけたままだった。夫が日本の古典芸能を扱う評論家であったため、彼女もよく一緒に能楽堂を訪れ、能楽師や狂言師への取材等を手伝ったことがあった。その上、白内障の手術も一回だけ経験していた。

最初の、持ち主が老婦人で既に世を去っているというコメントは、凸レンズの老眼鏡から推測はつくだろうが、他の二点に関してはなんとも説明がつかない。特に、能狂言に関わる仕事となると、咄嗟《とっさ》に思いつくはずもなく、ディレクターは、鳥居が霊能力を持っているという、相当の確信を得て局に戻ったのだった。

これがきっかけで、鳥居はある番組に出演することになるのだが、そこで彼女は同程度の正解率を出すことに成功する。視聴者参加の番組で、彼らが差し出す品々に触れて、その由来から持ち主の過去までを暴いて見せたのだった。

そして、彼女の名を決定的にしたのは、迷宮入りしそうなある殺人事件の調査に協力して、犯人の自首という好結果を導き出したことだった。鳥居は、遺留品である帽子から、持ち主の職業と年齢、住んでいる場所を占ってみせた。たまたまテレビを見ていた犯人は、彼女の言うことが全て当たっているため、恐怖のあまり観念し、出頭してきたという次第である。

こういった不思議な力が宿ったのも、元をただせば愛する息子の死を日の当たりにするという、心の打撃が原因だった。

鳥居は、ワンカップをちびちび舐《な》め、空《うつ》ろな目を足下に彷徨わせていた。しょぼついた小さな目だったが、眼球はせわしなく動き、のっそりとした外見とは裏腹に、目まぐるしく展開する思考が見えるかのようだ。

冴子は、鳥居の経歴を思い起こしながら、彼女が体験した不幸に、深い共感と同情を覚えていた。人間の心は一体どのように構築されているのだろう。耐えられないほどの悲しみが、なぜ異常な能力の獲得という変革をもたらすのか。彼女の心はそれによって少しでも楽になったのか。あるいは、今も息子の霊と語らっているのだろうか。

鳥居は、冴子の胸の内を察したかのように、右手から左手にワンカップを持ち替えて、そっと手の甲に手を重ねてきた。手には水気がなく、思った以上に冷たい。

「だれにとっても、愛する者を亡くすのは、辛《つら》いものよね」

鳥居の声が、アルコールの臭いに乗って、耳に運ばれてきた。と同時に、重ねられた手を通してなのだろうか、息子を失った彼女の悲しみが冴子の心に流れ込んできた。人の悲しみを我が事のように感じたとしても、そこにはまだ余裕があり、他人事《ひとごと》と客観的に眺める視線が消えることはない。しかし、同様の体験を持つ冴子は、肌を通して流れ込む寂寥感に誘発され、高校二年時の記憶をほぼそのままの形で蘇《よみがえ》らせようとしていた。

あっという間のできごとで、暴走する回想を引き戻そうとしても無駄であった。冴子は、喉《のど》を詰まらせ、一言も発することができなかった。胸が裂け、腸《はらわた》が断たれるような思い……

…、呼んでも叫んでも返事をくれない面影……。

冴子は、耐えきれず、上半身を倒して鳥居の腕に額を押しつけていったのだった。

冴子は、父に帰ってきてもらいたいという切なる願いを、閉ざされた目の奥にぶつける。

そこには、四十四歳当時のままの、父の面影が映されていた。

鳥居には、冴子の気持ちが十分に伝わっていたに違いない。二の腕に載る冴子の頭を、もう一方の手で優しく撫《な》で、彼女は、冴子の耳元でこう囁《ささや》いたのだった。

「だいじょうぶ。あなたは、きっと、大切な人と会えるわ」

十八年間に及ぶ願望の実現を示唆しているとすれば、ありがたい予言だった。

しかし、冴子の涙にかすむ目は見逃さなかった。さっきまで治まっていた鳥居の手の震えが、再開されている。彼女の両手は、より以上の振動で細かく動き、爪の先をカタカタとアームレストのカップホルダーに打ち付けていたのだった。そのリズムは固いものを齧《かじ》る鼠の歯音にも似ている。

10

松本行き特急列車を茅野《ちの》で降り、ゆっくりと改札を抜けながら、迎えにきているはずの顔を探すと、冴子が見つけるより早く、羽柴が駆け寄って来た。

「どうも、ご足労をおかけしました」

丁寧に頭を下げて鳥居に挨拶《あいさつ》をし、冴子に対しては親密な者だけにしか投げないだろう笑みをよこして、気遣いを見せてきた。

「お疲れじゃありませんか」

シャツの袖《そで》を肘《ひじ》まで捲《まく》った逞《たくま》しい腕が、横に伸びるのを目の端でとらえながら、冴子は、ほっと安心を得ていた。出迎えられるのが、これほど嬉《うれ》しいと感じられたことはなかった。

同じ車中で、鳥居と隣り合わせて座りながら、冴子の神経は疲弊し尽くしていた。鳥居が意地悪な人間だからというわけではない。彼女が思いやりのある、優しい老婦人であることを知るためには、二時間という長さは十分過ぎた。ただ、心の中を見透かされる相手と一緒にいると、やはりどうしても疲れてしまう。この非凡な力を持っている限り、鳥居は永遠に孤独から逃れ得ないだろうことも、二時間という枠内で理解したことだった。

ふと見ると、冴子と鳥居の旅行バッグはいつの間にか、羽柴の手に移っていた。重い荷物を引き受けようとする態度が実にさりげなく、移行の瞬間に気づかなかったらしい。

冴子と鳥居は、羽柴が運転するキャラバンに乗り、加賀山たちは別の買い物をしてから現地で合流することになった。

二列目のシートに並んで座って、冴子は、杖突峠《つえつきとうげ》を越える急な山道に身体を揺られていた。

以前、取材に来たときは飯田《いいだ》線を伊那北で降り、レンタカーで高遠に向かった。夏だったせいか、山の雰囲気は微妙に変わっている。日の短くなった十一月の午後、空気は乾燥して、今朝の天気予報が今年一番の冷え込みを予報したにもかかわらず、強い日差しのために暖かいといえるほどの陽気だった。特に、車内にいると、クーラーが必要なぐらいだ。しかし、日が沈めば、急激に気温は下がるだろう。

高遠を過ぎ、ダムでせき止められた美和湖《みわこ》が見えてくると、取材現場となる藤村家はもう目と鼻の先だ。

国道一五二号線を離れ、藤村家の敷地に至るスロープの途中で、冴子は、見覚えのある男の姿に気づいた。ジャージの上下を着た男が、マフラー代わりに手ぬぐいを首に巻き、取材準備を進めるカメラマンや音声担当の傍らに立ち、キャラバンが近づいて来るのを、目で迎えていた。男の名前は藤村精二。一家の主人である藤村孝太の兄であり、家の管財人にして、一家の消息が七年間不明だった場合、財産を相続する権利を有する者である。

精二は今日、家に入るための玄関キィを持参しているはずだった。

羽柴の迎えは嬉しかったけれど、それとは逆の感情が、冴子の胸にわき起こった。訳もわからず、冴子の身体に怯《おび》えが走る。暗い部屋の明かりをつけ、そこにゴキブリを発見したときの反応に似ていた。怯えというよりも嫌悪感……、本能的なものだった。

キャラバンが玄関先に着けられると、精二は、顔全体をニヤニヤさせながら近づいて、冴子が座っている側の窓ガラスをコツコツと指で叩《たた》いてきた。窓を開けろという合図のようだが、その窓は開かない構造になっていた。冴子が、両手を上げ、軽く頭を下げて来訪の挨拶をすると、精二は、さらに顔を近づけて、閉じた窓越しに車内を覗《のぞ》き込んで、冴子の脚に目を這《は》わせた。

首に巻き付けた手ぬぐいで目やにを拭《ぬぐ》い、目を凝らして眺める視線が、このときだけは生き生きとしていた。普段は、どんよりと死んだ目である。

冴子は、スカートから伸びた両膝《りょうひざ》をぴたりと合わせて、精二と逆の方向に向け、キャラバンから降りる用意をした。ガラス越しであっても、早くこの男から離れたかった。

……ああ、にもかかわらず、なぜ、気に入られちゃったんだろう。

自分に関心を持たれているという事実が、たまらなく嫌だ。

鳥居の後に続いて、急いでステップから降りる途中、精二は、異様ともいえる速さでキャラバンを半周し、鳥居には目もくれないで、冴子のほうに手を差し出してきた。女性に手を貸す、親切な男を演じようとしているのだろうが、より助けが必要なはずの鳥居を無視するという態度はあまりに見え透いていて、冴子は、この男の助けだけは絶対に借りたくないと思う。

しかし冴子は、嫌々ながら精二に笑いかけた。二重人格と言われても仕方がないほど、心とは裏腹の作り笑顔……。この笑みが、異性への免疫を持たないであろう男の勘違いを呼ぶとわかっていても、取材をする上での貴重な人間であることへの打算が働く。この男が臍《へそ》を曲げれば、番組の制作は白紙に戻ってしまうのだ。

冴子は、自己嫌悪に襲われ、髪をかきあげる仕草でそれを振り払った。

「お待ちしてましたよ」

精二の挨拶に、冴子はわざと慇懃《いんぎん》に答えた。

「このたびはよろしくお願い致します」

気やすく親しみを見せると、より大きな誤解を招くことになりかねない。

精二は、そんな他人行儀はやめてくれと言わんばかりに、片手を横に強く振って、

「なあに、なあに」

と、唾《つば》を飛ばして、熱心に話しかけてくる。

大きな声で馴《な》れ馴《な》れしく、周囲の人間に、自分と冴子が特別な仲であることをアピールするかのようだ。

「ちょっと、栗山さん。よろしいですか」

タイミングよく羽柴に呼ばれ、そばに行ってみると、鳥居を含めて簡単な打ち合わせをしたいということだった。

鳥居繁子を囲むように五人のスタッフが集まってくると、羽柴は、これからのスケジュールを説明し始めた。

羽柴は、鳥居の扱いに慎重になっているようだった。「やらせ」ではない、本物の映像を撮るために必要なのは、彼女の純粋な第一印象である。事前に家の中を見せ、喋《しゃべ》る内容を打ち合わせておけば、スムーズに事は進むだろうが、それでは彼女のインスピレーションが損なわれてしまう。家の中に残された生活の品々に初めて触れ、鳥居の心がどんなインパクトを得るのか、その瞬間をこそ、映像と音に収めるのだ。視聴者が歓迎するのは、

彼女が抱いたイメージの正確な描写であるはずだ。

羽柴がその点を確認すると、鳥居は、

「わかりました。わたしも、まったく同じ考えです」

と同意してくれた。

「できれば、今日のうちに、家の中を撮ってしまいたいのですが」

羽柴がそう言って冴子の背後にチラッと視線を飛ばすので、軽く振り返ってみると、いつの間に来たのか、精二が斜め後ろににじり寄っている。息が髪にかかるほどの近さだった。冴子は身震いして半歩前に出るのだが、彼もまた同じ動きをしたように感じられた。

羽柴は、午前の移動で鳥居が疲れているようなら、今日のところはホテルで休み、撮影は明日ということにしても構わないというニュアンスを込めたつもりだった。だが、できれば、今日のうちにメインになる絵を押さえておきたかった。明日になって、精二の気が変わらないという保証はどこにもない。冴子も同じだった。この先、精二と長く一緒にいればいるほど、彼を怒らせてしまう可能性は高くなる。なるべく早く、家の中の収録を済ませておいたほうがいい。

冴子が期待を込めて凝視すると、鳥居は、

「わたしは構いませんよ」

と、快く受け入れてくれた。

「ありがとうございます。とりあえず、家の見取り図だけでも見ておいてください」

羽柴は、二階建ての間取りが印刷されたコピーを手渡して、家の構造のおおまかなところを把握しておいてもらおうとする。鳥居が、どこをどう歩き、何を発見するのか、その瞬間をカメラで捉《とら》えなければならない。彼女に予想外の動きをされると、撮影が困難になる。ルートの確認だけは必要と思われた。

家の造りはごく平凡なものだった。二階の二間が子ども部屋で、一階にはダイニングキッチンと一続きになった居間を挟んで、夫婦の寝室と客間が配置されている。典型的な4LDKの間取りは、四人の家族が住むのに、必要十分なスペースを有していた。

「おおよそ、家の中をどのように進むのか、決めておいてもらえないでしょうか。二台のカメラが鳥居さんについて行きます。一台は、鳥居さんの表情を撮り、もう一台はあなたが見ているものを、あたかもあなたの目を通して眺めるがごときアングルで撮ります。おわかりでしょうか」

羽柴は噛《か》んで含めるように、尋ねた。

「一台のカメラが、先回りしているということでしょうが……、わたしは、興味を引くものに導かれて、進むだけですから」

鳥居も羽柴に合わせ、一語一語ゆっくりと区切って答えた。

羽柴は、顔を空に向け、ほんの一瞬思考を巡らせた。

「わかりました。もし、興味深いものが目の前に現れたとしても、すぐに移動しないようにしてください。必ず、ワンクッション置くようにしてもらえませんか」

「わかりました。カメラが移動するだけの余裕を持って、行動するように致します」

「よろしくお願いします」

手筈《てはず》が整うと、羽柴はカメラマンと音声担当に最終的な指示を出す。

冴子は、羽柴と鳥居のやりとりを聞いていて、ふとあることに気づいた。

……鳥居さんの喋り方、わたしと似ている。

たわいもない思い付きだった。

自分の喋り方が他人の耳にどう響くのか、正確に把握しているわけではない。羽柴を含めた知人から、年の割に言い回しが老成していると言われることがよくある。

「うちの近所に、信州そばを食べさせる、うまい店があるんだが、どうですか、今晩……。ご馳走《ちそう》しますよ、あなたにだけ」

突然、精二の囁《ささや》きが右耳に流れ込み、思考は中断された。

冴子はびっくりして振り返った。五十代半ばにして、精二の顔は皺《しわ》だらけである。くしゃくしゃと歪《ゆが》んだ顔の中で、小さく丸い目がしきりにまばたきしていた。笑みを浮かべているつもりだろうが、目だけは笑っていなかった。

……なに、この人。わたしだけ、食事に誘おうとしている。

スタッフたちと一緒であっても、この男と同じテーブルに着くのは避けたいところだ。それがふたりきりで夕食など論外である。多額の借金を抱える人間から奢《おご》られるのも後ろめたかった。

「いえ、夜は、スタッフたちと食事しながらの打ち合わせが入ってますから……」

正式にスケジュールに組み込まれているわけではなかったが、そういった展開になるのはわかり切っていた。

冴子がやんわりと誘いを辞退すると、精二は、鳩が豆鉄砲を食らったように、目を見開いてくる。

「いつ、終わるんですか」

「いつって……」

「打ち合わせが終わってから、出てくればいい」

申し出を断ったつもりなのに、諦《あきら》めようとしない執拗《しつよう》さに、冴子はぞっとさせられた。

「いえ、打ち合わせがいつ終わるかなんて、わかりませんし……、たぶん、深夜までかかるかと……」

「構いませんよ、わたしはそれでも。深夜だろうが、朝だろうが」

「そんな、ご迷惑かけるようなこと、するわけにまいりませんから」

「迷惑なんてとんでもない。そんな人の立場ばかり考えないで、あなたは、あなたの望むとおり、そばでも食いに行けばいいじゃないですか、わたしと一緒に。もう、遠慮深いんだから」

そう言いながら肩に伸びる精二の手から、冴子は身をよじって逃げ、

「いえ、今夜は、ちょっと……」

と、思いっきり渋面を作るのだが、自分に都合よく解釈する人間から逃れるのは難しい。

精二は、ジャージのポケットに突っ込んだ手で、ジャラジャラとカギの束を弄《もてあそ》んでいた。金属の響きが、彼の股間《こかん》のあたりにこもっている。たぶん、玄関ドアのカギに触れているに違いない。

その音は、こう告げるかのようだ。

……ねえちゃん、おれの言う通りにしないと、家の中に入れてあげねえよ。

そのとき冴子は、午後の強い光に射られて、思わず目を細めた。ドライブウェイの上に張り出した軒下の陰に立っていたのだが、太陽が西に傾いたため、顔に日が差し込んできたようだ。

冴子は、額に手を当てて庇《ひさし》を作り、目許《めもと》に当たる光を遮ってから空を見上げた。日の短い季節だった。うかうかしていると太陽はあっという間に沈んでしまう。夜になると気温が下がるという天気予報が、脳裏をよぎった。このぶんだと、日が沈む前から冷えてくるかもしれない。

太陽は、家の二階にも同様の光を落として、ガラス窓に反射していた。二階には二間あるはずだった。いずれも子ども部屋である。ガラス窓の内側でカーテンは開かれ、部屋の中に十分な日が差し込んでいた。以前見させてもらったときには、確か、サッシ窓の内側にはカギがかけられていた。レースのカーテンだけが引かれていたように思うのだが、今は、それが両側に寄せられている。

……わたしは、この家の中に、一度、入っているんだわ。

夏に来たときは、家の中に何も発見できなかった。ただ、妙な既視感にとらわれたのをはっきりと覚えている。子どもの頃に住んでいた家を久し振りに訪れたかのような懐かしさが、部屋の隅々から立ち昇っていた。

……そう、あのとき、わたしは、この男に案内されるまま、廊下を歩かされた。

「どうぞ、こちらへ」と先導され、カーテンの閉められた部屋から部屋を辿《たど》る間も、精一はぴたりと冴子に寄り添っていた。

「冴子さん、おれに遠慮なんて、いらねえんだからよお」

栗山さんと、名字で呼ばれていたのが、今初めて、名前に変わった。

ジャージのポケットでジャラジャラと弄ぶカギ束の音が、現実の響きを持ち始めたと思った瞬間、冴子の目の前に一本のカギが差し出された。

手の平に載せたカギをさらに冴子の鼻先に近づけながら、精二は言った。

「ほら、持っていきなよ」

冴子は、精二の皮膚の一部にさえ触れないという断乎《だんこ》たる指遣いでカギをつまみ上げた。

「あとでスタッフの方が、お返ししますので」

「いいんだよ、気にしなくて。合鍵《あいかぎ》なんだから……、あんたが預かってくれ」

合鍵を渡される仲……、そんなことを連想しただけで、身体中に虫酸《むしず》が走って卒倒しそうになる。だが、冴子はカギを返すわけにはいかなかった。合鍵を手に入れた後の有利は何ものにも代えがたい。追加取材が必要になったとき、場合によっては、この男の顔を見ずに家に入れるかもしれないからだ。

本当ならティッシュか何かで包みたいところだが、そうもいかず、冴子は一本のカギをバッグの中にそっと忍ばせた。

11

冴子にとって、家屋内に入るのはこれで二度目だった。

玄関のドアが開けられると、革靴と土の混ざり合った臭いが鼻をついてきた。どの家も、体臭に似た、独特の臭いを持っているものだが、この家のそれは特に強かった。以前はそれほど感じなかったのだが、ドアが開けられて流れ出た室内の空気に包まれたとき、冴子は、思わず鼻に手を当ててしまった。

鳥居繁子は、玄関の敷居の上で立ち止まって、上がり框《がまち》に敷かれたマットのあたりを凝視している。冴子と羽柴は、カメラの邪魔にならないように、背後からそっと玄関内をうかがった。手前の三和土《たたき》には、二組の健康サンダルが丁寧に揃えられているのと対照的に、子ども用のスニーカーが散乱している。よく見ると框の下に下駄《げた》が二足ほこりをかぶっていた。放置されているのは、サンダルとスニーカーと下駄がどれも二足ずつで、革靴や婦人物のパンプスの類《たぐ》いは見られない。

鳥居は靴を脱いで框に上がり、まっすぐ廊下を奥へと進んだ。「やらせ」なしの本番である。今、この瞬間、鳥居は初めて家の中に立ち入った。外は、日が陰りつつあるとはいえ、日中、よく晴れ上がって空気は乾燥していた。だが、中はじっとりと湿気が多そうだ。鳥居が足を上げるたび、フローリングの床が、湿ったきしみ音を発している。

世間で喧伝《けんでん》されている鳥居の能力が試されようとしている。東京から茅野までの列車の中、冴子は、彼女の持つ異様な能力の一端に触れて、そこそこの手応《てごた》えは得ていた。正確に核心をつくというわけではないけれど、鳥居は、冴子が過去に経験した悲劇の外郭を、探り当ててみせた。だからといって、全面的に信じているわけでもない。半信半疑で、見守っているというのが、現在の冴子の心境だった。ここで鳥居が失踪《しっそう》事件の展開について何らかの予言を下し、それが的中すれば、冴子は彼女の能力を信じる側に回るだろう。

カメラに前後を挟まれて、鳥居が廊下を左に折れて見えなくなると、羽柴と冴子は靴を脱いで廊下に上がり、そっと彼女の後を追った。

冴子は、羽柴の動きに合わせ、廊下とリビングの間に立って、中を覗《のぞ》いた。

オープンカウンター型キッチンの横に六人掛けのテーブル、そのすぐ手前にはＬ字形のソファが置かれている。十五畳ほどのリビングダイニングを、ソファを置くことによって、ダイニング空間とリビング空間に分けているようだ。食器棚や収納家具が機能的に壁に並んでいて、無駄な空間がどこにもなかった。この家の住人たちが片付け上手なのが、一日で見て取れた。

鳥居は、リビングのソファに腰をおろして、正面に据えられたテレビに顔を向けていた。テレビのスイッチはオフのままで、ブラウン管は単に部屋の様子を映す鏡と化している。映し出された像は、全体的に丸みを帯びてモノクロに近い。そこには鳥居自身の姿も映っているはずだ。

鳥居は、リモコンを操作しようとしてためらい、手の中で弄んだ後それをテーブルに置き、代わりに放置されたままのグラスを持ち上げた。グラスの底には、ほんのわずか白っぽい固形物が付着している。十か月ばかり前、この家の主人は、グラスにビールを注ぎ、飲みかけのまま、テーブルに置いた。中身は完全に蒸発し、泡の名残だけが当時の雰囲気を閉じ込めて、底のほうにへばり付いている。

鳥居は、鼻の下にグラスを近づけて、臭いを嗅《か》いでみる。

首を傾げ、一心不乱に考える仕草をしたかと思うと、彼女は、ソファから立ち上がり、ダイニングからキッチンへと移動して、冷蔵庫のドアを開けた。

中腰になった鳥居の横顔が、冷蔵庫の小さな明かりに照らされた。乳白色の冷たい光が、薄くなった髪に当たって、白さを際立たせている。ドアの開閉と呼応して、冷蔵庫の背後で、モーター音がグルルルルと唸《うな》り声をたてた。

たっぷり残された銀行口座から、現在もなお、毎月の光熱費が引き落とされているため、この家の電気、ガス、水道、電話は、繋《つな》がったままになっている。

鳥居は、冷蔵庫の中をぐるりと見回し、発泡スチロールの容器に入った納豆をひとつ取り出して、今度はダイニングのテーブルに座った。十か月前に、近所のスーパーマーケットかどこかで購入された納豆を前にして、鳥居は神妙な顔つきで、瞑想《めいそう》に入っていった。さっきまで訳のわからない独り言を言っていたのに、今は無言を続けている。鳥居は、何かを喋《しゃべ》りかけ、ためらい、くしゃみを途中で止めたときの顔のまま、中空に目を彷徨《さまよ》わせた。

彼女の口は、そのままほぼ三十秒間、開かれることがなかった。

羽柴は、堪えきれず、声をかけていた。

「今、何が見えますか」

ディレクターの声など、編集の段階でカットすればすむ。

タイミングをはずさずにかけた一言によって、鳥居の意識は現実に引き戻され、問い掛けに素直に応じてきた。

「暗い淵《ふち》が見えます」

目を閉じたまま、鳥居は静かに言う。

ワンテンポ置いて、羽柴はさらに尋ねた。

「暗い淵、とは何ですか」

「深さもわからない、鋭く切り立った、谷の底が見えます」

「この家の家族は、谷の底にいるのですか」

「わかりません。でも、谷は、生きているかのように動いています」

すぐ傍らで、鳥居と羽柴ディレクターとのやりとりを聞いていた冴子は、闇の中で細くのたくる蛇の姿を思い浮かべていた。空から俯瞰《ふかん》する谷底は、黒く蛇行する線となって、蛇を思わせる。と同時に、なぜか精二が連想されてきた。蛇の顔を皺《しわ》だらけにすると、精二と似てくることに、今、ふと気づいた。

そこでパンと小さく、両手を打つ音が耳元で響いた。羽柴が出した合図である。

「はい、そのまま、ちょっと待って」

羽柴は、素早く加賀山を呼び付け、手際よく指示を出していった。

「ここの家族ひとりひとりの、生活の品を集めてきてほしいんだが……。きみは二階に行って、ふたりの子どもたちのものを持ってきてくれ。おれは、一階から、夫婦のものを集める」

ディレクターの指示が飛んでいる間も、二台のカメラは鳥居に固定されて回り続けていた。

加賀山は、これから先、羽柴が何をしようとしているのかわからず、キョトンとしている。

「一家、四人が、それぞれ愛用していたブツを持ってくるんだ。洋服でも、櫛《くし》でも構わない。子どもたちふたりのものを何でもいいから」

「わかりました」

意味を飲み込み、慌てて駆け去ろうとする加賀山を羽柴は引き止めた。

「あ、ちょっと待て。その場合、部屋を荒らさないように。必要な品だけをピックアップして、それ以外のものにはなるべく手を触れるな」

「了解」

加賀山は俊敏な動きで、二階への階段を駆け上がっていった。

羽柴はその後ろ姿を見送ってから、浴室に足を運んだ。浴室や洗面台に行けば、ひとりひとりが愛用する日用品など簡単に手に入るだろうと見込んでのことだ。

廊下と浴室を隔てる引き戸を開けると、正面に洗面台がある。アイボリーのシンクに付属する三面鏡に映った自分の顔と、羽柴はまず出会うことになった。洗面台横の小窓から差す光によって、浴室の脱衣場ともなっているスペースには、電気をつけなくてもどうにか見える程度の明るさがある。

羽柴は、鏡の下の収納を開けた。歯ブラシがちょうど四本並んでいた。その手前のシンクは、全体的には清潔さを保っているが、ところどころ歯磨き粉のカスが固着して、排水口の部分には抜け落ちた髪が数本絡み付いている。

羽柴は、四本の歯ブラシを手で抜き取ろうとして躊躇《ちゅうちょ》し、傍らのティッシュを数枚まとめて抜き取って、その中に四本を包み込んだ。なんとなく、素手で触れるのはためらわれた。いたずらに現場に手を触れまいとしたわけではなく、かつてここにいた人間たちの唾《だ》液《えき》がついているであろう歯ブラシに、直《じか》に触る勇気がなかったというだけだ。

羽柴は、厚いティッシュの束で、四本の歯ブラシを包み、ポケットに入れた。これで、少なくとも四人分の生活の品を確保したことになる。

隣には洗濯機が置かれ、洗面台との間のスペースに、洗濯カゴが挟まっていた。カゴの中身は、既に洗濯が終わっているけれど、干されてはいない衣類だった。ハンドタオルや下着などの軽い衣類が中心で、どれも皺くちゃのまま、乾燥し切っている。手に取っても、形が崩れることはなく、軽石のように扱うことができた。

いつ、この衣類は洗濯されたのだろうか。時間帯としては、失踪する直前の夜しか考えられない。

洗濯機の上には棚がしつらえられ、その下の部分が蛍光灯になっているため、羽柴は、明かりをオンにしてから、洗濯機の中を覗き込んだ。まだ洗っていない衣類が数枚突っ込まれている。こちらのほうは、ジーンズやトレーナーなどの厚物が中心で、計量スプーン一杯程度の洗剤が振り掛けられたままになっている。先に洗ったものをカゴにあけ、二度目の洗濯をしようとした直前で、一家の主婦の身に何かが生じたのだろうか。

羽柴は、洗濯機の中を覗き込んだ中腰の姿勢のまま一歩うしろに下がり、かかとのあたりに、ふわっとした厚い布の感触を得て、足下に目を落とした。ついさっき、薄暗がりの中でバスマットと思っていたものが、実は脱ぎ散らかしたままの服であったことがわかった。父親のものなのか、長男のものなのか、羽柴は今、デニムの長ズボンの裾を踏んづけていた。

水玉模様のバスマットが、すぐ横のタオル掛けに干され、防水のスリッパが二組立て掛けられている。この家の履き物はすべて二組という単位で置かれているようだ。

さらに、浴室内の明かりをつけてから、羽柴は、ふたつに折れて内側に開くタイプのドアを押した。浴槽は薄いピンク色で、この家の他の部分と比べて、段違いに新しかった。おそらくつい最近、バスルームだけをリフォームしたに違いない。

浴槽は、先程のグラスと似た状態になっていた。十か月前、失踪の直前に張られていた湯は、冷えて水となり、すべて蒸発して、底のほうに無数の髪の毛と肌から落ちた垢《あか》の膜を残すばかりとなり、一面を覆うカビが斑点《はんてん》模様を作って死んでいるのがわかった。

羽柴は、浴室を出て廊下を横切り、夫婦の寝室となっている和室に入っていった。

和室は、南向きの縁側に面して、差し込んだ日差しの暖かさを残している。縁側に、古めかしい籐《とう》椅子が一脚置かれ、背もたれの部分には手編みのカーディガンが掛けられていた。妻の晴子は、この椅子に座ってカーディガンを羽織り、日向《ひなた》ぼっこでもしながら、庭先を見渡していたのだろうか。架空の視線を辿《たど》って庭に目をやると、草の陰で鳴いている虫の声が聞こえた。土の臭いを運び込む、細く小さな音を耳に残しつつ、羽柴は、和室のほうに目を戻した。

納戸と納戸の間に、黒い仏壇が挟まっていて、半分ほど燃えたローソクが立てられたままになっていた。手前に引き出された棚の上には、湯のみと薬のカプセルが四個平行に並べられ、さらにその隣に、何の変哲もない細長い石が二個、「人」の形に立てかけられていて、一種の宗教的儀式を思わせた。

仏壇の奥に飾られた遺影は、たぶん祖父のものに違いない。何歳のときの写真なのか、西瓜《すいか》の種のような輪郭をした頭に髪は一切なく、無数の皺が刻まれたその顔は、驚くほど精二と似ている。息子なのだから当然としても、つるんとした頭部から、羽柴もまた蛇を連想していた。

祖父の遺影の前に黒光りするものがあり、何だろうとつまみ上げてみると、黒い革製の手帳であった。手帳の表紙には金箔《きんぱく》で１９９４年と記載されている。その鈍い輝きが妙に羽柴の好奇心を刺激した。古さ、用途、置かれていた場所を考えれば、鳥居が透視すべき対象物としてうってつけだった。

12

一台のカメラが鳥居繁子の背後からテーブルの上を写していた。焦げ茶色をした食卓の上に、家中からかき集められた日用品の数々が並んでいる。歯ブラシ、丸まったまま乾いたハンドタオルや下着、加賀山が二階の子ども部屋から持ってきたペンケース、教科書、パジャマ、ウォークマンなどである。

鳥居は、そのひとつひとつを手に取り、ときには額に当てたり、匂いを嗅《か》いだりして観察し、解釈を加えながら、区分けしていった。いつの間にか、テーブルの上には、四組の山が出来上がっていた。歯ブラシがどの山にも一本ずつ組み込まれていることから推して、持ち主ごとに分けられたことがわかる。各組は平均三個で構成され、多いところで四つの品を内包していた。

ところがよく見ると、四つの区分からはずれて、黒く小さい長方形の品が、ひとつだけ除外されているのがわかる。

冴子は、カメラの後ろで背伸びして、それが何なのか見極めようとした。シガレットケース……、いや手帳のようにも見える。なぜか冴子は、その品に興味を覚えてならない。以前、どこかで見たことがあるような気がするのだ。

羽柴は鳥居に向かって、「なるべく具体的な場所を示すようなことを言ってください」と注文を出しているのだが、ふたりのやりとりなどお構いなしに、冴子の意識は黒い手帳のような品へと集中していった。

羽柴が欲しいのは、抽象的なイメージではなく、具体的な場所を暗示するような映像であった。川なのか、橋なのか、湖なのか……、一家四人が現在も生存しているという可能性は薄いと思われたが、チーフ・ディレクターとして望むのは、番組制作の過程で事件が解決に導かれることである。遺体がどこかに打ち捨てられているのなら、発見してあげたかった。そのためにこそ、鳥居のキャラクターを番組のメインに据えたのだ。

だからといって、今ここで、鳥居に余計なストレスやプレッシャーを与えるわけにはいかない。

「落ち着いて、ゆっくりで構いませんから、もう少し、イメージをクリアにしていってもらえませんか」

鳥居の呼吸が急に荒くなっていった。胸を押さえ、喉《のど》を天井に向け、最初のうち指先にだけ走っていた震えは、手から腕全体へと広がり、テーブルをガタガタ揺らすほど大きくなっていった。

鳥居は、わずかに上半身を伸ばすと、しなやかな身のこなしで椅子から降り、キッチンに走って戸棚のひとつを開けた。あらかじめそこに何があるのか知っていたような動作である。

鳥居は、戸棚の中から酒瓶を一本取り出し、シンクの縁に置かれていた計量カップになみなみと注いで飲み干した。酒瓶をカウンターに置いて顔を上げ、四方に顔を巡らせ、せわしなく目を動かした。瞳孔《どうこう》の速い動きは、思考のスピード、脳に去来するイメージの激しさと呼応するようだ。しばらくして、彼女の視線は一点に固定されていった。

テーブルの上に置かれた黒い手帳にますます興味を引かれ、今ならカメラの邪魔にはならないだろうと、冴子は、テーブルの上で身をかがめて、顔を近づけた。黒い革製の手帳は相当に使い込まれたものらしく、四隅の革が剝《は》がれていた。表紙の上の部分に、金箔でマークが入っているようだが、やはり半分以上が剝がれ落ちていた。

冴子に見覚えがあったのは、そのマークだった。

冴子は、手帳に伸ばしかけた手を宙で止めた。今、自分がここで触れてしまっていいかどうかわからない。触ることによって、鳥居の霊視を邪魔することにならないだろうかと、ふと心配になる。

だが、手帳に刻まれている金箔のマークは確かに見覚えがある。船を模した半円形の上に、アルファベットのKの形をした帆が上げられ、円の中に収まるようにデザインされている。洒落《しゃれ》て、可愛げのあるロゴマークで、その下には、1994年と西暦が刻まれていた。一九九四年のスケジュールを書き込むための手帳であるらしい。

一九九四年……、それは冴子にとっても特別に意味のある年だった。

カメラはテーブルに戻ろうとする鳥居を追っていた。冴子は、カメラの死角に逃れようとするタイミングで手帳を手に取り、壁際に移動した。その瞬間、「そんなに欲しいなら、くれてやる。のしをつけてな」と、冴子の頭の中に突如、男の声が響き渡った。耳元で、スタッフのひとりから「勝手にモノを取らないで」と注意されたとばかり思い込み、冴子は身を屈《かが》めて周囲を見渡したが、声の主はどこにもいない。一度も聞いたことのない、男性の声だった。言葉は、一字一句明瞭《めいりよう》に聞き取れ、最初のうち、「手帳をくれてやる」と、許可が与えられたような印象を受けた。

脳裏に拭《ぬぐ》いようもなく残る声の質は陰険で横柄、聞いた後に不快感がじっとりと、身体中から染み出してくる。

外部から与えられた物理的な音声ではなく、手帳に触れる行為を契機として、脳内に生じた架空の声であることが、しだいに理解されてくる。鳥居と同じ能力が身につきつつあるという兆候なのだろうか。モノに触れるや、そのモノの由来が脳裏に閃《ひらめ》くという鳥居の能力など、与えられたとしても迷惑なだけだが……。

動揺を押し隠して部屋の隅にうずくまり、手帳を両手で強く挟んでいる冴子を取り残して、撮影は進んでいた。


鳥居は、椅子に座ったまま、両手の平をテーブルに押しつけ、微動だにしなかった。動きをじっと見守っていた羽柴は、しびれを切らして、問いかけた。

「鳥居さん、いかがでしょうか。説明してもらえませんか?」

鳥居は、両手の平を下向きに広げ、テーブルの上でゆっくりと動かし始めた。家族の愛用品からたちのぼる霊気を、手の平で感知しようとしているのだろうか。動作が芝居がかっているせいか、このときだけ、冴子の目には、鳥居がインチキ霊媒師のように見えた。

目を閉じて、両手を宙に動かす様は、シンフォニーが終盤に差し掛かったところで、指揮者が音楽に浸って悦に入っているかのようだ。

鳥居は、喉の奥から絞るようにして唸《うな》り声を発した。大袈裟《おおげさ》な動作が徐々に鳴りをひそめ、こまやかな指の動きで、宙のある一点を包み込むようにする。あたかも異界への入り口がそこにあるかのように、目に見えないチューブがあるかのように、鳥居は右手の中指を下に向かって立てた。

「最後の夜、この家には、家族以外の何かがいました」

口調は厳かだった。鳥居がトランス状態に入ってしまったのは明らかで、彼女の身体から発せられたものなのか、部屋全体が黄色っぽいオーラを漂わせている。

冴子はひとり、部屋の人間たちが醸し出す異様な雰囲気から取り残され、手帳の表紙に見入った。それは、異界に続く小さな扉そのものだ。

表紙のロゴマークが何であるのか、とっくに思い至っている。父の会社のものだ。手帳自体、その会社が製作したもので、毎年のスケジュールを書き込む予定表として、父は愛用していた。果たして、同じ手帳が何部出回っているのか……、数百部、多くて千部といったところではないか。父の会社は、毎年同じタイプの手帳を製作して、会社と取引のある人々を始め、知人友人に配っていた。その中の一部が、この家から発見されたというのは、単なる偶然なのだろうか。

冴子は試しにページをめくってみる。

鉛筆で詳細な書き込みがなされている。読んでみると、スケジュール表と同時に、簡単な日記帳の役割を果たしているのがわかった。

……七月二十五日から二十七日まで、翻訳の仕事のため山中湖《やまなかこ》に滞在。スティーブン・セラーズが来日する前に原稿を仕上げる必要あり。その間、娘は夏休みに突入したようだ。再来年の大学受験に向け、夏期講習が忙しく、東京に帰っても遊んでくれそうにない。

やはり思った通り、手帳は過去の扉を開くものだった。

こめかみのあたりがジーンと痛んだ。立っていられず、冴子はその場に座り込んで、両《りょう》膝《ひざ》の上に手帳を載せた。そうして最後のページをめくる。

八月二十二日を境にして、その前後では記載されている量に雲泥の差があった。二十二日以降は完全な予定表としてだけ使われ、日記としての記述はなかった。

冴子の父は、この前日、成田空港のNホテルから東京にいる冴子あてに電話を寄越し、そのまま消息を絶ってしまったのである。

冴子は素早く手帳をポケットにほうり込んだ。父が残したものは、自分のものであり、この場から持ち去ったとて良心が痛むことはない。手帳は、冴子が持っていてしかるべきもののはずだ。

失踪《しっそう》した年の手帳が発見されたのは、まさに有り得ない僥倖《ぎょうこう》であり、大きな収穫だった。失踪するまでに父が辿《たど》った軌跡がわかれば、捜索をもう一度再開できる。


羽柴はカメラを牽制《けんせい》しながら、鳥居の正面へと回り込んでいった。これまで、背後のドアに隠れるようにして質問を出していたのだが、そんな配置ではまだるっこくてならず、正面から対峙《たいじ》して展開を急がせようとしたのである。

「鳥居さん、お願いですから、具体的に描写してください」

「神の使いとして蛇がやって来て、命の餌を与える……」

そこまで喋《しゃべ》ったところで、鳥居は、声を詰まらせ、真剣におののいて、部屋の気配を読み取るような顔を作る。頬の皮膚がかすかに震え、目がつり上がっていくのがわかった。

「どうかしたのですか」

羽柴は、形相の凄《すさ》まじさに気おされ、一歩後退しながら訊《き》いた。

「静かに！」

鳥居は、短く声を放って、唇に人差し指をつけてくる。黙れという合図だった。

瞬間、その場の空気が凍り付いた。みな身体を硬直させたまま、微動だにしようとしない。

鳥居だけがゆっくりと振り返っていった。廊下のドアから、水槽の置かれた棚を目で舐《な》め回し、窓ガラスに視線が固定されたところで、動きをぴたりと停止する。

「これから大地が揺れる」

鳥居の予言だった。

大地が揺れるとは、地震が来るということなのだろうか。

ピシッ！

窓ガラスが音をたてたわけではない。空気に生じた亀裂《きれつ》が、その場にいる人間の皮膚を打つ音だった。痛みはなかった。

ほぼ二十秒間というもの、みなそろってじっと息をひそめ、おそろしい集中力で気配を読み取ろうとする。

さっきまで快晴だった空は、いつの間にか張り出した雲に覆われていた。雲の動きは速く、大地に差す線条の光を受け、青白い閃《ひらめ》きを空気中へと放っていた。窓の外、すぐ間近には、南アルプスの山並みが迫っていた。山々は、頭上を覆う雲との間で、閃光《せんこう》のやりとりをしている。ブラウン管を走る走査線のような、激しい動きだった。

部屋の周囲は、サッシ窓によって密閉され、風が吹き込む隙間はどこにもないはずである。にもかかわらず、室内に急激な空気の移動が生じた。風、というわけでもなく、局地的な空気の移動としか表現できない、不自然な動きである。大地から吹き上がり、床を突き抜けてくる風圧。

震え始めた窓枠を通して、犬の遠吠《とおぼ》えが聞こえてきた。呼応して、近所で飼われている犬が、おそろしい勢いで吠え始めた。この付近の犬たちがそろって、天に向かって吠えている。

あるいはまた、電線にとまっていたカラスの群れが一斉に飛び立ったのか、無数の羽音が屋根に響いた。異変を感知した動物が、集団移動を開始したに違いない。

冴子と羽柴は、何かが来るという予感を確認するかのように、目と目で合図を送り合った。

突如、胃のあたりが下から突き上げられるような衝撃がわき起こり、冴子は立っていられず、跪《ひざまず》いていた。

すぐ横の棚が、中身を放り出しながら、崩れ落ちるのがわかった。重力に支配されているはずなのに、落下速度はゆったりとしたもので、斜めに傾いだ戸棚からバラバラと飛び散る様が、スローモーションのように見える。

突如、頭に衝撃音が響き渡り、眺めている風景から色彩が失われていく。意識が遠のいて消える直前、冴子は、駆け寄ってくる羽柴の姿を目の端でとらえていた。

13

目を開いたとき、自分がどこにいるのかわからなかった。しかも、今が一体いつなのか……。一週間が経過したと言われても、あるいは一時間が経過しただけと言われても、冴子には、否定する術《すべ》がなかった。

天井から壁へと視線を移し、すぐ傍らに座る人物の像がはっきりと結ばれる直前、

「や、お目覚めですか」

と、声をかけられた。

声の主は羽柴だった。彼の服装は、以前に見覚えがあるもので、記憶にある通り、長袖《ながそで》のシャツが肘《ひじ》までまくられていた。逞《たくま》しい二の腕から浮かび上がる体毛が、蛍光灯の光に揺れているのを、冴子は、すぐ間近から眺めることができた。

そこで初めて、自分の意識が失われてから、あまり時間がたっていないことを知ったのだった。

意識を失う直前の情景が、脳裏に甦《よみがえ》ってくる。

下から突き上げられる震動を受けたかと思うと、室内全体が波打つように揺れ、テーブルの上にあった物が横滑りして宙を舞った。カメラマンたちは高価な機材を庇《かば》いながらその場にうずくまり、鳥居は、鉄棒で逆上がりをするかのように、仰向《あおむ》けのまますするりとテーブルの下に滑り込んで難を逃れた。ただ、運悪く棚の横に立っていた冴子だけが、バランスを取るために伸ばした手が触れる直前、棚そのものが倒れかかってきて、最上部に飾られていた陶器のひとつに後頭部を襲われたのだった。

羽柴は、冴子の意識が戻ったことを喜び、憔悴《しょうすい》しきっていた顔を赤らませた。

「よかった、意識が戻って」

泣きそうなほどに、安堵《あんど》感を滲《にじ》み出させている。彼はすぐに、枕元のナースコールに手を伸ばし、看護師を呼んだ。意識が戻った場合、すぐに医師を呼ぶよう指示されていたからだ。

看護師が来る間の数十秒で、羽柴は手短に、藤村家から救急車で運ばれた経緯と、その後に施された処置を冴子に説明した。

今日の午後三時五十四分、諏訪湖《すわこ》を震源とする地震は震度四から五を記録し、死者こそ出なかったものの、震源の真上の家屋にはそこそこの被害を及ぼした。怪我をしたのは運悪く落下物等の下にいた人間だけで、冴子もそのうちのひとりだった。救急車で運ばれたのは伊那中央総合病院の救急室であり、そこには地震で負傷した人間が五人ばかり運び込まれていた。

救急車の中で既に、気道の確保と、呼吸できるような処置がなされていて、救急室に到着するやいなや、点滴がセットされ、血圧が計られ、呼吸の状態が調べられていった。救急スタッフ全員がかかりきりで行ったため、この間たった数分しかかからず、その後に控えたCTスキャンによる検査終了まで二十分という早さだった。

CTスキャンによって、脳内部に致命的な損傷がないことが判明していたが、それでも二時間近くにも及ぶ意識喪失は少々長過ぎ、遅れて硬膜下出血や脳挫傷《のうざしょう》の症状が現れる可能性を考慮に入れ、慎重に経過を見守る必要ありと判断されていた。

現在、冴子は、隣のベッドとの間がカーテンによって仕切られた一般病室に移されている。呼吸と心拍数がモニターによって監視されているが、ベッドに横たわる位置からではその数値を見ることはできなかった。

看護師に呼ばれて担当の医師が入ってくると、羽柴はさっと立ち上がって脇に身を引いた。

医師は、モニターの数値をチェックしてから、冴子に様々な質問を出し、その答えに納得すると、

「うん、うん」

と、大きくうなずいてみせた。

その仕草に安心し、冴子は勢い込んで尋ねた。

「先生、わたし、いつまでここにいればいいのですか」

「数分程度の意識喪失なら、軽い脳振盪《のうしんとう》として済ますこともできるでしょう。でも、二時間というのはちょっと長すぎます。今、この時点では問題ないにしても、脳の損傷があったはずと考えておいたほうが無難です。後になって、重大な結果を招くことにもなりかねませんから、心配なしと判断されるまでは、ここにいてもらわなければ困ります」

冴子は、「うっ」と両目を閉じ、心の内でスケジュール帳を開いてみる。

……今日明日は、テレビ番組のために空けてあるから大丈夫としても、あさってには別の取材で岐阜まで行かなければならない。

「検査はどのくらいかかるんですか」

おそるおそる冴子は訊《き》く。

「少なくとも三日、長くとも一週間ってところでしょうか」

一週間もここに閉じ込められると思うと、ぞっとする。岐阜で取材した後、すぐ記事にまとめて雑誌社に送り、返す刀で北海道に行かなければならないのだ。どう考えても、締め切りを延ばすことはできそうにない。

「とにかく安静にしていてください。しばらく、様子を見ましょう」

医師はそれだけ言うと、看護師に二言三言指示を出しながら、連れ立って病室から出ていった。

ふたりのあとを追って、羽柴も一旦《いったん》姿を消し、しばらくして戻ると、さっきと同じようにベッド横の椅子にしおしおと腰をおろした。

「申し訳ありません」

深々と頭を下げてくる羽柴を、冴子はびっくりして眺め返す。なぜ謝っているのか、理由がわからなかったからだ。

「どうしたんですの、突然」

「撮影現場に付き合わせてしまった結果、こんなことになってしまって」

両手を腿《もも》に乗せ、肘を曲げているせいで、羽柴の頭頂部がすぐ目の前に迫っていた。

「運が悪かっただけです。というよりも、わたしのドジ」

「でも、あの場にいなければ、こんな目には遭わなかった」

怪我のことなどどうでもよかった。痛みもなければ、異変を感じる箇所もない。退院が長引いた場合のスケジュール調整が大変というだけであるが、冴子は、憂鬱《ゆううつ》を嚙《か》み殺して、スタッフたちの安否を気遣った。

「それより皆さん、お怪我はありませんでした？」

「ええ、おかげさまで」

貧乏くじを引いたのは冴子ひとりだった。

「撮影のほうは、どう？　いい画《え》が撮れました？」

仕事に話題を振られ、羽柴は、

「そりゃ、もう」

と、腰を浮かせそうになったが、はっとして押し戻して、首を横に振る。

スタッフのひとりが怪我をし、そのせいで素晴らしいシーンが撮れたとはしゃいだりするのは不謹慎……、冴子は、羽柴の心中を推し量る。

「いい画が撮れたと言われれば、わたしだって嬉《うれ》しいんですから、スタッフの一員として」

「いい画といえるかどうかわかりませんが、おもしろい映像は押さえることができました。覚えてますか。地震が起こる直前、確かに鳥居繁子は、地震が起こることを予知していました。滅多にないことです。予知が行われ、それが現実化されてゆく情景がきっちり映像と音で録画できたのですから」

「でも、失踪《しっそう》事件との関わりはどうなんでしょうか」

「鳥居さんは、一家が現在いる場所に関して、ヒントになりそうな風景をいくつか言ってます。明日明後日と、彼女が提示してくれた風景を探して、ロケしてみるつもりです」

「思ってもみなかった結果が引き出されるといいですね」

「まあ、そう期待したいところですが、万が一、何も出なかったとしても、番組としては十分に成立しますから。これも冴子さんのおかげです」

「いいえ、わたしこそ、何のお手伝いもできなくなってしまって……」

明日の撮影にも付き合う約束のはずが、不可能になってしまったことを、冴子は詫《わ》びた。

「気にしないで、ゆっくり休んでください。それより、ぼくにできることがあったら、遠慮なくおっしゃってください。ご家族への連絡はどうします？　ぼくが代わりに電話して、事情を説明しておきましょうか」

冴子は、すっと羽柴から目を逸《そ》らし、寂しそうな笑顔を浮かべた。

「いませんから……」

「え？」

「寄る辺なき身なの」

羽柴はどぎまぎした顔つきで、その事実を受け止めた。少なくとも、冴子が現在独身であるという状況は、正確に飲み込んだはずだ。

「じゃ、ぼくが必要なものを揃えますから、おっしゃってください。病院の売店でたいがいの物は手に入るはずです」

メモ用紙を片手に、必需品のリストアップをうながされても、冴子の口は重かった。

自分の身体に触れてみるまでもなかった。救急車で運び込まれたときに着ていた服は、看護師たちの手により、下着だけ残して検査服に替えさせられている。ついさっき、キャラバンの中に残してきた旅行バッグが、ベッド脇に置かれているのも見えた。バッグには、着替えこそ二日分詰めてあるのだが、一泊二日の旅とばかり思い込んで、生理用品を入れるのを忘れてしまった。心にショックを受けると、冴子の場合、生理が早くなるという癖がある。今、一番必要なのが何かわかっていて、冴子は、羽柴に告げることができない。

……あとで看護師さんに頼めばすむことだわ。

生理用品のことは諦《あきら》めて、冴子は喉《のど》の渇きを訴えた。

「喉が渇いたわ」

「じゃ、ジュースでも買ってきましょうか」

「ええ、お願い」

立ち掛けた羽柴を、冴子は引き止めた。

「あ、ちょっと待って。入院したとき、わたしが着ていた服は、どこ?」

羽柴と相対していると、なぜか冴子は父のことを思い出してならない。その連想から、地震が起こる直前、手にしていた、父の古い手帳を思い出していた。

「そこです。そのワードローブに、全部しまってあるはずですが」

「わたしが着ていたジャケットを取ってくれませんか」

父の手帳は、バックスキンのジャケットのポケットに落としたはずだった。倒れたときの衝撃で落ちていなければ、現在もそこにあるはずである。

羽柴は、ベッドの足下を回って、ワードローブからジャケットを取り出し、

「これですか?」

と、腕にかけて冴子の前に差し出す。

「どうか、ありますように」と祈りながらポケットに手を入れると、ツルンとした革の肌触りが感じられた。

「ああ、あった……」

冴子は、思わず手帳を胸に抱き締めていた。

「手帳じゃないですか、それ」

羽柴は、冴子が藤村家にあった手帳を持ち出したことに気付いていないようだ。腕にジャケットを掛けて立ったまま、少年のような無邪気さで、好奇心をあらわにしていた。

返事をする代わりに、冴子は思う。

……ところで、この人、結婚しているのかしら。

羽柴の暮らしぶりに関して興味が湧いたのは、これで二度目だった。

14

病棟の夜は早く、午後九時には消灯となり、枕元の電気スタンドを点《とも》しておけるのも十時が限度だった。

面会時間ぎりぎりまで付き添ってくれた羽柴が帰って、二時間が経とうとしていた。

普段の生活では、こんな早い時間にベッドに入ることはなかった。夜中の二時、三時が普通で、速やかな寝付きと心地いい睡眠には、アルコールの力が必要だった。入院が長引けばここのリズムにも慣れるだろうが、初日とあってはなかなか眠れそうになかった。

冴子は、無理にでも睡眠を呼び込もうと、枕元の明かりを消し、読みかけの論文をサイドテーブルに置いた。父の手帳にざっと目を通した後、冴子は、その内容に触発され、バッグの中に俊哉から受け取った論文が入っていることを思い出し、時間つぶしに読んでいたのだった。

確かに、彼が言った通り、ジャック・ソーンが発表した論文は、ブラックホールと情報理論に関するものであった。

物質も生命もその本質は情報であり、ブラックホールは大規模な情報処理機であるというのがジャック・ソーンの主張である。

極端に質量の大きな恒星がつぶれて消滅する場合、巨大な重力の作用を受けて死にゆく恒星がどんどん小さくなり、やがてゼロ空間に押し込められて、時空を突き破る孔《あな》のようになってしまったのがブラックホールである。一旦《いったん》この孔に飲み込まれると、いかなる物質もそこから脱出できず、光を含め、周囲にある情報をことごとく飲み込んでしまうのだ。

冴子は、このなにやら恐ろし気な響きを持つブラックホールが、実際に存在することを知っている。それは射手座の方向、銀河系のほぼ中心に位置して、太陽二百五十万個分の質量を持っている。

病室のベッドに横たわって目を閉じ、宇宙の果てについて考えれば考えるほど、睡魔はどんどん遠のいていく。

そのとき、スリッパを引きずる音が間近から聞こえてきた。薄く目を開けると、老婦人がゆっくりと足下を横切っていくシルエットが、三方を仕切ったカーテンに浮かび上がっていた。髪を束ねて団子状に留めた頭が、バランスを欠いて大きく映っている。照る照る坊主のように見えるのは、大きめの入院服を着ているからだ。

眠っているとばかり思っていた入院患者が、トイレに立って、今、戻ってきたらしい。

「はいはい、皆さん、それじゃあ、おやすみなさいませ」

老婦人は、妙に華やいだ声で就寝前の挨拶《あいさつ》をし、自分のベッドへと通り抜けていく。

今、冴子が居る病室はふたり部屋であった。同居人である老婦人は、クモ膜下出血の手術を施され、経過が良好なため、二週間前に一般病室に移されて、現在はリハビリ中であると聞かされていた。頭に受けた刺激の影響なのか、理由もなく浮かれた声を出すことがあった。夕方の食事時には、天井に紫色の巨大グモが這《は》っていると言ってはしゃぎ回り、一緒にいた羽柴を驚かせたばかりだ。

「おやすみなさい」

冴子は、低く挨拶を返し、ふたたび目を閉じた。

消灯後であっても、病棟は様々な音に満ちている。隣のベッドでは老婦人がシーツを擦り、陽気に鼻歌をうたっていた。廊下を隔てて向かい合っている六人部屋からは、

「あたたたた……」

と、どこかが痛むのか、あるいは悪い夢でも見ているのか、老人の呻《うめ》き声が漏れてきた。あちこちで生じる寝返りの音に合わせてベッドが軋《きし》み、窓の外からは、通りの雑踏と交ざり合った車の音や、列車の通過する音が忍び込んでくる。

意識を失ったまま、救急車で運ばれた冴子には、自分を取り巻く環境を知る術《すべ》がない。病院が伊那市のどのあたりに位置するのか、あるいは病棟内部がどうなっているのか、ま

るで把握し切れていない。まったくもって情報が不足している。

住んだことのない地方都市で、よくわからない場所に居るという状況に、冴子は、不安をかきたてられた。

「おねえさん、来てください。おねえさん」

向かいの病室から、また老人の声が響いた。看護師を呼びたいのなら、枕元のナースコールを押せばいいのに、むせび泣くように喉を震わせて、助けを求める。

「また始まったよ」

別の声がそう嘆いた。

続いて、廊下を歩く看護師の足音が聞こえるのだが、リズムがゆっくりしていることからも、彼女が何ら急いでいないのがわかる。消灯後に呼ばれるのは、日常茶飯事なのだろう。老人は、窮状を訴えて看護師に甘えたいだけなのかもしれない。周囲の者は、皆知っていて、「また始まったよ」と嘆くだけなのだ。

「どうしました？　安田さん、だめでしょう、ご用があるときは、ナースコールを押してくださいって、何度も言ってあるでしょう」

若い女性の、低く抑えた声が、ドアの隙間から流れ込む。老人の声に遠慮はなかったが、女性の声には周囲への気遣いが含まれていた。

また別の病室では、ひとりの患者が噎《む》せ、連鎖するように数人が咳《せき》をし始めた。

地震直前の犬の遠吠《とおぼ》えと似ている。一匹が吠え立てると、近所の犬たちはこぞって唱和して、燎原《りょうげん》の火のごとく広がって、空を覆う不吉なハーモニーとなった。うるさくて眠れないのではない。一個一個の音が、胸に引っ掛かって、余計な妄想がかきたてられるのだ。音に喚起されるイメージが、身体を重く重く、暗い淵《ふち》の底に引っ張って、眠りが訪れるどころではなかった。

冴子は、もっと楽しいことを考えようと試みた。普段から、寝付きの悪いときは、なるべく楽しいことを考えるようにしていた。未来に起こるであろう楽しいことや、ぜひ行ってみたい場所への旅行の計画。旅の道連れは、もちろん素敵な男性がいい。彼女の知っている男性の中で、相手を探そうとすれば、まず候補に挙がるのは、羽柴だった。女性にとって、この人となら一緒に寝てもいいと思える男性に出会える確率は、極めて低い。冴子の元夫は、初対面のときでこそいいと思えたが、結婚末期に至っては、手が触れるだけで嫌悪感を抱くほどに変化した。いつまでも身体に触れていたいと思えるような男に出会える可能性となると、もはや絶望的かもしれない。しかし、今のところ、冴子にとって、羽柴にはその可能性が残されている。今回の入院騒動で示された心からの親切が、彼への好意を加速させたのも事実だった。ただ、冴子と同じ三十五歳という年齢が微妙である。独身であるという見込みは相当に薄い。

勝手に想像するのは自由である。冴子は、羽柴に寄り添う自分の姿を思い浮かべながら、興奮することもなく、ゆっくりと心を溶かし込んでいった。行為そのものではなく、余韻の中に身を置いて、彼の肌にあたたかく包まれてみる。そうして、肩から背中、手や足の指先までリラックスさせ、甘い空想を楽しんだ。

枕元のスタンドを消してから、何時間経過したかわからない。眠っていたのが、五分のようにも一時間のようにも思える。両目が閉じられたままで、冴子の意識だけがはっと目覚めた。何が原因なのかはわからないが、きっかけは確かにあった。

視覚以外の感覚器官を使って、周囲の状況をじっとうかがった。異様な気配があたりに充満していた。頭側には壁があり、それ以外の三方はカーテンで仕切られている。すぐ左手、廊下側のカーテンが揺れているようだ。小さな揺れが起こす風が、頬に当たっていた。

カーテンを押し分けてだれかが入ってきたように思えた。

だれかが、すぐ傍らに立って、自分を見下ろしている。網膜を通さないで、自分の置かれた環境が想像できてしまうと、実際に見ている以上に生々しく、気配が凝固して圧迫してくる。

手を上げようとして動かず、声を出そうとして喉《のど》はより強く絞られる。瞼《まぶた》さえ固定されて、開くこともできなかった。冴子は、ブラックホールに落ち込むときの感覚はこんなものかと思いながら、身体の自由を失っていった。いつもの金縛りのようだ。

何者かの鼻と口から吐きだされる呼吸音は一定ではなく、低い位置をキープしたまま、ゆっくりと徘徊《はいかい》している。おまけに独特の臭いがあった。冴子は臭いの主が何なのか、はっきりと覚えていた。すえたような、汗が腐ったような、臭さだ。

口の中で、舌が「チッ」と鳴らされた。

「待っていたのによお」

　耳が音声をとらえたのではない。意味が直接脳裏に運ばれてきた。声の主は、「待っていたのに来ないじゃないか」と、不満を漏らしている。さらに続いて、ガチャガチャとカギ束の触れ合うくぐもった響きが、ベッドマットの高さから聞こえた。すぐ横に立っているのがだれなのか、おおよその見当がついてくる。

　手足が動かず、目も開かず、声も出ず、しかもこれが夢か現実かすらもわからない。心臓は激しく脈打って、肉体の素直な反応に嘘がないことを告げようとする。

　いつも通り、真っ暗な球体の中に閉じ込められているイメージがあった。閉じ込められているのは意識であって肉体ではないと念じ、手や足の指先をほんのわずかでも動かせれば、それをきっかけに全身の呪縛《じゅばく》が取れるかもしれないと思う。

　ところが、やってみても、うまくいかない。爪の先をぴくりとも、動かすことができないのだ。

「助けて」と胸の中で助けを求め叫んでも、出口はどこにもなく、内部で反響を繰り返すばかりで息苦しくなってくる。

　胸のあたりの風通しがよくなっていくように感じられた。シーツに包まれた毛布が、捲《まく》られているのだろうか。間違いない。さっきまで肩を覆っていた毛布が、今、蛇腹状になって、臍《へそ》のあたりまで引かれている。

　浴衣《ゆかた》に似た入院服の薄い生地一枚通して、触れるか触れないかの肌の表面を、何者かの指が探っていた。はっきりとした感触はない。指というより、間近から息を吹き掛けられているといったほうが近い。

それは乳首の頂をかすめて胸の谷間にわけいり、服の合わせ目からツーと地肌をすべり、左乳房の外側のある一か所にこれまでになくはっきりと痛点を残した。触れるか触れぬかではなく、狙いを定めたポイントを、強く爪先で押してきたのだ。

……痛!

実際には痛いというほどではない。はっきりと皮膚を刺してきた感触に、びっくりしたというだけだ。直後に、声が届けられた。

「こんなことをしていると、あんたも、仲間入りだな」

一言を残して、声の主が落としていた濃厚な気配は消え、しかし鈍い痛点だけは肌の一部に残り続ける。

胸の一点に生じた痺《しび》れが、一方では腹を辿《たど》って下半身へと広がり、一方では肩から首筋へと這い上ってきた。さらに数分かけ、痺れの濃淡が満遍なく全身を覆うようになって初めて、冴子は身体の自由を取り戻し、指先から手、足の順に動かせるようになっていった。

もはやそこにはだれもいないということを、はっきりと肌で確認してから、冴子は、ゆっくりと両目を開けていった。足側のカーテンの上で豆電球だけが点《とも》り、部屋全体は思っていた以上に明るい。廊下側の、だれかが立っていた背後のカーテンは、止まっているようにも動いているようにも見える。

何をどう判断していいのかわからなかった。本当に、実体のある者が傍らに立っていたのか、それとも金縛りに伴って、幻覚の洗礼を受けただけなのか。

冴子は見極める方法があることに気づき、手の平を自分の乳房に置いてみる。不安におののく指が、先程何者かが残した左乳房の外側の痛点を探り当てた。指の先だけでは、そこに爪の跡があるかどうか、わからない。しかし、間違いなくそこだった。痛覚は今も残り、その下にしこりを探り当てた。

グリッとした、直径一センチばかりの団子状の固まり……、つい十日ほど前に発見し、乳腺炎《にゅうせんえん》か何かだろうと勝手な判断を下し、ごまかしてきた胸のしこり……。忙しい忙しいと仕事に走り回り、「ひょっとして乳癌ではないだろうか」という疑惑を「乳腺炎」に置き換え、束の間の安心を得ようとして、意識から消そうとした胸のしこりだった。

何者かの指先は、迷いも何もなく、ポイントを定めてそこを押してきたのだが、これは単なる偶然なのだろうか。それとも、押し殺された不安が無意識の中で頭をもたげ、幻覚に姿を変えて肉体に警告を発してきたのだろうか。

背筋を走る悪寒は、ベッドマットにも伝染する勢いだった。実際にスプリングが軋《きし》み音をたてていた。身体の震えを制御することができないのだ。小刻みな震動が溜《た》まると、痙《けい》攣《れん》のような大きな動きとなって身体は反り返り、冴子は、両手を胸の前でクロスさせて自らを押さえ、喉の奥から溢《あふ》れようとする悲鳴に耐えた。

痙攣の発作に合わせ、向かいの部屋から、

「あたたたた」

と、老人の声が響いてくる。

排尿後のトイレに流れる水音は余韻を長く引いてなかなか止まず、その間に、廊下の端で電球のコイルが切れるような音がした。

冴子は、枕元のナースコールに手を伸ばそうとして身体を捻《ひね》った。

看護師が来たからといって、彼女に何を訴えればいいのだろう。

……金縛りにあったわたしの横に幽霊が立っていたのです。

それとも、もっと具体的に、

……藤村精二という男が、この病院に入院してますか。

と、尋ねたほうがいいのだろうか。

合理的な解釈としたら、それ以外にはない。藤村家内で撮影を始める前、精二は、すぐ近くに身をおいて、冴子に触れんばかりに張り付いていた。ところが撮影が始まるやいなや、どこへともなく姿を消し、以来、彼の姿を見ることはなかった。どこに潜んでいたか知れないが、地震の被害を受けて怪我をし、この病院に運ばれたという可能性も否定し切れない。冴子が同じ病院に収容されたのを知り、夜中になるのを待って訪ねてきたというのはどうだろう。だとしても、胸のしこりを一発で探り当てた理由がわからない。

無意識にしまわれた不安の源を、的確に示されたのが、冴子には何よりも不気味だった。

ナースコールを押す前に、冴子は時計を見て時間を確認した。午後十一時五十五分。夜明けどころか、まだ夜は始まったばかりだ。深夜に、また、彼がやって来ないとも限らない。恐怖を抱えたままでは、眠ることなど到底不可能だった。

だれでもよかった。はっきり人間とわかる存在と会話でも交わせれば、少しは気が休まるかもしれない。

冴子は、迷うことなくナースコールを押した。

……だれか、だれか来て！

「おねえさん、おねえさん」と咽《むせ》び泣く老人の気持ちが、痛いほどよくわかった。

第二章　断層

1

東京に戻って三週間が過ぎようとする十二月中旬、夕方のニュース番組で、冴子が入院していた伊那市付近での群発地震がしきりに報じられていた。

活断層の真上に位置する伊那市はもともと地震が多い地域であり、ここにきて動きが活発化してきたようだ。以前から小規模な地震は頻発していたが、最初のきっかけは、高遠の藤村家で冴子が遭遇したものであるらしい。地震の原因は、活断層のズレであると、ニュースキャスターが説明を加えていた。

地震のニュースを聞くたび、伊那市の病院に入院していた夜の出来事が生々しく思い出されてくる。

金縛りにあって動けない中、ベッドの傍らに立った男の手で胸をまさぐられた感触は、今もしっかりと肌に残っている。

あの夜の恐怖が一夜限りで終わって、あとに引きずらなかったのは、翌日の午後、羽柴が見舞いに来てくれたおかげだった。

羽柴の登場は、一瞬のうちに様々な相反する感情をもたらした。ナースコールで看護師を呼んで窮状を訴えても、本気で取り合ってはくれず、ひとり残されてからもずっと見えない影に震え続けていた。また同じことが起こるかもしれないという恐怖で、眠るどころではなく、早く朝が来ないかと、時間が過ぎることばかりを念じて、まんじりともしない夜を過ごしたのだった。

同じ話題を共有でき、しかも解決へと導いてくれる可能性のある人間は羽柴だけであり、期待通り翌日に撮影の合間を見てやって来て、話を聞き終わるや、藤村精二が入院しているかどうか、病院に問い合わせてくれたのである。入院患者に藤村の名前はなく、謎は深まるばかりであったが、冴子は、羽柴が真剣に考えてくれたことが嬉《うれ》しかった。幻覚や妄想といった、お決まりの解釈でしりぞけるのではなく、冴子の体験を真摯《しんし》に分かち合ってくれたことに、なによりも勇気づけられた。

羽柴は「今日中に東京に戻らなければならないので、退院の時期がわかったら教えてください。迎えに上がります」と言い残して、手近な紙に携帯電話の番号をメモして一旦《いったん》東京に帰り、退院の日、約束通りにわざわざ東京から車で迎えに来てくれた。

伊那市の病院を退院し、東京に戻るハイウェイの上で、羽柴は、今回の仕事にかける意気込みを熱っぽく語った。よほど自信があったのだろう、視聴率が取れた場合、似た番組を任されるのは目に見えていて、その場合、また協力してもらえないかと、冴子の意向を打診してきた。

撮影した映像の編集等で忙しいはずの羽柴が、約束通り伊那の病院まで迎えに来てくれたことは、冴子にとって、嬉しい驚きだった。耳に心地いいことを囁《ささや》くだけで、実行に移そうとしない男が多いけれど、羽柴は違った。一旦口に出した言葉に責任を持つタイプと思われた。だから、もし続編の制作が決定したら、一も二もなく協力しようと冴子は心に決めたのだった。

伊那市の病院を退院して東京に戻ってから、冴子の仕事は多忙を極めた。入院中の検査では脳に異常は見つからず、四日間だけを伊那で過ごして放免となったわけだが、ブランクの皺《しわ》寄せは後のスケジュールを圧縮して、冴子は、寝る暇もない日常へと駆り立てられた。

岐阜での取材は別の人間に代わって行ってもらい、記事だけを冴子が書き、北海道取材の途中、メールで送るという綱渡りをして、どうにか危機を乗り切ったのが一週間前のことだ。

一昨日、羽柴から電話があって会ってみると、番組が高視聴率を取り、引き続き失踪《しっそう》事件をテーマにした番組が制作される可能性が高くなったことを、弾《はず》けるような口調で告げられた。

「あなたのおかげです」

羽柴からそう言われると、協力者として、冴子の喜びもひとしおである。

羽柴は、チーフ・ディレクターとして次の企画も担当することになり、冴子に対して、正式に協力を要請してきたのである。

一流出版社が発行する月刊誌の連載と、高視聴率を取った番組のシリーズ化をバックにつけたことによって、入手できたのは、豊富な取材費用を運用できるという特権だった。

そこで冴子は、羽柴と前園編集長に、自分ひとりでの取材調査では限度があり、効率と正確さを図るため、有能な協力者を雇えないだろうかと、問い合わせてみたのだった。

答えはイエスだった。両者とも、いざというときは協力し合うという条件で、取材費を按分《あんぶん》して負担すると請け合ってくれたのだ。

居間にある電話が鳴ったのは、ファイルを膝《ひざ》の上に載せ、リモコンでテレビのスイッチを切ろうとしていたときだった。

受話器を持ち上げて聞こえてきたのは、まさに、今、冴子が電話をかけようとしていた相手、北沢だった。

「よかった。わたし、ちょうど電話しようと思っていたところなのよ」

「シンクロニシティってやつだ。ぼくが電話したのもまさにそれ。このあいだ、お嬢ちゃん、糸魚川で起こった失踪事件のファイル持ってきたでしょ。うちの事務所にも、ほぼ同時期に糸魚川で発生した失踪事件の調査が回ってきた」

「同じ事件なの?」

このあとの連載記事で追う対象として、前園編集長から手渡された二件の失踪人ファイルは、コピーして北沢に渡してあった。

「いや、違う。別件だ」

「ということは、ほぼ同時期に糸魚川で三件……、偶然なのかしら」

「関係ありと見たほうがいいだろう。失踪したのは、高山瑞穂《みずほ》、二十七歳、独身、東京都武蔵野《むさしの》市で両親と同居。職業は業界紙の編集。昨年の九月中旬頃より行方不明となっている。捜索願いを出したのは同居中の両親。高山瑞穂はヒスイを使った工芸品の取材で、糸魚川市を訪れたまま、行方を消してしまった。いい家のお嬢さんでなあ。両親は公開捜査に踏み切ったんだが、手掛かりは何も出てこない。で、藁《わら》にも縋《すが》る気持ちで、うちに来たってわけさ。一年以上も経過したところで、来られてもねえ」

未《いま》だ父の捜索を諦《あきら》めていない冴子には、高山瑞穂の両親の気持ちが痛いほどわかる。未解決の状態が続いたとしたら、十年経とうが二十年経とうが、娘を捜し出したいという思いが消えることはないだろう。

「これで、わたしたちは、同じ対象を追うチームってわけね」

「豈図《あにはか》らんや」

「単独の失踪でないとしたら、捜査方法も変わってくるわね」

「その通り、問題なのは共通の場所だと思う。だから、ぼく、明日から糸魚川に行ってみようと思うんだ」

仮に、この三つの失踪事件に関連が見つかれば、記事としても、番組の素材としても、格段に面白いものになるのは確かだ。

一家四人失踪事件にしても、解決されているわけではない。鳥居繁子の予言も空しく、未解決のまま放置されている。それに引きかえ、姿を消す人間は、ひとりまたふたりと、その数を増していくようだ。

これらの連続失踪に何らかの共通因子が働いていたとすれば、父を捜すのにも役立つはずだ。なにしろ、父の手帳は藤村家から発見されている。偶然ではありえない。

ふと、冴子は、人間ではないものの力を想像しかけていた。これまでの、人捜しによって培われた勘が、どことなく薄気味の悪い雰囲気を嗅《か》ぎ当てようとしている。

人智を超えた存在が悪意を込めたサイン、あるいは善意のメッセージを送っているのか。今のところどちらとも判断がつかない。

ただ人間だけが消えてゆく。あちこちで、ある日忽然《こつぜん》と……。

2

富山地鉄《ちてつ》本線を、黒部《くろべ》でJR北陸本線に乗り換えて、三十分ばかり経とうとしていた。市振《いちぶり》の駅を過ぎてからはトンネルばかりであったが、もうすぐ風景が開かれてくるはずである。海沿いの断崖絶壁《だんがいぜっぺき》として知られる「親不知子不知《おやしらずこしらず》」を、ほんの一瞬でも見ようと、北沢は窓に顔を寄せた。冬の日本海は荒れるというけれど、トンネルに入る前まで見えていた海は穏やかだった。親不知を通り過ぎればすぐに糸魚川、午前十一時五十分の到着予定である。

車両は空《す》いていて、北沢のほかに数人の乗客が座っているだけだ。列車はトンネルを抜け、車両内にさっと日が射した。暗闇が長かった分、噎《む》せかえるほど大量の光である。北沢は窓の外から顔を戻し、隣席に置いたショルダーバッグに手を伸ばして、ファイルを引っ張り出した。

糸魚川市に着いてやるべきことは、プリントに列記してあった。まず、依頼人から直接に回ってきた仕事を優先させるべきだろうと、取材先から宿泊予定のビジネスホテルまで、高山瑞穂の足取りを追うつもりだった。既に、他のだれかが調査していることではあるが、依頼人の言葉を信じれば、その道のプロが調べたわけではなく、新たな発見がもたらされる可能性は十分にある。一年以上経過しているとはいえ、関連があるかもしれない失踪事件を他にふたつ抱えているという強みがある。

またトンネルに入り、抜けてみると、市街地の風景に変わっていた。青海《おうみ》駅である。次の駅が糸魚川。北沢は立ち上がって、網棚から旅行バッグとコートを下ろした。

歩くにはほどよい気候だった。冬の北陸とはいえ、よく晴れて風はなく、身に染みるような寒さとは程遠い。駅前でランチを食べ、高山瑞穂が取材した『ヒスイ工芸展』広報担当から話を聞き、駅前付近に戻ったときには午後四時を過ぎていた。

県道二二二号線に沿った、姫川河口からほど近くのところに、目指すビジネスホテルはあった。高山瑞穂は、このビジネスホテルへのチェックインを最後に、消息を絶ってしまったのだ。

ロビーに入ってソファに座り、自動販売機で買った熱いウーロン茶で両手を温めながら、北沢は物思いに耽《ふけ》った。高山瑞穂の足取りをもう一度頭の中で整理するためだ。

二〇一一年、九月十三日、高山瑞穂は朝七時に武蔵野市の自宅を出て、新宿駅にて七時三十分発の「あずさ三号」に乗り、南小谷《みなみおたり》へと向かった。南小谷から大糸線《おおいと》に乗り換え、糸魚川駅着は午後十二時四十四分。市の観光課に顔を出してから、取材先である『ヒスイ工芸展』広報担当、神谷藤男《かみたにふじお》氏に会って話を聞き、写真撮影を済ませ、午後六時二十分、このビジネスホテルにチェックインした。正確なチェックイン時間は既に確認済みである。

翌九月十四日のチェックアウトタイムを過ぎても、高山瑞穂がフロントに現れなかったことから、ホテル側の人間が部屋に電話を入れてみたのだが、だれも出なかった。不審に思い、部屋を開けてみたところ、彼女の姿はなかった。ベッド横のテーブルの上に旅行バッグが置かれ、ワードローブのハンガーには、薄手のジャケットが吊《つ》り下げられていた。家を出るとき、ジャケットの下にはノースリーブのシャツを着ていたというから、失踪当時の服装は予想がつく。下はデニムのパンツで、上はベージュのノースリーブだ。バスルームの浴槽には湯が張られたままだったが、抜け毛や垢《あか》の類《たぐ》いは一切浮いておらず、バスタオルも未使用のままで、入浴した形跡は見られない。またベッドに乱れもなかった。部屋の中にだれかが押し入ったという可能性はゼロということだ。

状況から、どんな推測が可能だろうか。ごく自然に、北沢の脳裏にはこんな展開が浮かぶ。

ホテルにチェックインして部屋に入った高山瑞穂は、まずジャケットを脱いでハンガーにかけた。九月中旬とはいえ残暑は厳しく、汗をたくさんかいたに違いない。すぐに風呂《ふろ》に入ろうとして、浴槽に湯を張り始めるのだが、その途中で、何かが起こった……。

……たとえば、だれかがドアをノックしたとか。

北沢はあらゆる可能性を考えてみる。来客があり、浴槽の蛇口を閉めてドアを開けたところ、そこに思いがけない人間が立っていた。高山は、財布と部屋のキィだけを持って、外に出ることにした。

……そのまま、彼女は連れ去られたのか。

ホテルで騒ぎが起こっていないことからも、訪ねてきた者があるとすれば、顔見知りの人間であろう。あるいは、東京を発《た》つ前から、このホテルでだれかと会うことにしていたのかもしれない。

……不倫相手との密会。

大いに有り得ることだ。妻子ある男性が、出張先をうまく合わせ、泊まりがけのデートを計画した。ところが、デートの最中、アクシデントが起こった。妊娠を打ち明けられ、妻との離婚を強要され、男のほうがにっちもさっちもいかなくなり、ふと魔が差して……。

北沢は妄想を膨らませた。ワイドショーネタに過ぎないと、簡単に却下できるものではなかった。実際に、「痴情のもつれ」は「借金苦」と並んで、失踪《しっそう》原因の上位にランクされている。

高山瑞穂の交友関係を洗うのは当然としても、糸魚川市のビジネスホテルでデートしたというのは無理があるかもしれない。北沢は、高山瑞穂がチェックインした部屋が、シングルであることを思い出していた。

……いや、しかしシングルといっても、ベッドはセミダブルサイズだから、金のない恋人同士には節約にもなるし、不都合はないか。

結論を保留したまま、とりあえずチェックインしようと、北沢はソファから立ち上がってカウンターで手続きを済ませた。部屋のタイプは、高山瑞穂と同じシングルを希望した。

フロントでキィを受け取り、部屋のドアを開けながら、北沢は、若い女性の気持ちになり切ろうとした。

……昨年、九月十三日の午後六時過ぎ、高山瑞穂はここと同じタイプの部屋に入った。

上着を脱いでワードローブにかけ、バスルームに入って浴槽に湯を張りながら、北沢は、上昇する水面を眺め続けた。翌日に発見されたとき、湯は完全に冷め切っていたという。浴槽の半分にも満たない、少量の水。

……途中で何かを思い立ち、彼女はとりあえず蛇口を閉めたのだ。

北沢はバスルームを見回した。クリーム色の狭いユニットバス。鏡の前に棚があるけれど、そこには何も置かれておらず、シャンプーとボディウォッシュが壁面に直《じか》に設置されている。イクイップメントの数は必要最小限度に抑えられている。

……風呂《ふろ》に入ろうとして、必要な品が不足していることに気付いたとしたら……、そして、それがホテル側に要求できないようなものであるとしたら。たとえば、メーク落とし、化粧品の類い、あるいは生理用品。

北沢は、無意識のうちに蛇口を閉めていた。ファイルの中に、コンビニに関する記載があったことを思い出したからだ。濡《ぬ》れた手をタオルで拭《ぬぐ》いながらバスルームを出て、冴子から預かったファイルをベッドの上に広げた。失踪したふたりのうちの一人、西村智明は、コンビニエンスストアのアルバイト店員とある。

……高山瑞穂は、忘れ物に気付き、必要な品を購入するため、コンビニエンスストアに行った可能性がある。

西村智明がアルバイトをしていたコンビニは、ホテルから歩いて五分もかからない距離にある。

北沢は、店の位置を地図で確認するとすぐ、部屋を出た。浴槽に半分にも満たない湯を張り、バッグを部屋に置き、財布と地図だけを握りしめて……、昨年の九月、高山瑞穂が部屋を出たときとほとんど同じ状況である。たぶん、向かった先も同じコンビニエンスストアだろう。

3

冴子は、図書館の四階に上がって閲覧室の椅子に腰掛け、脱いだジャケットを椅子の背にかけた。ノートを前のテーブルに広げ、ペンを横に置いて、頬杖《ほおづえ》をついて回想した。

……身の周りにある、普段我々が当然と思っている現象こそ、疑問の宝庫なんだよ。

冴子は、父がかつて自分に言ったことを思い出す。話に熱が入ると、父は両手を広げ、オーバーな身振り手振りを交えたものだ。

……十七世紀の社会を思い描いてごらん。千年以上に及ぶ暗黒を抜け、ルネッサンスによってヨーロッパはようやく過去の文化遺産を取り戻しつつあった。とはいえ、現在と比べれば、科学はまだ揺籃《ようらん》期というに過ぎない。当時、手の平から物を落とせば、下に向かって落ちるというのはごく当たり前ととらえられていた。だが、ここに疑問を差し挟む者がいた。リンゴはなぜ上から下に落ちなければならないのか。そうニュートンだ。まったくありふれた現象に向かって「なぜ」という問いを発することから、万有引力の法則は導かれた。

その頃、冴子はまだ中学生だった。夏休みに入ったばかりの暑い朝、ノースリーブの白いブラウスを着て食卓の大テーブルに座り、これから朝食を食べようとしたところで、父は、日常の中のごくありふれた現象にも、疑問を投げ掛けるようにと諭してきた。

話を聞きながら、テーブルに頬杖をついていると、父は、冴子の肘《ひじ》をちょんとつついてきた。

……おまえは今、テーブルに肘をついているね。でも、どうしておまえの肘はテーブルを突き抜けて下にいかないのかな？

「そんなの、当たり前じゃない」

言ってしまってから、冴子は「しまった」と思う。ありきたりに答えたりすれば、父の思うつぼである。「ううん、違う。えーと、なんていえばいいのかな」と唸《うな》りながら必死で考えるふりをし、ようやく出した答えが、

「ここに物質があるから」

というものであった。冴子は、テーブルの平らな面を手でこつこつ叩《たた》いてアピールした。

「物質があるから、か。いいか、冴子、ものがあることのほうがずっと説明がつかない。つまり、なぜ宇宙に構造物があるのか、そっちのほうが謎なんだ。にもかかわらず、サエは、ものがあることを当然と思っている」

話の方向が核心に近づいていくと、父の瞳《ひとみ》は生き生きと輝いてくる。中学生の頃までの冴子は、父の目に現れる変化を観察するのが好きだった。

「ものがあることの不思議？」

この段階までは父が何を言おうとしているのか、わからなかった。それを察し、父はわ

かりやすく説明を始めた。

「このテーブルを構成する元素と、きみの身体を構成する元素は異なる。元素は現在のところ百十一種類あるとされるが、種と種を分けるのは何か。ごく簡単にいえば、原子核を構成する陽子と中性子の数と、その周りを回る電子の数ということになる。もっとも軽い原子は水素であり、これは陽子ひとつと電子がひとつ、重いウラン原子には九十二個の陽子と百四十六個の中性子と九十二個の電子がある。前にも言ったと思うが、陽子の数と電子の数はぴったり合っている。陽子はさらにふたつのアップクォークとひとつのダウンクォーク、中性子はふたつのダウンクォークとひとつのアップクォークから構成されている。おまえは今、自分の肘がテーブルを突き抜けないのは、そこに物質があるからだと言った。そのとき、頭の中で、原子のどんな状態をイメージしているのかな？」

父に訊《き》かれるまで、そんなことをイメージしてみたこともなかった。身体の一部が物質を通り抜けないなんてまったくの常識であり、今初めて問いを発しているのだから当然だ。

「たぶん、きみの頭の中には、こんな映像が浮かんでいるんじゃないのかい。原子核の周囲を電子がぐるぐる周回して球状の塊をなし……、つまりボールのようなものがあって、これがぎっしりと三次元空間に積み重なって物質が構成されている。たとえば、テーブルを構成するのが黒いボールとすれば、きみの身体を構成するのが白いボール。黒白のタイプの異なったボールが隙間なく並んでいるため、両者は互いに突き抜けることができない」

冴子は、こっくりと頷《うなず》いていた。当たらずといえども遠からず、似たようなイメージが頭の中にあった。

「しかし、現実はまったく違う。原子を野球ボールぐらいに拡大できる顕微鏡が仮にあったとして、きみはそれを覗《のぞ》いてびっくりするだろう。ほとんど何も発見できないからだ。いいか、物質の根本はスカなんだ」

「ハズレってこと」

「いや、スカスカのスカ」

父は、食卓の上にあるふりかけのケースからゴマだけを一粒つまんで、人差し指の先に載せ、顔の前に掲げた。

「ここに直径一ミリ、ゴマ粒大の原子核があるとしよう。すると電子は、ここから五十メートル離れたあたりを彷徨《さまよ》う、肉眼ではとらえられないぐらい小さな埃《ほこり》でしかない」

父の座っている椅子から、リビングルームの壁まで優に十メートルはあるけれど、それだけでは足りず、壁を突き抜けたずっとさきに電子の軌道があることになる。

「それだけ?」

父はにっこり笑って頷いた。

「ほかのものはまったく何もない」

指の先に載っているゴマ粒が原子核であり、五十メートル半径の球体が原子であるとしたら、原子の内部にはほとんど何もないことになる。

……この家全体をすっぽり包み込む球体内部の中心に、ひと粒のゴマがあるだけで、あとは何もない。

具体的にイメージできた瞬間、冴子は、ささやかな恐怖に襲われた。今、自分は食卓のテーブルに座っている。その椅子の材質を構成する原子もスカスカだとしたら、なぜ自分は椅子を抜け、床を抜け、大地を通過して落ちていかないのだろう。

父に提示された問いの意味を悟って、冴子は心の底から疑問を口にする。

「なぜなの。何もないのに、なぜ、わたしたちは落ちていったり、重なったりしないの」

「わからないぞぉ、我々の世界からほんの一ミリずれたところに、まったく別の世界があるかもしれない」

と、脅したところで、父は続ける。

「でも、安心しなさい。きみの身体がテーブルを突き抜けたり、永遠の奈落《ならく》に落ちていくことは、今のところ……、ない。でも一体、なぜなんだろう。物質はスカスカに構成されているのに、なぜ互いに通過することができないのか。さあ、そこから先は自分の力で考えてみるんだ。物質が他の物質を通り抜けない理由をね」

それまでの冴子は、テレビや映画で人間が壁を通り抜けるシーンを目にしたら、それは幽霊であると決め付けていた。しかし、物を構成する基本を学べば、疑問は逆転してしまう。通り抜けるのが当たり前で、通り抜けられないほうがより不思議なことであると。

冴子は、父から出された宿題をその日丸一日かけて考えた。どんな本を眺めても、問いの解答が載っているどころか、質問を投げ掛けている箇所にすら行き当たらない。答えは、自分の力で導くしかなさそうだ。

まずは原子構造のおさらいをしてみた。陽子と中性子に比べれば、電子は無視できるぐらいに小さく、原子の質量は陽子と中性子の合計といって構わない。その周囲をふわふわと電子が回っているらしいのだが、この動きはすばしっこく、頼りなく、とらえどころがない。電子が周回する軌道が、卵の殻のような容器で覆われていればわかりやすい。でも、実際は、そんなふうにはなっていないようだ。にもかかわらず、隣の原子の原子核がこちらの原子の領域に侵入してこないという。

冴子が思い浮かべたのは、バリヤーのようなものだった。宇宙を舞台にしたSF映画で、敵の宇宙船からの攻撃を防ぐため、目に見えないバリヤーを周囲に張り巡らせたりするシーンがときどき出てくる。隣の原子との間を隔てる殻はある。でもそれはバリヤーのようなもので目に見えない。

夕食の時間にそこまでのことを父に言うと、父はそっと背中を押してくれた。

「そうか、バリヤーか。いい線いっているよ。では、そのバリヤーはどうやって作られると思う？　ヒントを出そうか。自然界にある力を考えてごらん」

与えられたヒントをもとに、冴子は、原子内部に働く力について調べた。テーマがここまで絞られると、本の中で探すのは容易になってくる。自然界に働く四つの力のことは、物理関係の本でおおよそ紹介されていた。

「重力、電磁気力、大きな核力、小さな核力」

四つの力の具体的な違いはうまく理解できないけれど、電磁気力、大きな核力、小さな核力の三つが原子など量子の世界に働くのに対し、重力は太陽系や宇宙などの広い空間に作用するようだ。となると、今回の問題に絡んでくるのは、後者三つの力ということになる。

本を読み進むうち冴子は次の記述にぶつかった。

「陽子と中性子は大きな核力によって結合させられ、電子との間に強い電気作用をもたらしている」

「これだ」と冴子は快哉《かいさい》を叫んでいた。

「原子は全体として電荷がなくても内部に電荷と強い電場を抱えている。物質に構成を与えるのは、この電荷と電場である」

どうもこれがバリヤーの正体らしい。ほとんど何もないスカスカの空間に電荷と電場があって、隣の原子との間に斥力が働き、だから隣の原子核はこちらの領域に入ってこられない。磁石のN極とN極を近づけると反発し合うのと一緒だ。また逆に電気的な引力が作用して、原子同士を結び付けたり、原子がいくつか集まって分子を作ったりするのだ。分子と分子がゆるく結ばれる順に、気体、液体、固体などと分類されていく。気体の中で液体や固体は自由に動くことができるけれど、固体と固体は互いの領域を侵害して自由に動くことはできない。電場が作用して何もない空間に構造を与え、それらが寄り集まってさらに大きな構造を作り、固体は電場という糊《のり》によって固く強く結ばれている。肘がテーブルを通り抜けて、下に落ちていくことがないのは、量子の世界に強い力と電磁気力が働いているからだ。

冴子の説明を聞いて、父は嬉《うれ》しそうだった。

「いいだろう、だいたい、その通りだ。それともうひとつ、物質を構成し得る素粒子であるクォークや電子などは、フェルミオンという名で分類されるが、同時に同じ場所に存在することはできないという特徴を持つ。この『パウリの排他原理』と呼ばれる特徴によって、物質の構造が維持されるってわけさ」

よくわからなかったが、冴子は、初めて聞くフェルミオンという名称を、あとで調べようと心にとどめた。

「宇宙もまた似たようなものさ。太陽を直径十センチメートルのボールだと仮定しよう。すると地球はそのボールから十メートル離れたところを周回する直径一ミリのゴマ同然。ボールから四百メートル離れたあたりにあるのが、一番外側の軌道を回る冥王星《めいおうせい》で、それが太陽系のおおよその大きさとなる。いいか、直径十センチのボールを中心にした半径四百メートルの円を思い浮かべればいい。さて、とすると、そこからもっとも近い恒星であるケンタウルス座プロキシマは、約二千五百キロも離れた距離にある。その間、何もない」

父は、冴子が、太陽を中心として宇宙のおおよその大きさを把握するのを待って言ったものだ。

「どうだ、原子の世界も、宇宙も、共にスカスカだろう」

　物質的に隙間だらけにもかかわらず、それでもどうにか構造を維持している世界は、思っている以上にもろいかもしれないと、冴子は不安になる。

　父は常に、自分たちが生きている世界の仕組みを理解することの大切さを語ってくれた。仕組みがわかれば、大きな困難に直面したときに克服する方法が発見できたり、重大な局面でより正しい判断を下すことができるという理屈だった。


　父との会話を思い出し、物理の本を参考に思考を進めたり、要点をノートに書き取っている間、時間は充実して、空腹を自覚するまで時計を見ることもなかった。心地いい疲労は、脳が栄養を欲していることを知らせてくれる。そろそろ休憩を入れる頃だろうと、冴子は、図書館内のカフェテリアで軽食を取ることにした。

　エレベーターで一階に降り、サンドイッチを食べ、コーヒーを飲み、閲覧室の自分の席に戻るためにロビーを横切ろうとして、ふと横を見ると、書棚の大部分を占めて並ぶ新聞の縮刷版が目についた。

　年十二冊、各月分の縮刷版が百冊以上も壁一面に並んで、過去の事件を保存している。

　冴子の目はどうしても、一九九四年の八月にいってしまう。科学一色に染まった頭を休めるためもあり、冴子はその月の縮刷版を手に取ってソファに座り、ページを捲《めく》ってゆく。

指はごく自然に、一九九四年八月二十二日、父が消息を絶った日で止まった。社会面には、被害者が無事保護され犯人逮捕で幕を閉じた、五歳女児の誘拐事件が大々的に報じられていた。身の代金の受け渡し場所が、冴子の住居と近かったため、事件のことは特によく覚えている。夕方のニュースでもこの話題ばかり取り上げられ、予備校から帰る途中に買った弁当を食べながら、冴子はテレビの報道に耳を傾けたものだ。

新聞の社会面を見れば、あの日がどんな一日なのか、日本でどんな事件が起こったか、思い出すことができる。

誘拐事件以外では、高級ホテルの食中毒や地方都市での住民と暴力団の揉《も》め事が伝えられていた。

夕方のニュースの後、冴子はそのままテレビを見た。番組名を知りたいのなら、新聞のテレビ欄を開けばいい。当時の懐かしい番組がずらりと並ぶ中、羽柴の勤めるテレビ局の、夜の八時からの枠は『ミュージック・パレード』という歌番組のプログラムで埋められていた。

みんなが知っている歌手の名前や歌を覚えようと、メモを取りながら、冴子は、テレビにかじりついてこの番組を見たのだ。出演者の名前を目で追ううち、当時のヒット曲が耳の奥で鳴り始めた。メロディラインは頭の中に流れても、歌詞はうろ覚えである。

番組を見るのに夢中になるあまり、冴子はその時間が来ても気づかなかった。八時を過ぎ、番組が終わって時計が九時を知らせるときになって、冴子は初めて異変を察知した。

出張に出るたび、必ず夜八時にかかってくる父からの電話が、今晩に限ってなかったことを。

「やあ、サエ。変わりないかな？」

いつも電話口から聞こえた父の声が脳裏に響くや、懐かしさと、その夜に同じ台詞《せりふ》を聞けなかった失望が同時に蘇《よみがえ》り、涙が零《こぼ》れ落ちそうになる。

紙面から顔を上げたままの姿勢で思考を別方向に巡らせ、悲しみが行き過ぎていくのを待った。めそめそしている場合ではない。夜の八時に電話がなかったということは、あの日の八時より前に、父の身に何かが起こったことを意味する。

試しに、社会面のページに、父の失踪《しっそう》と係わりのありそうな事件を探してみた。それらしいものはまったくない。

冴子は、翌日の八月二十三日の朝刊のページを開いた。まず目に飛び込んだのは、北大西洋上で起こった航空機墜落事故を報じる記事であった。

「八月二十二日、午後四時十五分、パリ、シャルル・ド・ゴール空港を飛び立ったユナイテッド323便は、北大西洋に墜落、乗員乗客合わせて五百十五人の命は絶望と見られる……」

父が失踪したのと同じ日に、こんな大きな飛行機事故があったという記憶がまったく欠落していたのが、驚きだった。父の失踪にばかり気を奪われて、それ以外のことに向かおうとする意識が、シャットアウトされていたのだ。

もちろん、父が失踪したなどという記事は、どこにも載っていない。

縮刷版は膝《ひざ》に重く、冴子はページを閉じて、ソファの背に首をあずけた。さっき涙を堪《こら》えたときと同じポーズだった。

父のことばかり思い出される中で、それとは別に、ひとつの単語が脳内のフィルムに感光し、フックのように引っ掛かってきた。

ブラインドに遮られてはいるものの、午後の日差しは強く、昨夜に比べると室内は格段に暖かい。ブラインドの間から漏れた光の筋が、壁にスペクトル分析のような細い縞《しま》模様を作り上げていた。

……太陽。

頭に引っ掛かっているのは、太陽という言葉だった。縮刷版のページを閉じる直前、記事の中に太陽という活字があったのか、あるいは、午前中ずっと宇宙や太陽系に関連した本を読んでいたせいで想起されたものだろうか。突如、太陽という単語が頭の中で拡大されてきた。

冴子は、さっきと同じページを開き、父が失踪した翌日の社会面の隅々まで目を通して、ようやく目当ての記事を発見した。宝くじの当せん番号が発表されている下に、日本各地における昨日の最高気温と最低気温の数字が並び、目が引き寄せられたのはその左横だった。一段の四分の一程度のほんの小さな記事ゆえ、ともすれば見逃しがちな内容である。

リードにはこうあった。

「今年最大級の太陽黒点」

やはり思った通り、太陽黒点という四文字から、太陽だけがクローズアップされ、冴子に訴えかけてきたようだ。冴子は記事を読んでいった。

「昨日、太陽の表面に突然大きな黒点群が発生した。あまりに大きく、フィルターを通せば肉眼でも確認できるほどで、これは極めて珍しい現象である。太陽の激しい活動によって、北海道など北日本を中心に、低緯度オーロラが観測されたもよう」

冴子は記事から目を上げた。

……父が失踪した日、太陽黒点の活発な動きがあった。

太陽黒点の活発な動き、オーロラの発生、地磁気、これらはすべて因果関係を持つ。しかしだからといって、太陽黒点の活発な動きと、人間の生々しい現象としての失踪を、論理的に結びつけることはできそうもない。

冴子は、縮刷版を閉じて閲覧室の自分の席に戻った。ノートを開いて、他のことを考えようとしても、頭の中で輝き続ける太陽が邪魔をする。思考が妨げられるのは、空想の中の太陽をグロテスクな黒い影が何度も横切っていくからだ。

4

夜の訪れは早かった。ホテルにチェックインする前はまだ明るかったのに、今は県道を走る車の半分がヘッドライトを点《つ》けている。姫川港に入ってくる漁船の両色灯が、防波堤の隙間で、波に合わせてリズミカルに揺れていた。いつの間にか、あたりには、日本海に面した地方都市のたたずまいが漂い始めている。気温もずいぶん下がったようだ。

北沢は、コートの襟を立て、ポケットに両手をつっこんで背を丸め、県道沿いの歩道を姫川の河口に向かって歩いた。

途中、店を閉めた理髪店の前で立ち止まり、一面のガラス窓に映った自分の姿を覗《のぞ》いてみる。若い頃に憧《あこが》れたアメリカ版ハードボイルド小説を真似たスタイルが、街路灯に照らされ、鏡と化したガラス窓に映っていた。

レイモンド・チャンドラーの小説に登場する探偵フィリップ・マーロウは、よれよれのトレンチコートの襟を立て、バーに入って注文する酒はギムレットのダブルと決まっていた。ハードボイルド小説を読み耽《ふけ》った学生の頃は、フィリップ・マーロウを真似て恰好《かっこう》をつけてばかりいたが、結局、さまにはならなかった。千恵子と結婚する前に付き合っていた女性からは、「いくら恰好つけたって無駄よ」と笑われ、冗談のネタにされていた。

ノンバンクから不動産会社に移り、仕事に行き詰まりを感じたとき、探偵になりたいと希望したのは単なる思い付きではない。若い頃からの憧れが、根底から作用したからだ。小説の主人公のように生きてみたい。強く、恰好よく、頭は切れ、女にモテる男でいたいという、少年のような思いが全身に脈打っていた。

実際今でも、自分の置かれた状況がドラマのようだと感じるとき、北沢は、探偵になって本当によかったと、幸福感に浸ることができる。

……頭は薄く、腹は出て、いくら気取ったところで、老いぼれ探偵がせいぜいだろうが、忘れかけていたモチベーションを取り戻すためには、恰好から入ることも大事というわけだ。

北沢は、ガラスに映ったフィリップ・マーロウにひとつ頷《うなず》いて見せた。目当てのコンビニはもう二ブロック先である。

Sマート、蓮台寺《れんだいじ》店。北沢は、コンビニの名前を確認してオートドアから入り、コートの襟を立て、ポケットに両手を突っ込んだままのポーズで、店内をさっと一瞥《いちべつ》した。店内にいる客は、北沢以外に四人だけである。そのうちのふたりは雑誌コーナーに張り付いて、立ち読みに耽っていた。

カウンターの内側に立つ、アルバイトの若い女性店員のほうに歩きながら、北沢は、頬を緩ませていった。ハードボイルドを気取って、しかめっ面でいようものなら、若い女性は特に後込《しりご》みしてしまう。

「すみません、こちらの店長さん、いらっしゃいますでしょうか」

北沢は猫撫《な》で声で、ペコンと頭を下げた。

「あ、はい」

女性店員は、そう言ったまま、店の奥のほうに視線を泳がせる。声が聞こえたのだろう、レトルトパックが並んだ食品コーナーで在庫の整理をしていた男が、床にしゃがんだままの姿勢で、顔を上げてきた。

「あの、なにか？」

北沢は、カウンターから離れ、さらに必要以上の笑みを浮かべ、

「店長さんですか」

と、男のほうに近付いていく。

「はい、そうですけれど」

中肉中背で色白の男が、その場で立ち上がり、よろけるように一歩後退した。銀縁眼鏡の奥で、細い目がおどおどとしているのが見て取れた。北沢の面相と巨体に威圧されたに違いない。

北沢はすかさず名刺を取り出して店長に渡し、失踪事件の調査で来たことを手短に説明した。

「昨年の九月のことですけど、覚えてらっしゃいますか」

店長は、記憶に探りを入れるかのように、目を泳がせた。

「ああ、西村君のことですか」

「そうです。西村智明が失踪したとき、店長さんも現場にいらしたそうですね」

「現場というか……、倉庫のほうですよ。いらなくなった段ボールを、運んでたんです」

ファイルに書いてある通りだった。西村がカウンターの中でレジを預かっている間、店長は、一旦《いったん》表通りに出て右に折れた先にある倉庫に、段ボールを運んでいた。

ところが、戻ってみると、西村の姿は消えていたのだ。

「よかったら、そのときのことでお話を伺いたいんですけど」

「はあ……」

店長は腕時計にチラッと目を落として、時間がないことを仄《ほの》めかす。

「お時間は取らせません。ほんの五分で結構ですから」

「あんまりお役には立てないと思いますよ」

店長はそわそわし始めた。実際のところ、こんなところで油を売っている余裕はないのかもしれない。これまでにされたのと同じ質問をして時間を無駄にするわけにはいかなかった。単刀直入に、核心をつく質問をぶつけるのだ。だれも訊《き》かなかった新しい質問……。

北沢は、ファイルの中から写真の添付されたプリントを二枚取り出して店長に見せた。一枚は、高山瑞穂に関する情報を集めるため、公開捜査時に作成されたチラシで、既に一千枚近くがばらまかれている。

「私を捜してください！」

という赤抜きの大きな文字の下、全身とバストアップのカラー写真が一枚ずつ組み込まれ、所持品や身長、体重、氏名、年齢、失踪《しっそう》時の状況が簡単に記されていた。両方の写真とも、高山瑞穂は、縁無しの眼鏡をかけた細面の整った顔をわずかに傾《かし》げたポーズを取り、薄く華奢《きゃしゃ》な肩に、ショルダーバッグの肩ひもを食い込ませていた。バッグの中身は何なのか……。風貌《ふうぼう》からは、仕事熱心で真面目な性格がうかがえた。

もう一枚は、『海鳥』編集部から冴子のところに回ってきた取材用のプリントで、五十嵐信久という氏名の下に、身長、体重、年齢、髪形や身体的特徴が記載され、カラー写真が二枚添付されていた。作成したのは『海鳥』編集部の人間である。こちらのほうは、家族から捜索願いが出されただけで、警察による捜査対象からはずされ、当然、公開捜査は行われていない。家族の者は、五十嵐信久がそのうち帰ってくると信じているようだ。何か心当たりがあるというより、家族の恥を晒《さら》すことになるからと、警察による捜査を敬遠しているふしがあった。

北沢は、二枚のプリントを広げた上で、

「ふたりにお心当たりはありませんか」

と、尋ねた。

店長は、両方の写真を食い入るように見つめ、

「いや、ありませんねえ」

と、首を横に振る。

「よく見てください。ふたりは、店のお客さんと違いますか？」

「いやあ、見たことないなあ」

店長は、そう言いながら、前歯で下唇を噛《か》んだ。東京在住の高山瑞穂が、出張の途中、この店に立ち寄ったとしてもたった一回であり、しかも一年以上も前のことだ。

……覚えているはずもあるまい。

北沢は諦《あきら》めかけ、店長に向けていた目を上にはずした。そのとき、何気なく天井を彷徨《さまよ》った視線は、レジの真上に位置する小さな出っ張りに釘付《くぎづ》けにされていった。

……防犯カメラ！

人間の記憶は当てにならない。しかし、ビデオカメラに保存された映像なら……。

北沢は、一気に質問の矛先を変えていった。

「あの防犯カメラは、店内の様子を録画していますよね」

北沢はおおよその仕組みを知っている。コンビニ等の店では、カウンターの下にモニターが設置され、レジからでも店内をくまなく監視できるようになっている。死角をなくして、万引きを予防するためだ。その場合、パソコンに接続されて、録画モードになっているはずだった。

店長は、北沢の目線を追って振り向きながら、

「ええ」

と、頷く。

しかし、録画された映像を、永久に保存していたら、メモリは膨大な量になってしまう。二週間か三週間、保管期間はせいぜい一か月が限度で、それ以降は重ね録《ど》りに回されることになる。

「メモリの保管期間はどのくらいですか」

「何もなければ、二週間でローテーションを終えて上書き録画していきます」

「何もなければ……、今、あなた、そうおっしゃいましたね」

「ええ。メモリの映像が、警察などに貴重な手掛かりを提供する場合もありますから、何か、突拍子もない出来事があった日のメモリは、それなりに保存してありますけど」

北沢はファイルに記載された、失踪時の状況を思い出していた。

……西村智明がレジに立ち、店長が倉庫に段ボールを運んでいるとき、地震が起こった。

確か、そう記載されていた。

「地震はどうです」

「はあ……、地震」

「そう、地震のあった日の映像は、保管されてますか」

「ああ、なるほど。西村くんがいなくなった日のことね」

店長もまた、あの日に地震があったことを思い出したようだ。

「そう、地震がありました。震源はこの近く。直下型」

「じゃ、残っているんじゃないですかね。地震の映像が録画されているとあっては、簡単に消せませんもの」

北沢はそこで一呼吸置き、頭の中で素早く計算した。探偵が、一般の人間から情報を買うことはよくあり、そんな場合の相場は最低でも五万円だ。どうしても必要な情報となれば、値段はもっと釣り上がる。ケチって、目前で情報を逃がしたりしたら元も子もない。

北沢は、声を落とし、そのぶん力を込めた。

「十万円で買い取ります。昨年の九月十三日、地震があった前後の映像を、ダビングしてもらえませんか」

「え」

十万円という金額に、店長はびっくりしたようだった。画像の保管場所から目当ての一か所を捜し、コピーするだけで十万円とは、アルバイトとして破格である。

北沢は、映像の中に、どうしても手に入れたい情報が隠されていると信じていた。出版社とテレビ局には、後で経費として請求すればいいだけの話だから、北沢の懐が痛むわけではない。

「お願いします。うまく手に入りましたら、ここにお電話ください。引き取りにまいります」

店長の手に握り締められている名刺の、右下のあたりを、北沢は指の先でつついた。そこには、携帯電話の番号が記載されている。

「あした、東京に戻りますので、できれば今晩中にお願いしますよ」

ぐずぐずしていたら濡《ぬ》れ手で粟《あわ》の十万円は手に入りませんよ、今すぐダビングに取り掛かるのですよ、と念を押したつもりだった。

店長は、身体の陰で片手を軽く上げ、わかったと意思表示して、身を翻していった。商談の内容をアルバイト店員に聞かれたくなかったのだろう。なんら違法性はないとはいえ、ほんの片手間の仕事で、一か月のバイト代にも及ぶ額が店長の手に入ると知れば、おこぼれにあずかりたいと思うのが人情である。

しかし、仮に北沢の勘が当たっていたとして、それが何を意味するというのか。

……たぶん、より大きな謎を引き寄せるだけのことだ。

それで構わない。不明瞭《ふめいりょう》な出来事に光を与えていくという醍醐味《だいごみ》が味わえるし、常に風変わりな事件の近くに身を置いていたいという探偵の習性が、「前に進め」と、ゴーサインを出すのだ。

北沢は、ヨーグルトとトマトジュースを一本ずつ購入して、コンビニの出入り口に立った。すぐ横の雑誌コーナーに張り付いている若者たちは、ふたりとも、取り憑《つ》かれたようにマンガのページを捲《めく》っている。

「ありがとうございました」

甲高い女性アルバイト店員の声が、北沢の背中に纏《まと》わりついてきた。

5

北沢の到着は遅れていた。富山空港から羽田《はねだ》に戻る予定が、チケットが取れず、急遽《きゅうきょ》、糸魚川から長野に出て新幹線で戻るコースに変更したためだ。事務所に着いた直後に、俊哉からそのことを告げられ、冴子は、三十分ばかり待たされる羽目になったのを知った。

「親父のやつ、何か手みやげがあるようなこと言ってましたよ」

俊哉は、待たせることになったお詫《わ》びのつもりか、冴子に期待を持たせようとする。もちろん、手みやげというのは現地で得た新たな情報の意味だ。

「何、どんなことなの？」

冴子が訊くと、俊哉も中身は知らないという。

「それが、もったいぶって、教えてくれないんですよ」

「帰ってからのお楽しみってわけね」

「ま、ゆっくりしていってください」

漠然とソファのほうを指差す俊哉から目を逸《そ》らし、冴子はそわそわと部屋を見回す。事務所はとっくにクローズして、依頼主が訪れることのない待合室のテーブルにはコーヒーセットが二組載せられている。冴子のために用意されたものではない。最後に来た客が残したものだった。

部屋の隅に設置されたパソコンは長時間電源が入ったままのようで、待ち受け画面のディスプレイでは水着の女性アイドルがポーズを取っていた。

俊哉はあわててパソコンのキィボードを操作して画面を替え、とりとめもなく今日一日の出来事を喋《しゃべ》り始めた。冴子に向かって話しているのだろうが、無意味な独り言のように感じられた。

冴子は、俊哉とふたりだけで北沢の帰りを待つという状況にはなんとなく居心地の悪さを覚える。わだかまりを捨て切っていないのだ。

「ねえ、俊哉くん、宇宙に構造があるのはどうしてだと思う？」

冴子は一方的なお喋りを遮って、別の話題を振った。

「どうしたんですか、突然」

俊哉はいつもと同じように両目を広げて、驚いて見せる。

……ものがないことより、あることのほうが、ずっと不思議なんだ。

父がよく言っていた言葉だ。ものがあるとは、つまり構造があるということ。自然に形成される目に見える構造は大きくわけてふたつある。ひとつは規則的な天体の運行とその集団、たとえば太陽系と銀河など、もうひとつはその惑星に誕生した生命である。それ以外の構造物は、鳥や蜜蜂《みつばち》が作る巣などの簡単なものから、超高層ビルなどの大規模なものまで、生命によって意図的に作り出されたものだ。人間が作り出した製品の変遷に関しては、かつて父とみっちり話し合っていた。

「宇宙になぜ、今、我々が見ているような自然の構造があるのか、それはかくあるべく物理定数が定まっているからでしょうね。星ができるためには無数にあるパラメーターの値が決まっていなければならない。ある物理学者の計算によれば、パラメーターの数は10^{229}個、ある物理学者の計算によれば$10^{10^{123}}$個……、ふたつの数字には大きな開きがありますが、どちらも想像を絶する数です。宇宙に存在する原子の数よりはるかに多い。ようするに宇宙に、現在我々が眺めているような構造があるのは奇跡ってわけです」

宇宙にある原子の数よりはるかに多い調節ダイアルが、すべてピタリと調整されていなければ、我々がいる宇宙の構造は保てないのだ。冴子と俊哉は、物質と生命に関して、様々な例を挙げながら語り合い、いかにしてその構造が出来上がったかということを問題にしていった。

「問題は、だれがそのダイアル調整を行ったのかってことなの」

「神……、と言ってしまうのが一番てっとり早いでしょうね」

地球上生命にしても、偶然に誕生する確率はゼロといっていいぐらいに低く、神の創造物であると説明されたほうがまだ納得できるというものだ。

「でも、多くの物理学者は、超越者の仕業と考えてはいないわ」

「もちろんです。すべて神の責任におしつけるのは、わからないって、ギブアップ宣言するのと同じですから」

「ところで俊哉くん、構造を維持している調節ダイアルの値がひとつでも狂ったら、どうなると思う？」

デスクの端に腰をあずけていた俊哉は、身体を横にずらしてずっこけて見せた。

「崩壊するでしょうね。10^{229}個ある調節ダイアルの値がひとつ狂っただけで、我々の宇宙は崩壊する。おそらく、一瞬ですべてが消滅するように見えるでしょうね」

太陽の周りを回る惑星にしても、力の関係が微妙に調整されているために、公転という規則的な運動が維持されているのだ。ダイアルの値が狂うとは、この関係にひびが入ることであり、そうなれば地球が太陽に飲み込まれて爆発したり、公転軌道を離れて暗黒の彼方《かなた》に飛んでいってしまうこともある。もしミクロの世界の調節ダイアルが狂って、陽子、中性子、電子などの力関係が乱れたら、原子も分子も細胞もすべて崩壊して、我々の身体は一瞬で雲散霧消してしまう。両者とも、危ういバランスの上に成り立っていることに変わりはない。

「こんなこと言ったら、俊哉くん、笑うかしら。わたしは、宇宙が勝手にダイアルを合わせたのではなくて、DNA生命の認識能力との相互関係によって、ダイアルの微調整が為《な》されたような気がするの。男と女だってそうじゃない。奴隷ならともかく、一方が一方を完全に支配するなんて関係は有り得ない。ふたりの間のルールは、ふたりが作り上げる関係性によって、自然と決まっていくものよ。両方から手を伸ばし合って……」

冴子は、夫との関係を正常に保つこともできず崩壊させておきながら、しらじらしくそんなことを言う自分が恥ずかしくなり、言葉を途中で止めた。

「人間原理、ってやつですね」

「観察するものと、されるものとの、相互作用っていえばいいのかな」

「そう考えれば、受け身の状態から抜け出せるわけですね。人間が作り上げた数学体系によって、なぜ宇宙が記述できるかという疑問の答えにもなる」

「そう、それ。数学によって宇宙が記述できるのは大きな謎」

人間によって整備された言語の一種でもある数学によって、なぜ宇宙が記述できるのかという疑問を、かつて父の口からも聞いたことがあり、冴子は、俊哉との会話が俄然《がぜん》面白くなってきたと感じた。まだまだ話したいことはあったけれど、時間切れである。開け放たれたオフィスのドアの向こうから、大きな人影が迫ってきた。北沢が帰ってきたようだ。

「お帰り」

オフィスに入ってきた北沢にふたり同時に顔を向けた。

「ただいま」

北沢の顔には疲労が色濃く浮かんでいたが、「よっこらしょ」と身体を捻《ひね》ってバッグから一本のメモリスティックを取り出すや、満足と期待を交えて表情はにわかに明るくなった。

「手みやげって、そのこと？」

俊哉が訊《き》くと、北沢は、メモリスティックの入手経路を簡単に説明してから、

「ま、結果は見てから判断するとしよう」

と、表情とは裏腹の慎重な構えを見せた。

メモリスティックを渡された俊哉は、パソコンに差し込んで再生ボタンを押した。

最初ディスプレイに映ったのは、昨年、九月十三日、午後六時半頃からのSマート蓮台寺店の様子だった。録画時間は約三十分で、外の薄暗闇が完全な闇へと移行する夕暮れ時の出来事が、記録されていた。

閑散とした店内には煌々《こうこう》と蛍光灯が点《とも》り、陳列棚に並んだ日常生活に不可欠な品々が、照らし出されていた。客がひとり店に入ってきたかと思うと、ひとりが出て、常に客の数

は、二、三人に保たれている。

カメラがとらえる範囲は、店のほぼ全域に及んだが、どうしても死角はできてしまう。右側の端は、ドアと一体になったガラス窓に面して並ぶ、雑誌収納用のラックであり、左側の端は、弁当や生鮮食品の並んだ冷蔵設備の整った棚である。左右とも、手前の両側にできたわずかな隙間に死角が生じているのがわかった。

プレイボタンを押して数分たった頃、モニターの中央を大きな影がよぎっていくのが見えた。持ち切れないほどの段ボールの束を抱えた、店長の姿だった。彼は、店の外に出るために四苦八苦していた。オートドアは開いているのだが、段ボールの端がガラス戸に引っ掛かって、うまく通り抜けることができない……。

カウンターの内側から飛び出していって、店長を助ける若いバイト店員の姿が映し出されたところで、北沢は映像を一旦《いったん》停止させた。

「これが、アルバイトの西村智明」

北沢は、解説を加えた後、映像を早送りして、若い女性が店内に入ってきたところで、プレイボタンに戻した。入り口から入ってきた女性は、レジの前をゆっくり横切って化粧品コーナーの前で立ち止まった。ノースリーブ姿で華奢《きゃしゃ》な肩を露出させ、財布を持つ手には安物のブレスレットが巻かれていた。

北沢はそこでポーズボタンを押して、冴子のほうをチラッと見たのだった。

「これ、高山瑞穂さんね」

冴子の言葉に、北沢はひとつ頷《うなず》いて見せた。

今、店に入ってきた女性が、高山瑞穂であることはまず間違いはないだろう。顔を横に向けているけれど、身体的特徴と服装が見事に一致している。目当てのものを買い物カゴに入れ、高山瑞穂は一旦防犯カメラの視界から消えていった。それと同時に、デニムのシャツをはだけたジーンズ姿の若い男が入って来た。彼は、カップラーメンの置かれた棚の前に立ち、何をそれほど迷うのかというほどの熱心さで、ふたつの商品を比較していた。

北沢はそこでもポーズボタンを押して、念押しするような表情で冴子のほうを見た。

顔は小さく、映りはそれほど明瞭《めいりょう》ではなかったが、ジーンズ姿の若者が五十嵐信久であるのは明らかだった。

北沢が予想した通り、失踪《しっそう》した三人の接点はこの「場」にあった。

ビジネスホテルにチェックインし、浴槽に湯を落としている途中で、高山瑞穂は忘れ物に気づき、コンビニに買い物に出かけた。そして、そこには失踪仲間である、五十嵐信久、西村智明の両名が、偶然居合わせたのだ。

地震が起こったのは、五十嵐信久が雑誌コーナーの前に立ち、高山瑞穂が左側の死角に入ったときだった。西村はカウンターの内側にいて、頭頂部をカメラに晒《さら》していた。

地震の衝撃を受けてカメラの位置がわずかに天井を向き、その分、下方の死角スペースが増えた。音はなかったが、揺れは視覚から伝わってくる。じっと目を凝らしていると、気持ち悪くなってくるような揺れ方だった。カップラーメンが宙を舞い、レジの横にあるカウンターが傾いて、西村智明のいるスペースを圧迫してくる。彼は、倒れかかる棚を必死で支えながら、両手を頭の後ろで組んだ。

雑誌コーナーの前にいた五十嵐は、その場にへたり込んで頭を抱えて縮こまり、頭上から降り注ぐ、歯ブラシやティッシュペーパーなどの日用品を両手で振り払っていた。

視界の外にいたはずの高山瑞穂は、転ぶことによってブレスレットをはめた華奢な腕をカメラの前にさらけ出し、そこにいることをアピールするように、手を不自然に動かしていた。身体全体が映っているわけではない。しかし、床の上でシャクトリムシの動きをする細い腕が、彼女の存在を強く訴えるかのようだ。

二度目の衝撃で、防犯カメラの向きはさらに上に上がり、猥褻《わいせつ》な雑誌の並べられた棚を下限として、視界のほとんどは天井によって占められていった。

午後六時四十四分三十秒。地震は止み、カメラは天井に向けられたままのアングルを映すだけで、モニターにはまったく変化がなくなってしまった。天井の表面にある小さな黒い染みと思っていたものが、ふわりと舞い下がって、昆虫であると知れた。それ以外には、映像の中から、動きが一切消えてしまったのである。

映像に引き込まれ、いつの間にかテーブルのほうに移動し、その端に行儀悪く座っていた冴子は、立ち上がって、さらに顔をモニターに近づけた。

そこには地震による衝撃が去った後の静寂が、色濃く漂っている。再生が進んでいることからも、時間が経過しているのは明らかだった。しかし、冴子も北沢も、時間そのものが停止してしまったような印象を受けた。

　映っているのは天井だけであり、そこから降り注ぐ静寂の下で、今まさに、三人の若者たちが同時に姿を消そうとしている……。

「今、この瞬間、三人の身に、何かが起こっているというわけ？」

「そう」

「でも、何が起こったのかまでは、カメラはとらえていない」

「残念ながら……」

　冴子は、映像を止めて、北沢のほうに振り向いた。

「どういうこと」

「わからない……、としか言いようがない」

　三人はその後、たっぷり一分間は黙り込み、それぞれに考えを巡らした。いいアイデアが思いつくどころか、考える能力を失ってただ呆然《ぼうぜん》としているに過ぎなかった。

　唯一得られた結論はひとつ。

……個別に生じたと思われていた糸魚川市での三件の失踪には、共通の場があった。

　高遠の藤村家で収録中に地震に襲われたときの情景を、冴子は鮮明に思い出していた。直後に出現したのは、静寂ではなく、交錯するスタッフたちの声だった。ただ冴子だけが、意識を遠のかせて静寂の淵《ふち》へと入り込んでいった。そして、糸魚川のコンビニでも地震が起こり、現場にいた三人が同時に姿を消している。

問題が「場」にあることは間違いなく、北沢は俊哉に情報収集を依頼した。

「と、ここでおまえの出番となるわけだ」

北沢が俊哉に与えたミッションは、「日本だけではなく世界に範囲を広げ、似たケースの失踪事件を可能な限り調べ、場に関して、共通の特色を描出させること」というものであった。

俊哉は、「論文執筆に忙しいんだけどなあ」とぼやきつつも、満更ではないといった表情で、請け負ってくれた。

集められない情報もなければ、分析できない情報もないという自負がある以上、断るわけにはいかないのだ。

しかし、なにより、彼はこの件に興味を持ち始めたようであった。興味がないものに対して、俊哉は、梃子《てこ》でも動かないけれど、一旦興味の対象として設定されれば、たとえ無償であっても徹夜を厭《いと》わないがんばりを見せる。

昔の性格のままなら、俊哉は今晩一睡もしないで、この仕事をやり終える。冴子は、そう確信していた。

6

昨夜とほぼ同じ七時頃、冴子は、羽柴ディレクターを伴って、北沢のオフィスを訪れた。

俊哉は、徹夜明けにもかかわらず、どうしても大学の研究室に行く用事ができたとかで、まさにオフィスを出ようとするところだった。徹夜して得た情報について、みんなでディスカッションできないのを悔しがりながら、あいさつも早々に彼は立ち去った。

北沢の顔には昨日よりもさらに色濃く疲労が刻まれていた。熱に浮かされたような落ち着きのなさで狭い部屋を動き回り、パソコンの電源を入れたかと思うとまた切断し、本棚から本を出したり入れたりして、心ここにあらずといった表情で、やっていることの意味を自分でも把握しかねているようだ。心が完全にどこか遠くに飛んでしまっている。

冴子は、どのような展開があったのか、単刀直入に尋ねた。

「ああ、しかし、どう言えばいいのか。とりあえず、見てもらうしかないだろうな。わかっているのは、俊哉が立派に仕事をやり遂げたということだ」

北沢は、デスクに載せられたファイルに手を伸ばすのだが、その手つきにためらいがあった。ファイルは、プリントアウトされたパソコンのデータで膨れ上がっている。

ゆったりと、もったいつけた北沢の動作を、羽柴ディレクターが、無言で見守っていた。

「思いも寄らぬ発見といっていいのかどうか……。単なる偶然に、ひとりよがりの解釈をくっつけているというわけでもあるまい。とにかく、おふたりのお知恵を拝借したいところです」

もって回った言い方だったが、発見があったことを仄《ほの》めかしている。

「現在、このパソコンには、全国の失踪人に関するデータが入っています。年間十万件は生じるといわれる失踪事件の全データにはまったく及びませんが、いわくがありそうなものは漏れなく入力されているんじゃないでしょうか。しかし失踪人のうちのほとんどは何らかのかたちで発見されます。残りのほとんどは借金がらみ。それ以外のケースが約一割ほどあって、今回俊哉が、ターゲットとして絞り込んだのが、それです。つまり理由の明らかでない失踪事件。これが、全国で約五千件あります。多すぎて、とても全データに目を通すことはできません。さらなる絞り込みが必要でした。少しでも理由のありそうなものは排除し、状況にミステリアスな要素が漂うものだけを残しました。そんな場合、必ず口コミで伝わるものです。警察の捜査対象からはずれているのもあれば、事件性ありと認められているケースもある。あとは、勘のみを頼りに、伊那や糸魚川での失踪事件と類似していると思われるケースだけを、特にここ二、三年の範囲内に限り、ピックアップしてみたのです。これでようやく、百五十件に絞り込めました。とりあえず、見てもらいましょう」

北沢はそう言うと、事前にプリントアウトしておいたA4判の用紙を、約五十枚ずつの束に分けて、冴子、羽柴に手渡した。

一枚一枚の用紙には、失踪者の氏名、年齢、失踪場所と日時、そのときの状況などが、必要最小限の言葉で語られていた。

三人は、一枚につき数秒の速さでさっと目を通していった。自分の束が終われば、互いに交換し合い、百五十件のケースをチェックし終わるのに、十数分という時間を要した。

三人そろって膝《ひざ》の上にプリントの束を載せ、目を上げるのを待って、北沢は尋ねた。

「どうです。何か気づきましたか」

真っ先に答えたのは、羽柴だった。

「失踪事件が生じた場所に、偏りがあるように思えますが」

プリントに記載された失踪場所は、県名から市町村の順に並んでいた。冴子も同じことに気づいていた。三重、山梨、徳島、静岡、大分、長野、香川、愛知、新潟……、多く見た県名はそんなところで、東北や北海道は極めて少なかったように思う。そう、羽柴が言う通り、失踪が発生した場所は、地理的に相当な偏りがあった。

「何か理由があるのかしら」

冴子は、北沢に尋ねるというより、自問するかのように、ふと疑問を漏らす。

たとえば、全国の失業率は、高い県と低い県では、二倍から三倍の開きがある。あるいは所得にしても、県別に高低差があり、失踪件数に影響を与えているのかとも思うのだが、それにしても偏りが大きすぎる。第一、失業率が高い北海道や沖縄で、このタイプの失踪者はほとんど出ておらず、そうなると相関関係がわからなくなってしまう。

北沢は、冴子のほうに、軽く目でうなずいてから、先を続けた。

「ぼくも同じことに気づきました。どう見ても、失踪場所に偏りがある。やはり、思った通り、共通の場、らしきものが浮かんできたのです。しかし一体、場所が偏る原因はどこにあるのだろうと、あらゆるファクターを考えてみました。たとえば所得、失業率、持ち家宰などの格差が、失踪《しっそう》の発生件数の多寡と一致すれば、ある程度説明がつくのでしょうけれど、どのファクターも当てはまらない。県という広い範囲から、もっと狭い地域に絞り込んでみても、納得できるような解釈が、まったく発見できなかったんですよ。でも、失踪事件が多く発生している地域には、必ずそれなりの原因があるはずです。でなければ、分布にこれほどはっきりした偏りが生じるわけがないですから」

「で、わかったの？」

冴子が口を挟んだ。

「うーん、なんていったらいいのか……」

「あんまりもったいぶらないで。焦《じ》れったいじゃない」

「そう急《せ》かしなさんな。こっちだって、まだ半信半疑なんだから」

「だから、それを早くみんなで検証しましょうよ」

冴子が、苛立《いらだ》ちを見せると、北沢は、

「はい、はい」

と手で制して、さらに一枚のプリントを二人に手渡した。それぞれ同じプリントで、無数の黒い点で覆われた日本列島が印刷されている。

「地名を聞いただけでは、地理的な関連がなかなかわからなくても、地図の上に記載されると思わぬ発見が為《な》される場合があります。そこで、百五十例の失踪発生場所を、実際に、地図上に黒点で記入してみたのです」

北沢の説明を受けるまでもなく、冴子は、この地図が何を意味するのか予想がついていた。

改めて地図上の黒い点として眺めると、失踪場所の分布がどのように偏っているのか、視覚的によく理解できる。一見して、どうも日本列島の中心部に固まっているという印象を受けた。東北地方にはほとんど点がなく、北海道では中央部に数個点在するだけである。いや、それだけではない。じっと見つめていると、分布に、図形的な特徴があるのがわかってくる。無数にちりばめられた黒点の粒が、ひとつのシンボルを形成しつつあった。

……十字架。

冴子の脳裏には、十字架の形が閃《ひらめ》いた。正確に言えば、十字架というより、Tの字を横にした形に近いかもしれない。散在する点の濃い部分が、交差する線条として示されるのだ。

失踪の発生場所は、二本の帯状地域に集中していて、その二本の帯は列島の中心部において交わり、Tの字を形成している。一本の帯は、日本列島のちょうど真ん中あたりを縦走しているが、直線ではなく弓なりにそっている。もう一本は、弓なりの線の中央から、静岡、愛知の南部へと彎曲《わんきょく》して延び、伊勢《いせ》湾から紀伊《きい》半島の北部を横切って、四国北部、九州の真ん中を貫いている。

冴子は、羽柴の顔をうかがってみた。彼が何を考えているのか、知りたかったからだ。黒点の密集地帯が、いびつで弓なりにそったT字を形成していることぐらい、ここにいる全員が気づいているはずである。問題は理由だった。なぜ、こういった図形的な特徴が描出されてくるのか。

　ふと連想されてくるのは、南米ペルーのナスカ地方に展開する地上絵の一群だった。乾燥し切った平原の土を、ほんの十センチばかり剝《は》がし取ることによって描かれた地上絵は、「ナスカの地上絵」として、すっかり有名である。図柄は、猿、鯨、ハチドリ、コンドルやクモなど、動物の形を模したものが多く、中には、三角形、四角形、螺旋《らせん》などを組み合わせた幾何学模様も混じっている。一辺が数十メートルから数百メートルと大小様々だが、中には長さ五十キロメートルにも及ぶものも存在する。

　この地上絵が発見されたのは、一九三〇年代の、上空を民間飛行機が飛ぶようになってからのことだ。全長五十キロもの図形は、人工衛星が地球を周回し始めてようやく確認されている。

　描かれた年代は明らかでないが、千四百年以上も前のナスカ文化期の制作であるとされている。地上図は長い間そこにあった。しかし、あまりに大きすぎて、土地の人々は、意味のある図形であることに気づかなかったのである。

　そんなはるか昔に、空からの俯瞰《ふかん》がなければ何の形か判明し得ないような図形を、古代ナスカ文化の担い手たちは何の目的で描いたのか……。

　自然信仰説、灌漑《かんがい》設計図説、神聖遺跡説、天文カレンダー説、飛行船発着所説から、UFO発着基地説まで、諸説紛々としているけれど、納得できる答えは現在でもわからぬままだ。

　冴子は、その巨大地上図群を、父の書斎にあった本の口絵写真で見たことがあった。平原を一直線に走る大地のひっかき傷のひとつに、矢印の形をしているものもあった。全長五十キロにも及ぶ矢印の先は、ちょうど南極を指している……、口絵写真の解説にはそう書かれていた。

　日本列島の中央に現れた横T字形の図形は、総延長距離にすると千キロを軽く超えるだろう。しかし、図形に一体どんな意味があるというのか。ある特別な一点を指し示す矢印、あるいはなんらかのサイン……。

　北沢は、押し黙ったままの二人の顔に、強い視線を交互に注いだ。なぜ気づかないんだという焦れったさを滲《にじ》ませた目……、しかし、それとは裏腹に、彼は明言を避ける言い方をする。

「単なる偶然の可能性も捨てきれない」

　北沢は、そこでパソコンのディスプレイを、二人のほうに向けた。二人の視線は、自然とディスプレイのほうに吸い寄せられていく。

「今日の昼過ぎのことでした。パソコンの前でうつらうつらしていると、突然、閃いたのです。日本列島を真ん中で切断する縦の線、四国から九州にかけて横断する横の線の意味……。ぼくは、高校時代、理科の選択科目として、地学を取ったんですが、授業中に教科書で見たイラストが、ふと脳裏をよぎったんですね」

北沢が連想したのは、ナスカの地上絵ではなく、地学の教科書であったようだ。彼は、マウスを動かして、ディスプレイの上に日本列島の三次元映像を呼び出していった。ディスプレイに現れた日本列島は、大地の起伏が立体的に表示され、一目で地形の特色がわかるようにできている。

それを見た瞬間、羽柴が声を上げた。

「まさか、フォッサマグナ」

北沢は、羽柴のほうに顔を向けてひとつうなずき、目をディスプレイのほうに戻した。

「まさか……、そう、ぼくも同じように思いました。まさかそんなはずはない。でも、これをどうご覧になります？」

フルカラーの日本列島地形図は、地質学的な特徴が詳しく盛り込まれたもので、彎曲して走る二本の大地の線が目を引いた。新潟県の西端から静岡市のあたりにかけて縦走する一本は「糸魚川静岡構造線」。諏訪湖のあたりから西に延び、四国、九州へと至るのが「中央構造線」である。両者とも、地球表面に浮かぶ地殻、プレートとプレートの境界線をなす、大地を走る巨大な裂け目ともいえる活断層で、これまでに数多く発生してきた地震の、震源となるものだった。

正確に言えば、フォッサマグナと糸魚川静岡構造線は、イコールではない。フォッサマグナは、日本列島の真ん中を縦断する、ある程度の幅を持った深さ六千メートル以上のU字形の溝であり、糸魚川静岡構造線と呼ばれるのは、その西端の縁のことである。名前の通り、糸魚川市を北端として、白馬《はくば》、大町《おおまち》、伊那、岡谷《おかや》、小淵沢《こぶちさわ》、櫛形《くしがた》、身延《みのぶ》を経て、静岡市へと南下する。

地形図に、失踪の分布図を重ね合わせるまでもなかった。一瞥《いちべつ》しただけで、糸魚川静岡構造線、中央構造線のラインが、失踪多発地帯を示す黒い帯のゾーンと、見事に重なっているのがわかる。

冴子は、自分が訪れた高遠近辺が、この活断層の真上に位置しているのを、今初めて知った。しかも、高遠の藤村家からほんの十キロばかり南下したところに、黒い点が数個集中している。これほど狭い地域に、失踪が集中しているところは、ほかになかった。

事の重大性に気づいたのは、羽柴だけだった。

「信じられない……」

彼は、思わずディスプレイのほうに身を乗り出していた。

羽柴の眼球がせわしなく動いていた。舌で唇を舐《な》めながら、必死で思考を巡らせているようだ。

原因……、そのメカニズムは……。興味津々の面持ちで、頬がにわかに紅潮してくる。あるいは、活断層の位置と失踪事件多発地帯との関わりを、科学的に解明してテレビ番組にうまく盛り込めば、大スクープとなるに違いなく、その後の反響を思い浮かべて、無邪気に、身体をわななかせているだけなのか……。

7

冴子は、窓に身体を寄せてブラインドに頬をつけた。外気に冷やされた窓ガラスが、顔のほてりを奪ってゆくけれども、興奮が鎮まるには至らない。

ブラインドが斜めになった隙間から、一本通りを隔てたビルのオフィスで働く人々の姿が眺められる。窓にはカーテンもなく、蛍光灯に照らされた室内が丸見えだった。

今時珍しく、女性は皆、制服を着てデスクに座っていた。男性は背広姿が多く、デザインがすべて異なることから、自前だろうと思われる。男女比は、四対六で女性のほうが多い。

……何の会社かしら。

冴子は気になって、ブラインドの隙間をさらに大きく指で開けようとしてバランスを崩し、窓に手をついた。

プラスチックの細い板が折れるカシャという音に、羽柴の声がかぶさってきた。

「地殻変動の予兆だろうか」

冴子は、押しつぶしたブラインドから手を離し、半身の身体を元に戻した。地震の被害を実体験しているだけに、地殻変動という言葉が、妙なリアリティを持って迫ってくる。

しかし、予兆という発想はどこから来るのか。

唐突と感じられたのか、北沢は、コーヒーカップを持つ手を止めた。

「天変地異の起こる前には、動物が群れをなして消えてしまうっていいますからね。雪崩を打って海に消えるネズミの大群が、なんとなく思い浮かぶんですよ」

羽柴は、動物の予知能力を人間の集団失踪《しっそう》と結びつけているようだ。

冴子ははっきりと覚えている。高遠の藤村家で地震に見舞われる直前、電線にとまっていたカラスが一斉に空へと飛び立ち、近隣の庭先から犬の遠吠《とおぼ》えが連鎖して沸き起こったこと……。

北沢は、羽柴の言うことを冗談と受け止めることもなく、淡々とマウスを動かし、ディスプレイに日本列島とは別の地形図を呼び出していった。

サンフランシスコ、ロサンゼルスの二大都市を中心とする、北米大陸西海岸の地形図で、地帯構造とプレートが記入されているものだった。

「今、説明したのは、日本の場合ですよ。どうやって集めたものか、俊哉は海外の失踪もチェックしてくれました。偶然か否かを判断するためには、さらに多くの事例が必要となりますからね。日本国内ほどではありませんが、パソコンには、ごくわずか……、数十件といったオーダーですけれど、海外における失踪事件のデータが入力されてます。まあ、当たろうと思えば、すべてに目を通せるぐらいの数ですが。その中にひとつ、興味深いケースがありました」

そこで北沢は、手にしていたプリントに目を落とし、ゆっくりと言った。

「事件が起こったと思われるのは、昨年の九月二十五日のことです。糸魚川の事件の十二日後、アメリカのカリフォルニア州で、ある失踪事件が起こっている。現場となったのは、家ではなく車。しかも、砂漠の真ん中で二台同時にね。車が発見されたのは、カリフォルニア州、ロサンゼルスの北西方向、ベイカーズフィールドの真西に位置するソーダ・レイクと呼ばれる小さな湖のほとりでした。無人の車が発見されたのは翌九月二十六日だったけれど、事件が起こったのが二十五日の夕刻であることははっきりしている。二台の車が停められていたのは、セブン・マイル・ロードという未舗装路で、対向車同士だった。赤いフォードを運転していたのは、休暇を利用してフランクフルトからやってきた、ハンス・ツィームセンとクラウディアという若い夫婦。彼らは、当日L.A.国際空港に到着し、レンタカーを借りて砂漠へのドライブに出ています。もう一台の、ポンティアックのほうは、タフト在住のシンプソン一家で、乗っていたのは夫婦と幼い子どもひとりの、計三人と思われます。彼らは、午後一時頃に家を出て、サン・ルイ・オビスポに向かうつもりであったらしい。さて、この二台の車が、何時頃出会ったのか。ハンス・ツィームセンがレンタカーを借りた時間から推して、夕刻が迫る頃だろうと推測できるけれど、翌日になって発見されたとき、二台の車はまったくの無人と化していました。だれかが車の中にいたという雰囲気だけを残して、乗員が皆、消えていたのです。周囲はまったく何もない砂漠地帯でしてね。むろん歩いて行ける範囲はくまなく捜索されたけれど、行方を暗示するようなものは何も発見できずじまい。トラブルに巻き込まれ、他の車両で連れ去られたという形跡もありません」

家という殻が、車両に変わったに過ぎない。二台の車から同時に五人が消えてしまったのだ。糸魚川や高遠で起こったのと同じことが、彼らの身に生じたのだろうか。

冴子、羽柴、北沢の三人は、その事実をゆっくりと噛《か》み締めた。

「二台の車が放置されていた場所がどこかは、確認済みです」

北沢は、話しながらディスプレイに表示された地形図を拡大していく。海がなくなって内陸部だけとなり、ロサンゼルス中心部から北西に百三十マイルほどの付近……、五八号線と一六六号線に囲まれた、荒涼とした大地以外には何もないであろう地帯が、土地の起伏が一目でわかる三次元地図で示されてきた。

「ここです」

北沢はポイントに印をつけた。ソーダ・レイクから北に数マイルの距離で、五八号線からセブン・マイル・ロードに入ってすぐのあたりである。

冴子と、羽柴は、ディスプレイに目を凝らした。二台の車から五人の人間が消滅したポイントを縦断して、黒い線が走っていることに気づいた。まっすぐに延びた一本ではなく、ギザギザとささくれ立って蛇行する不恰好《ぶかっこう》なラインだった。州境でもなければ、道路でもない。一見しただけで、地下における地形的特徴を描出したものとわかる。

冴子は、黒いラインを下へと辿《たど》っていった。すると線に沿って、ＳａｎＡｎｄｒｅａｓＦａｕｌｔと英文がふられていた。

「これ、サン・アンドレアス断層です」

北沢が、ギザギザのラインに指を当てて、説明を加えた。

……サン・アンドレアス断層。

「またですか……」

羽柴がぽつりとつぶやき、北沢がそれを受けて、解説を加えていった。

「サン・アンドレアス・フォールトは太平洋プレートと北米プレートの境目をなすトランスフォーム断層で、サンフランシスコやロサンゼルスで起こる地震の原因ともなる、動きの非常に活発なものです。その真上で、二台の車からほぼ同時に、乗員が消えてしまった。そう、羽柴さんがおっしゃる通り、また断層の上で……」

羽柴がディスプレイを指差して何か言いかけたが、その隙を与えず、北沢は続けた。

「それだけじゃありません。同年、十月二十二日、セブン・マイル・ロードでの失踪事件から二十七日後に、似たような事件が、その北方三百六十キロの地点で起こっています」

北沢は、地形図を北へと移動させていった。今、ディスプレイに映し出されているのは、サンフランシスコの市街地からわずかに南に下った地点であり、画面中央を小さな湖が占めている。

北沢は、二〇一一年、十月二十二日に起こった、マーセド湖畔での失踪事件を、まるで見てきたかのように語り始めた。

二〇一一年　十月二十二日、土曜日。

その日の夕方、最初に胸騒ぎを覚えたのは、消えた生徒のひとり、クリスチーヌの母だった。

土曜の朝、娘はクラブ活動の一環として風景画の写生に行くと言って出たきり、夕食の時間を過ぎても帰って来なかった。顧問の女性美術教師が引率してくれているので、それまでは安心し切っていたが、夕方の七時を過ぎた頃になって、母のメアリはふと嫌な予感に襲われ、美術教師の家に電話を入れてみることにした。クリスチーヌがこれまで帰宅時間に遅れることはなかったからだ。

電話に出たのは教師の夫で、結婚間もない彼もまた新妻の帰りを今か今かと待ちわびているところだった。メアリの不安は夫へと伝染し、彼はすぐ妻の携帯電話に連絡を入れてみることにした。だが、電源は入っているのに何度かけても応答がなく、その結果はメアリをますます不安がらせた。

さらにメアリは、行動を共にしている他のふたりの生徒宅にも連絡を入れ、情報を交換し合ったが、ふたりとも家に帰っていないことを知らされただけである。

その日、教師に連れられて写生に出かけたのは、リッチモンド・ジュニア・ハイスクールの美術クラブに籍を置く女生徒たちである。三人とも皆まじめで、これまで六時半の夕食に遅れたことはなかった。教師にしても、六時までには帰って夕食を作ると夫に言い置いて出かけたという。

夜も八時を過ぎると、メアリは学校中の生徒たちと連絡を取り合い、情報収集に努めたが、何の成果もなく、九時近くになって、四人が同時に事故か事件に巻き込まれた可能性が取り沙汰《ざた》されるようになった。

相変わらず教師の携帯電話に応答はなく、メアリは警察に連絡を入れ、捜索願いを出すことにした。夜の九時を十分ばかり過ぎた頃である。

深夜を回って、警察の捜索はようやく大掛かりなものとなったが、彼女たちが写生場所としてどこを選んだのか知る者がいなかったために、ポイントを絞り込めず、マーセド湖の南側に並んだ四つのイーゼルが発見されたのは、夜明け近くになってからのことだった。

捜査員からの連絡を受けて現場に駆けつけたメアリの前で、四つのイーゼルは、朝靄《あさもや》が晴れるのを待つかのように湖畔に姿を現し、背後から朝の光を受けて長い影を湖面にまで伸ばしていった。前日同様の無風状態で湖にはさざ波ひとつなく、歪《ゆが》んだ菱形《ひしがた》に並んだイーゼルとカンバスには、墓石に似たたたずまいがあった。

イーゼルの足下に置かれたままのパレットに記載された名前から、四つのカンバスがリッチモンド・ジュニア・ハイスクールの教師と生徒たちの物であるのは間違いなく、メアリは、娘の身に重大な事態が生じたことを確信したのだった。

それは一種異様ともいえる光景だった。湖に向けて立てられた四つのイーゼルは、おのおの一つのカンバスを抱き、それぞれにほぼ同じ構図の絵が描かれている。徐々に晴れてゆく朝靄の中から、絵の輪郭が浮かび上がったとき、メアリは、娘と教師、他のふたりの生徒たちの魂が、水滴を纏《まと》ってイーゼルの前にたたずんでいるかのような雰囲気を感じ取った。

若い女性教師とティーンエイジャーたちは、同じ場所から同じ風景を眺め、描いていた絵の構図にほとんど違いがなかった。

風のない湖面を表現するために、止まったままのウィンドサーフボードとセールを用い、光と影のコントラストによって、秋の日差しの強さを描出しようとしていた。四枚の絵がみな似ているのは、教育的な配慮なのかもしれない。敢《あ》えて同じ構図を取ることにより、教師は、描き手のイメージの微妙な差を、カンバス上に指摘することができる。

さすがに教師の描いていた絵は、三人の生徒のものと比べ際立って秀逸で、写実主義を超えた特異なテーマが込められているかのようだ。湖におおいかぶさる樹の枝は左右対称に近く、その中央には、実際よりも誇張された大きさでウィンドサーファーが据えられている。樹木の隙間では空気が完全に止まっていた。

にもかかわらず、カンバスに閉じ込められているものが殻を破って外に出たがっているかのような、妙な迫力があった。手前に広がる湖岸は遠近感を欠いて歪んでいる。現実にはない不自然な大地の起伏が、何を意味するのかは不明だった。風のない穏やかな湖面。しかし、今にも水が割れて、底のほうから得体の知れないものが現れるかのような緊張を孕《はら》んでいる。

少し離れて眺めると、風景がひとつの大きな顔と見えてきた。上から垂れる樹の枝は目、サーフボードは鼻、湖岸が口といったところだろうか。表情は、今のところ穏やかだが、今にも怒り出しそうな気運を醸していた。静と動、ふたつの相反する要素が、薄皮一枚で隣り合っている……、だから見る者にある種の緊張を強いるのだ。

　三人の生徒たちの絵は、教師の描く構図に引きずられているところがあった。無意識のうちに真似てしまったのかもしれない。忠実に描こうとして、写実でも抽象でもなく、中途半端に終わってしまっている。ただひとり、クリスチーヌの絵だけには、他とは異なった点があった。湖面の正面に据えられたウィンドサーファーの顔が黒く塗りつぶされている。

　岸に寄り過ぎ、沖に戻ろうにも風がなくて動くこともできないウィンドサーファーは、サーフィンを始めてから日が浅く腕も未熟なのだろう。セールはきちんとしたシェイプを作ることなく無様にはためき、どこに向かっていいかわからず途方に暮れているようだ。美術教師は、ボードの上でたたずむ彼の所在無げな様子と、風を待つ表情をうまく描写していた。

　それに比べ、クリスチーヌは、若いウィンドサーファーの顔を、胴体を覆うウェットスーツと同色の黒に塗りつぶしている。西に傾きかけた日差しを背中に受け、黒いシルエットとして描いているわけでもない。教師の絵よりも、サーファーの扱いは小さく、しかも正面からわずか左隅に追いやられている。小さいけれど、落水すれば湖底深く沈んでいきそうなほど、サーファーの全身には重く金属的な存在感が滲《にじ》んでいた。人間というよりロボットのようで、内面の感情が一切殺されている。

教師の絵と、クリスチーヌの絵……、両者の絵にはどこか不吉な色合いが込められている。湖面に漂うただならぬ雰囲気からインスピレーションを得て、教師は湖岸そのものを不自然に歪ませ、クリスチーヌはウィンドサーファーを既に死んだ人間のように扱ったのだろうか。

イーゼルが発見された日の午後、別の場所で、岸に寄せられたサーフボードが発見された。ボードは半分岸に乗り上げて倒れ、ブームの先端から伸びたアップホールが、岸に密生した低木の枝に絡まっていた。乗っていた人間の姿はなかったが、サーフボードの持ち主がバークレー校の学生であると調べ出すまでに、時間はかからなかった。彼は、同じ大学の友人と部屋をシェアしていた。ルームメートによれば、彼は、昨日から部屋に戻っていないという。無断で外泊することもたびたびあったため、その時点で、捜索願いは出されていなかった。

こうして、失踪《しっそう》した人間の数は、湖面にいたウィンドサーファーを含め、五人であったことが判明したのだった。

現在に至るまで、彼らの行方は杳《よう》として知れない。

北沢はそこで話すのを止め、一呼吸置いた。

「アメリカと日本の失踪事件は、どうも無関係ではないようなんです。これは偶然なのでしょうか。不自然で理屈に合わない失踪事件がすべて断層の上で起こっている」

北沢は、意見を求めるかのように言葉を止め、ゆっくりとソファに腰をおろしていった。ディスプレイにはまだサンフランシスコ郊外の地形図が映ったままだったが、もはやだれひとり見向きもしなかった。北沢が嘘を言ったり、物事を誇張していないのは明らかである。事実を、事実として淡々と説明しただけだ。

冴子を始め、三人とも言葉を失ったままなのは、活断層という地質的な構造が、人間生活の生々しさを反映させて起こるはずの失踪と、どう関連してくるのか理由がまったくわからないからだ。

小学校に上がる前の幼い頃、冴子は父と一緒に、夏休みを父方の祖父母の実家で過ごすことが多かった。祖父母の屋敷は、熱海来宮《きのみや》駅の裏道を登った丘の斜面に建ち、純日本風の造りをしていた。緑豊かで広大な敷地に囲まれて、庭は土の匂いに噎《む》せ返り、海からの風がときどき潮の香りを運んできたが、同時に山の風情も忍ばせていた。垣根を越えて外に出れば、糸川という小さな川にぶつかり、水の音が涼しげに響いていた。仕事が一段落したときなど、冴子は父に連れられて、よくその川に魚釣りに出かけたものだ。

釣り針につける餌を集めるのが冴子の役目だった。庭の大きな石をひっくり返し、湿った土がむき出しになると、土と混ざったミミズの臭いがプーンと鼻をついてくる。

冴子は、手頃な大きさのミミズを靴の先で押さえ、小石を刀のように使ってぐりぐりと切断し、半分を餌箱に入れ、もう半分を石の下に戻すことにしていた。

……ミミズはね、たとえ半分に切られても、時間をかけさえすれば、元の長さに戻ることができるんだよ。

ミミズの再生能力を父から教わった冴子は、貴重な餌の生体数を減らすまいとして、いつもミミズを半分に切断して、元に戻していたのだ。

餌を集め終わる頃になると、家の中から父が現れて、

「サエ、行くぞ」

と、肩を叩《たた》かれ、本人はさっさと小川への道を歩き始める。いつも同じ言い方だった。

「サエ」と愛称で呼び掛けられるのだが、冴子には、「さあ、行くぞ」と聞こえてならなかった。

川への道を辿《たど》る間、父は、娘に合わせて歩度を緩めることはなく、おかげで冴子はいつも、駆け足を強いられた。斜め後方から父の横顔に目を据え、遅れまいとして冴子は必死でついていくのだった。

半分になってのたうちまわるミミズの束を小脇に抱えて樹林を抜けながら、ふと目をそらしたりすると、父の姿が木陰に消えることがあった。ほんの一瞬、父の姿が見えなくなっただけで、冴子は、

「パパ」

と悲鳴に近い声を上げ、異様なほどの怖がりかたをした。父は、冴子の怯《おび》えを知っていて、それを面白がるかのようにわざと歩く速度を上げ、隠れんぼを楽しんでいた。

夏の盛り、木々のざわめき、降るような蟬の声。冴子は、未来に起こることを、その頃

から察知していたのかもしれない。十七歳の夏の終わりに、大好きな父がいなくなってしまうこと。その恐怖を小出しに与えられていたのだ。

冴子はふと我に返った。なぜ、ミミズが連想されてくるのか、最初のうち因果関係がわからなかったが、地殻にできた裂け目が、そこに棲《す》まう細長い生物を想起させたのだと気がついた。活断層に沿って、細長い化け物がゆっくりと進んでいくイメージが、脳裏を這《は》い進んでいく。頭部から伸びた舌が、脳の襞《ひだ》を舐《な》めてくすぐるかのように……。

もし自分が子どもだったら、失踪した人間たちは化け物によって地中深く引きずり込まれたと、空想していたに違いなかった。

冴子は、無意識のうちに、床から両足を持ち上げていた。東京の直下に断層はないと知りつつ、爬虫類《はちゅう》に似た細長い生物が、音もなく近寄ってくるような気配が、すぐ足下から立ち上ってきた。

地下の深い亀裂《きれつ》……、そこはまた太陽の光が届かない世界であった。

……太陽、そう太陽。

暗黒は、その反対概念である太陽をクローズアップさせてきた。

一昨日、図書館で新聞の縮刷版を閲覧中、父が失踪した日に、太陽黒点の活発な動きが観測された事実を発見したばかりだった。

冴子は、パソコンに走り寄りながら、北沢に訊《き》いていた。

「ちょっと、触ってもいい？」

「どうぞ、ご自由に」

　冴子はインターネットの画面で、「太陽黒点」を検索した。モニターには、二〇一一年三月からのカレンダーが並んだ。年月日をクリックすれば、その日の太陽黒点を写した写真がモニターに表示されるはずだ。

　冴子は逸《はや》る気持ちを抑え、年月日をクリックしていった。二〇一一年九月十三日、糸魚川で三人の男女が失踪した日。同じく九月二十五日、アメリカのソーダ・レイクで二台の車から人間だけが消えた日。同じく十月二十二日、サンフランシスコ近郊のマーセド湖で五人の男女が消えた日。

　普段の日は、ゴマ粒程度の黒い点が数個あるだけの正常な太陽黒点が表示されるのだが、三つの失踪当日には、ほかの日と比べて明らかな特徴が見られた。太陽の表面を、グロテスクな黒い影が移動しているのだ。アメーバ状の黒い塊は、まるで生き物のように太陽の表面を這っている。

　すぐ後ろからモニターを覗《のぞ》きこんでいる北沢と羽柴は、冴子が何を発見したのか、まだ理解できなかった。

「どうしたの」

　ふたりから同時に背中を叩かれ、冴子はようやくディスプレイから身を引いた。

「これら三つの失踪事件の当日、太陽黒点の活発な動きが観測されているわ」

　冴子はもう一度カーソルを動かして、失踪の日時と、太陽黒点の活発な動きが、見事に一致している証拠を指し示した。

普通なら、太陽黒点と失踪事件を結びつける解釈など、即座に却下されるのがオチだ。ところが北沢と羽柴は、失踪事件が、活断層の上で生じている事実を、たった今確認したばかりだった。

「活断層……、そして、太陽黒点。両者に共通するものは何なんです」

羽柴の質問を受けて、冴子は、椅子を回転させてふたりに正面から向きあった。

「太陽黒点を生み出している磁場は、表面を突き抜けて磁気嵐となって地球に襲いかかる。そして、活断層もまた、その上にある空間の磁場に強い影響を与える可能性がある。共通項は、磁場よ」

つまり、一連の失踪事件には磁場という物理的な要因が働いていることになる。

冴子は下唇に歯を当て、北沢と羽柴は唇を固く結んで考え込んだまま、動くこともなかった。異を唱える者はだれもいない。三人とも無言のうちに認めていた。場所と日時の特殊な物理状況と失踪の間には、因果関係がある。偶然はありえない。

第三章　連　環

1

北沢の事務所を出て地下鉄の駅へと歩くうち、冴子と羽柴は、一緒に夕食でもとろうかというムードになっていった。それはごく自然な成り行きで、

「この近所に、ちょっと気のきいたイタリアンがあるんですけど、いかがですか」

と、羽柴から誘われたときに冴子の口から出たのは、食事に行く行かないではなく、指定された料理を肯定する言葉だった。

「ええ、わたしは何でも」

案内されるままに歩くと、ほんの二、三分で、七階建てビルに到着した。そこの最上階に目当てのレストランがあるという。冴子にとって初めての場所であるはずなのに、以前に一度来たことがあるような錯覚を持ち、立ち止まってその理由を考えた。

冴子は、感覚にちょっとした狂いが生じただけで、その原因を分析しようとする癖がある。

ビルは片道一車線の道路に面していて、玄関ホール前には街路樹があった。どうやら異様さの源はそのあたりにありそうだ。四本の杭《くい》で囲まれた根元の土の上には、葉脈を血管のように浮かび上がらせた落ち葉が重なり、その上に小石が転がっている。星空の下にあってそれはなんと小さなものと思ったとたん、冴子は、だれかに見下ろされている気配を感じて、空を見上げた。ビルのネオンサインに邪魔され、夜空を覆う星々には精彩がない。以前まで、星々はもっと明るかったような気がする。

街路樹のちょうど中ほどの、茂みのもっとも濃い部分で、木に登って下りられなくなった猫が潜むかのように、黒い影が揺らめいていた。夜と、樹間と、闇を作る要素は揃っていたが、中心部の黒さにはさらに一層の深みがあり、蠕動《ぜんどう》するかのように枝の間を揺れ動くのだ。

見極めようと目を細めているうち、コンタクトレンズがずれたのか、目の焦点が合わなくなった。そのまま、視線を下から上へ、上から下へと、一往復したところで、ある種の予感めいたものを抱き、冴子はひとつ身震いした。師走《しわす》の夜風が冷たかったせいもあるが、それ以上に嫌な臭いを嗅《か》ぎ取っていた。間違いなく、かつて一度嗅いだ臭い。どこでだったのか、場所が思い出せない。たぶん、思い出すことを五感が拒否しているのだ。

「どうしたんですか」

羽柴の手が背中に添えられると、冴子ははっと我に返った。あたたかな手に不安は押しやられ、冴子は本来の欲求を取り戻した。

「わたし、お腹、ぺこぺこ」

午後七時に北沢のオフィスを訪ねてから二時間あまり、コーヒー以外は何も口にしていなかった。

「さ、行きましょうか」

冴子は、玄関ホールをまっすぐ進んで、振り返ることはなかった。

テーブルに着き、赤ワインのグラスを傾けながら料理を待つ間、冴子と羽柴は、ついさっき北沢のオフィスで発見した内容をもう一度確認し合った。興奮冷めやらずといった表情で、羽柴は、自分の作るべき番組が大幅な方向転換を迫られたと訴える。失望や不安ではなく、彼が感じているのは、純粋な喜びであり、番組作りの醍醐味《だいごみ》だった。天変地異の一端に触れ、その解明を果たすかもしれない番組を担当するチャンスなど、滅多にあるものではない。

「いや、なんだか、おもしろい展開になってきましたね。問題は、鳥居さんにお引き取り願うタイミングかな」

羽柴はオカルト的風味の番組制作から、純粋に科学的な実証に基づく番組作りへの移行を目論《もくろ》んでいた。しかし、霊能者の鳥居繁子を起用したいという、プロデューサーの発想の下で企画が持ち上がった以上、実行に移すのは難しく、しばらくこの路線をキープして様子を見るほかなさそうだ。鳥居本人自ら出演を辞退してくれるのが一番ありがたいというのが、嘘偽りのない本音であった。

頭の中を占めるのは番組制作のことばかりで、恐怖がさしはさまれなかったのは、この展開が自分に直接的な被害をもたらすはずがないと、高をくくっていたからだ。

熱を帯びた会話がふと途切れたとき、冴子は、年末のクリスマスシーズン特有の、どことなく華やいだ客たちで込み合った店内を見渡し、「今、都会の下で何かとんでもないことが起ころうとしているのに、この人たちはだれひとりまったく気付いてさえいないんだわ」と、ちょっとした優越感を覚え、羽柴には、秘密を共有する者同士の連帯感のようなものを抱いた。時間はあっという間に過ぎ、帰るのが惜しまれる。このあと、羽柴は帰ると言うのか、もう一軒バーにでもと誘われるのか……、誘われれば、冴子はもちろんついて行くつもりでいた。

羽柴は、酒に相当強いとみえ、ふたりでワイン一本をあけても、素面《しらふ》とまったく変わらない面持ちで会計を済ませ、エレベーターに乗るや、しっかりした手つきで冴子の肩にコートを羽織らせてきた。飲んだ量は、冴子が三分の一といったところだ。

七階建てビルの最上階にあるイタリアンレストランから、エレベーターはのろのろと一階に降りて、ドアが開いた。正面には十数メートルほどの長さで廊下が延び、表通りの歩道へと繋《つな》がっている。廊下の照明は暗く、そのぶん外の歩道に植えられた街路樹が明るく際立っている。同じビルの一階を占める飲食店の派手な照明と、道路を走る車のヘッドライトを浴び、街路樹は、葉の隙間から光の帯を放っていた。

廊下にはだれもいなかった。歩道には三々五々連れ立って歩く人々の流れがあり、出入り口の四角い枠を人影が横切っていく。

冴子と羽柴が、出口に向かって歩き始めようとしたときだった。視界の中を黒い影が縦によぎり、街路樹の枝が振り払われた直後、ズンという衝撃で地面が揺れた。ビルの出入り口にガラス戸はなく、そのせいでわずかに遅れて風圧を受けたように感じられた。

冴子と羽柴は、はっとのけぞって足を止めた。何が起こったのか、すぐにはわからない。地震でもなければ、車が衝突した音でもなかった。網膜に残ったイメージが繰り返し再現されてゆく。ズンという鈍い音、出入り口の四角い枠を上から下によぎった黒い物体。街路樹の枝がざわざわと不自然に揺れている。

……人間が落ちてきた？

他には考えられない。冴子が下した判断と、羽柴のそれは同じだった。

「今、だれかが落ちてこなかったか」

確信が持てないのか、羽柴は冴子に問い掛けてくる。

「ええ、なんだかそんなふうに……」

唾《つば》を飲み込んで、冴子が言いかけたとき、正面の歩道で男女数名の悲鳴が上がった。反応が一瞬遅れたのは、彼らもまた何が起こったのか、すぐには把握しかねたからだろう。

あっという間に、街路樹の手前に人垣ができていった。口々に「救急車を呼べ」と叫ぶ声が、渦を巻いて木の幹に絡みついてゆく。

「行ってみよう」

羽柴に促されて歩き始めた冴子だったが、もうひとり、今度はやけにゆっくりと、人間が浮遊しながら落ちてくるのを目でとらえていた。男は、ジャージの上下を着て、身体は痩《や》せて小柄だった。髪は短く刈り込み、半分ほど白髪に覆われている。顔の表情が見える距離ではないのに、冴子には彼がうっすらとした笑みを自分に向けているのがわかった。見覚えのある顔である。藤村精二の皺《しわ》だらけの顔だった。

冴子は、前に向かって歩こうとする気力を失い、再度足をとめ、羽柴の腕を取った。

「どうしたんですか」

腕を引かれて振り向いた羽柴の前で、冴子は蒼白《そうはく》な顔を晒《さら》す。

「今、見なかった？」

「何を」

「何をって……」

……この人には見えていなかったんだ。

驚きも恐怖もない羽柴の顔を見て、冴子は、彼の目には何も見えていなかったことを悟った。

冴子は、羽柴の腕を絡めたまま両手を胸に当て、身を震わせた。また一段と、夜の冷気が濃くなったようだ。

数秒前、彼女は確かに見た。生き霊なのか死霊なのか、藤村精二と同じ顔をした男が、先に落ちてしまった肉体に追いつこうとするかのように、ふわふわと舞い降りてくる姿……。いや、逆かもしれない。肉体から離脱した霊魂が、空に昇っていったのか。降りたのか昇ったのか……、それすら判然としない不思議な動きが、肉体という質量を持たないことを証明している。

とにかく一刻も早くこの場を離れたかった。そのためには、一旦《いったん》表に出なければならない。

「行きましょう」

震える声で冴子は言い、羽柴の手をぐいぐいと引っ張ってビルの外に出ると、脇目も振らず歩道を右に曲がって、その場から立ち去ろうとする。その刹那《せつな》、集まってきた野次馬たちの足の隙間から、落下してきた人間の足が見えた。ジャージの裾《すそ》が踝《くるぶし》あたりまでめくれて、靴も靴下も履いてない足は妙に白い。男は俯《うつぶ》せの恰好《かっこう》をしているようだった。男の白い足は痙攣《けいれん》を繰り返し、爪先《つまさき》で街路樹の根を叩《たた》いている。

冴子は目を逸《そ》らそうとして、ふたつの手の平を見てしまった。肩の関節がはずれたか、肘《ひじ》をひねっているのだろう、普通では有り得ない恰好に捩《ねじ》れた脚の横で両手の平がきれいに並んでいる。足の痙攣に合わせて震える手の平が、冴子の目には自分に対する合図と見えてならない。腰に両手を当てて身体の震えをそのまま伝えれば、たぶん同じような動きをするのではないだろうか。なんだか冗談半分に「さよなら」と言っているようだ。

いや違う。逆かもしれない。「さよなら」ではない。精二は、「おいで、おいで」と手招きしているのだ。

伊那の病院に入院しているとき、深夜、ベッド脇に藤村精二らしき影が立ち、乳房に指を伸ばしてまさぐられた感触が蘇《よみがえ》った。冴子は、痙攣する手が、今にも首筋に伸びてきそうな気がして、立ち去る歩度を一気に速めた。

テレビ局ディレクターの羽柴にしてみれば、ビルから人間が落下した現場に居合わせたのだから、もう少し踏み留《とど》まってなんらかの取材活動をしたかったはずである。事件性があるものなのか、あるいは自殺、それとも事故なのか、その程度のところは確認すべきだろう。スクープとはいわないまでも、翌朝のワイドショーネタにはなるかもしれない。

しかし、冴子には、人の立場を考えている余裕はなかった。無我夢中で羽柴の手を引き、目を逸らし、一秒でも早くその場から離れたいという思いで、歩道に甲高い靴音を響かせた。

2

ビールとかワインではなく、もっとアルコール度の高い酒を欲していた。気付け薬の代わりである。

バーの看板が目に飛び込んで来ると、冴子は、すがるような視線を羽柴に向けてから、黒くスモークされたガラス戸を押して中に入った。

カウンター席に座って初めて、強引に羽柴を誘ってしまったことが少々気恥ずかしくなり、心に受けたダメージを強調するかのように、冴子は、深く溜《た》め息をつきながらダーク・ラムのオンザロックを注文する。

「どうしたんですか、一体……」

あまりの豹変《ひょうへん》ぶりに驚き、羽柴はスツールの上で上半身をわずかに引いて見せた。

「どうしたんですかって……、あなた、見なかったんですか」

「何を？」

「落ちてきた人の顔」

「見えるわけないじゃないですか。距離があった上に、俯せで、街路樹の根元に頭が半分めり込んでいたんですから」

羽柴の言う通りだった。転落者は、冴子と羽柴のほうに背中を向けていた上、ビルから出て、もっとも距離が詰まったときでさえ数メートルは離れ、徐々にできつつあった人垣に視界が遮られていた。あの状態で、転落者がだれであるかなんてわかるわけがない。にもかかわらず、冴子は知っている。藤村精二の顔は、網膜を通すことなく、直接脳裏に焼き付くようなリアルさで迫ってきた。振り払っても振り払っても、映像は消えることがない。

冴子は、カウンターに置かれたラムを一気に半分ほど飲んでから、言った。

「あの男、間違いなく、藤村精二よ」

羽柴は、「えっ」と、喉《のど》の奥を詰まらせ、グラスに延ばそうとしていた手を止めた。

「そんなばかな」

言下に否定する根拠はふたつあった。冴子と羽柴に共通の顔見知りである人間が、ふたりの目前に落ちてくるなどという偶然などあるはずがないというのがひとつ。あの位置からでは転落者の顔は絶対に見ることができないのだから、身元の特定は不可能であるというのがひとつ。

しかし、ショックで身を震わせる冴子を眺めているうち、羽柴は自信が持てなくなってきた。あのジャージ姿はどこかで見た覚えがあるし、背中の表情もなんとなく似ている。

そのとき、遠くで救急車のサイレンが響き、音が次第に近付いてきた。

「ぼくちょっと、見て来ようか」

現在ふたりがいるバーから、転落現場まで二百メートルほどの距離である。走れば、救急車に収容されるより早く現場に着いて、身元を確認できるかもしれない。

知りたいのは冴子も同じだった。さっきは気が動転して一刻も早く現場から離れたいと望んだが、少し落ち着いてみれば、自分の得た不可思議な印象の正体を知りたいと思う。

返事も待たず、スツールから飛び下りて走り出していった羽柴の残像を、冴子は、空《うつ》ろな目で追い続けた。

……どうか、わたしの勘違いでありますように。

彼女は自分の見たものが幻であってほしいと望んだ。不合理な現象を素直に受け入れる気はさらさらない。特にそれが藤村精二絡みであればなおさらのこと……。

今も肌はしっかりと記憶している。伊那の病院に入院して、深夜に徘徊《はいかい》する者の気配をベッドのすぐ横に察知し、それが精二であると知れたときの恐怖。胸をまさぐってきた彼の指の動きは、思い出すたびに無数のミミズが皮膚を這《は》い回るかのような感触をもたらす。彼の手の平からつまみ上げたカギは、体温に温められた上に汗でぬめっていた。それは今もティッシュに包まれてバッグの中にある。

冴子はぶるりと身を震わせて、嫌なイメージを振り払おうとした。

……今夜だけはひとりで寝たくない。

ひとりで過ごした病院の夜。あの寂寥《せきりよう》感に苛《さいな》まれるのは二度と御免だ。別れた夫でもいいから、そばにいてほしい。今夜、このままの心の状態で、ひとりでベッドに寝たら、夢と現実の区別なく、精二の餌食《えじき》になりそうだ。

……ああ、お願い。

彼こそそばにいてほしい人間なのだと、その顔を思い浮かべたとき、当の本人がバーの入り口に立ち現れた。彼が走り出てから四分が経過している。

羽柴は、釈然としない表情でカウンターに歩み寄り、力なくスツールに片手をついた。

「きみの言っていた通りだった」

冴子は思わず両目を閉じていた。願いも空しく、不気味な予感が、第三者によって確認されてしまったようだ。

羽柴は、心ここにあらずという口調で、たった今見てきたばかりの情景を語ったが、冴子は、聞いていなかった。聞くまでもなく、覚えている。折れて不恰好に捩じれた脚の横で、両手の平が手招きするように震えていた。

目を閉じたまま、冴子はカウンターを手探りしてグラスを摑《つか》むと、残りのラムを一気に飲み干してゆく。氷だけが残り、グラスの底を転がって、冷たい音をたてた。

羽柴は続けた。

「今のところ、事件性はない。たぶん、借金取りから逃げるのに疲れ、にっちもさっちもいかなくなって、ビルの屋上から飛び下りたんじゃないかな。生死は定かではないが、重体であることはまちがいない」

冴子は、グラスを摑んでいた手をスツールに這わせて、羽柴の手をギュッと握った。水滴で濡《ぬ》れた、冷たい手が、男のぬくもりで温められていく。羽柴もまた、冴子の指の動きに応じてきた。指と指の付け根に爪を立て、軽くまさぐるような愛撫《あいぶ》を加えてくる。

……今夜だけはこの手を放したくない。

冴子は、女とは思えない力強さで、大胆に指を絡めていった。

3

冴子と手を握り合い、力をこめたり指を絡めたりしたときから、羽柴は、今晩この女性と一線を越えることになるだろうという予感を持ったが、手を引かれるままに連れていかれる場所が、彼女の家になるとまでは予想できなかった。酔った勢いを装うように、冴子から妙に切羽詰まった口調で、

「今から、わたしの家に来てくださらない？」

と誘われ、バーを出てタクシーに乗り込むやいなや、港区にある閑静な住宅街の名がドライバーに告げられていた。

タクシーの中でも、降りて歩道を歩く間も、冴子は、羽柴の手を決して放そうとしなかった。一旦《いったん》手を放したら逃げられてしまう……、冴子の手の握り方は、そんな危惧《きぐ》を表しているかのようだ。

羽柴にしてみれば、逃げるつもりなど毛頭なかった。冴子を食事に誘ったときから、あわよくばと望んでいた成り行きである。

いつから冴子のことが気になり始めたのか……、おそらく番組制作の打ち合わせで、彼女が妙な言い回しを連発したときから関心を持ち、興味がそのまま恋心へと成長を遂げていったと思われる。彼女はこれまで会ったどんな女性ともタイプが異なっていた。しかし、成熟と幼さが混在するような言葉遣いは新鮮であり、ときに大いに笑わせてくれる。しかし、彼女は、相手がなぜ笑うのか理解に苦しむように、困り切った顔を傾《かし》げ、さらに追い討ちをかけて妙な表現を連発する。

羽柴は夜ひとりでベッドに横たわって、昼間に見た冴子の顔や台詞《せりふ》を思い出し、ほのぼのと幸福な気分に浸ることがあった。冴子のことを考えているうち、仕事のストレスは徐々に解け、安らかな眠りへと導かれたりした。

思い上がりではなく、冴子もまた自分に関心を寄せてくれていると察知できたのだが、どんな女にも誘いをかける軟派なディレクターと勘違いされるのが嫌で、アプローチは慎重にしてきたつもりだった。

いつか手に入れたいと願ってきた宝物が、当の本人からのリードでもたらされようとしているというのは、願ってもない僥倖《ぎょうこう》である。

タクシーを降りて歩いた距離は、ほんの十数メートルに過ぎない。歩道に沿って高く聳《そび》える塀に切れ目ができ、その角を曲がると、奥には一流ホテルのロビーとみまがうばかりのマンション・エントランスが透明な口を開いていた。全体が、分厚いガラスで覆われているせいで、ロビー内の様子が外からまるわかりである。天井から下がったシャンデリアが、そこかしこに置かれたガラス細工の調度品に、宝石に似たきらめきを与えていた。

塀と建物の隙間には樹木が適度な密度で茂り、都会の中心にいながら緑に囲まれた生活を提供してくれる作りのようだ。バブル経済黎明《れいめい》期に竣工《しゅんこう》した築年数二十年以上の物件であるが、目の前に聳えるのは見るからに豪壮、「超」のつく十二階建て高級マンションである。

冴子は、何の躊躇《ちゅうちょ》もなくエントランスロビーに立ち、バッグからカードキィを取り出してオートロックの玄関を開けた。羽柴が無言のまま彼女のあとに付き従ったのは、次々にあふれ出る疑問が胸の中で渦を巻き、言葉にする余裕がなかったからだ。

玄関と反対側の中庭には噴水つきの池があり、複雑な仕掛けを通して、水はロビー内にまで導かれている。今、羽柴と冴子が歩いているのは、水の十センチほど上だった。ウォーターコートというのだろうか、床全体が浅いプールを覆う強化ガラスとなっていて、湖面に張った氷の上を歩くようなこころもとなさがあった。管理するだけでも相当な費用がかかりそうな凝った作りだ。壁に飾られた絵画、廊下に置かれた彫刻を始め、隅々から絢《りん》爛《らん》豪華が匂いたっている。

羽柴は、ディレクターとしてこれまで数々の有名人の邸宅を見てきたけれど、これほどまでに群を抜いて豪壮なマンションに入るのは初めてだった。

「こんなところに住んでたんですか」

どこか間の抜けた質問だった。半ば惚《ほう》けた顔で羽柴が訊《き》くと、冴子はこくんとひとつ頷《うなず》いて、エレベーターホールに立った。

ホールに並んだふたつのエレベーターの、左側のほうには階数表示のボタンがなかった。冴子が先程のカードキィを差し込み口に入れてドアを開け、乗り込んで初めて、地下駐車場とロビー階と最上階を結ぶペントハウス専用のエレベーターであることが知れた。

……一体、自分はどこに連れていかれるのだろう。

羽柴は狐につままれた面持ちで、冴子を握る手の力を抜きかける。

冴子の境遇はある程度承知しているはずだった。高校二年のときに父に失踪《しっそう》され、大学を出てからは出版社に勤め、結婚して退職後、子どもが生まれぬまま離婚、現在は生活の糧を得るためにフリーライターとして働いている。

この情報から抱くのは、フリーという立場で孤軍奮闘するバツイチ女性のイメージである。

住んでいる住居は、1DKのマンションがせいぜいで、仕事場兼用の部屋には所狭しと書籍や雑誌が積み上げられて足の踏み場もない。印刷物の臭いが濃くたちこめる殺風景な室内。貧乏とまではいかないまでも、生活の苦しさがあちこちに垣間《かいま》見えるような室内……。羽柴はそんなところに連れていかれるとばかり心に描いていたのだ。

……ところが、今向かおうとしている場所は、一体何なのだ？

エレベーターを降りて踏み出すと、たっぷり一センチは足が沈み込む毛足の長い臙脂《えんじ》の絨毯《じゅうたん》が、真っ直ぐ一枚のドアにまで延びている。

予想とあまりにかけ離れた空間を、羽柴は、ふわふわと泳ぐような気分で抜け、重厚なドアの前に立った。

「一体、いつから、あなたはここに住んでいるんですか」

羽柴は驚きを隠しきれない。

冴子は、カードキィを差し込んで、マンションの最上階を独占する唯一の住居の扉を開き、羽柴を招き入れた。

「高校に入学したときから……」

　玄関ホールだけでも、羽柴が所有するマンション一戸分はありそうだ。

「一体、あなたは何者なの？」

「説明するのが面倒臭いから、滅多に人を呼ぶことはないの。前園編集長だって、まさかわたしがこんなところに住んでいるとは思ってないでしょうね」

「見れば、だれだって、びっくりする」

「驚いて、嫌になっちゃった？」

　冴子は、真顔でそんなことを訊く。

「嫌になるものか」

「なら、いいんだけど」

　冴子が醸し出すアンバランスな雰囲気の原因を、羽柴は目の当たりにしているように思う。それほどまでに、彼女に招き入れられた部屋は、三十五歳の独身女性がひとりで住むには場違いのものと見える。

……なるほど、こんなところで暮らしているから、こんな女性ができあがったってわけか。

「ただ、あなたを取り巻く謎のひとつが解けたように……」

　言い終わらないうちに、羽柴の口は冴子の唇で塞《ふさ》がれていった。

　冴子は、淑《しと》やかさとは裏腹の性急さで両腕を背中に回して、羽柴の身体をぐっと抱き寄せて、太股《ふともも》に股間《こかん》を押しつけてくる。

ふたりの身体がぴたりと合わさり、互いの手がジャケットの下をまさぐる横で、オートロックのドアが閉じられていった。

4

何畳という広さの単位では表現し切れないほどの、広大なリビングルームを横切るとき、冴子と羽柴はもつれるように何度も転んだ。

抱き合い、キスを交わしながらの横歩きは、交尾しながら逃げてゆく蟹《かに》のようで、転ぶたびにふたりは笑い声を上げた。

一枚一枚服を剥《は》がし合い、寝室にたどり着いてベッドに倒れ込んだとき、冴子が身に着けていたのはパンティとストッキングにブラジャー、羽柴のそれはブリーフと靴下だけだった。

今日一日の目まぐるしい展開が、ふたりの性欲を異様に高める役を果たしていた。

北沢の事務所で、連続失踪事件に関しての思いがけない情報を得た直後、藤村家唯一の遺産相続人である精二が、よりによって冴子と羽柴の眼前で、ビルの上から落下してきたのだ。なにかが起こりつつあるという気配は、矢のように先をとがらせて、ちくりちくりとふたりの肌を刺してアドレナリンの放出を促した。それが収まったのち、空隙《くうげき》を埋めて盛り上がったのが、性欲である。

生存が脅かされたりした後で、動物の生殖本能が高まることがあると言われるけれど、冴子と羽柴の場合、直接的な被害を受けたわけではない。近い将来に漠然とした危険が迫っていて、それを察知しているのが自分たちだけであるという興奮が、共犯者たる互いの肉欲に火をつけたのである。

冴子の身体を抱き上げてベッドに落とした羽柴は、ホックをはずすのももどかしく、ブラジャーを上にずらして乳首を露《あら》わにさせ、口に含んで転がした。乳首は大きめで、十分に硬くなっている。鼻先は、ブラジャーに触れていた。そこに染み込んだ、肌そのものが持つ仄《ほの》かな香りを嗅《か》ぎながら、羽柴は、片手で背中をまさぐってホックをはずし、両手を胸に戻して乳房の下を揉《も》みしだいた。着痩《きや》せするタイプらしく、はだけたときの膨らみは見た目以上のふくよかさだ。

冴子もまたブリーフの上から、血を集めて猛《たけ》った性器に手を添えていた。リレーの選手がバトンを手渡されたときの恰好《かっこう》であったが、指先から手首の範囲内に収まり切ってはいない。いつの間にか、亀頭《きとう》はブリーフの上から顔を出していた。先端にはぬるりとした手触りがあった。

あまり強く愛撫《あいぶ》を与え過ぎないよう冴子は注意した。今すぐにでもあふれ出てくるのではないかと思わせるほど、血管は脈打ち、羽柴の息遣いは耳元で激しい。収まるところに収まるまで、勃起《ぼっき》を保っていてほしかった。実際に見ているわけではなかったが、触覚によって性器の形状がイメージできたとき、冴子は心の中で、思わず「かわいい」とつぶやいていた。

乳房の丸い膨らみを下から上に撫《な》で上げようとしたときだった。羽柴の指は左乳房の奥に沈み込んで、爪の先が直径一センチばかりの小さなしこりに触れた。つい最近、まったく同じ触覚を得たことがある。場所もほとんど同じところだ。羽柴は、はっとして指の動きを止めていた。

羽柴の指が探り当てたとき、冴子も同時に、彼の手が核心に触れたことを悟った。彼が触れてきたのは、まさにここ何日か頭を悩ませていたポイントである。

胸の小さなしこりをスイッチに譬《たと》えれば、今ここでそれに触れるのは、電源をオフにするようなものだ。

これまで一方向に流れていたエネルギーが音もなく途切れ、手と手は、意識の後退を象徴するかのように中空で止まった。声を上げたわけではない。しかし、ふたりは同時に、互いの胸の中で上げた「あ」という叫びを聞いた。

冴子の上におおい被《かぶ》さっていた羽柴は、徐々に身体の力を抜いて顔を枕に埋めたが、自分の身体に起こった変化の理由が即座にわからないでいた。皮膚感覚が、脳を通さないで直接下半身に働きかけたかのようだ。呼吸を整えながら、エネルギーの逆流を防ごうとするのだが、一旦《いったん》生じた流れを変えることはできず、下半身から力が抜けてゆく。

冴子は、すぐ横で俯《うつぶ》せになる羽柴の頭を優しく撫でながら、あれほどたかぶっていた性欲が引いていく様が、潮の干満に似ていると感じていた。潮が引けば、これまで海水で隠れていた砂浜が顔を出してくる。そこに描かれた模様は、潮が引いて初めて明らかになる。濡《ぬ》れた砂の上に見えてきたもの……、それは、断末魔の痙攣《けいれん》を起こす藤村精二の顔だった。おぞましい映像は、羽柴の指が胸のしこりに触れた一瞬にもたらされた。伊那の病院に入院中、精二らしき人影が胸を触ってきたという記憶が、一気に甦《よみがえ》ってしまったのだ。

胸のしこりに触れながら、彼は何と言ったか、その口調まで覚えている。

……こんなことをしていると、あんたも、仲間入りだな。

確か、そんな意味のことを言った。

羽柴は別のことを考えていた。以前に一度、この指がまったく同じ感触を得たときのことを思い出し、どうにも心が萎《な》えてしまったのだ。

羽柴の生殖器官は張りをなくし、冴子の肉体の奥で分泌はとまっていった。

見た目の変化が明らかなため、羽柴のほうが動揺は大きく、無駄な抵抗を繰り返していた。冴子は、手に手を添えて優しく導き、耳元で、

なかった。
冴子の解釈は、半分は的を射ている。しかし、彼の意識の奥にまでは、とても思い至らなかった。
への配慮が生じる……、そう思えば、逆に嬉《うれ》しくもある。
性を感じ取り、そのせいで性欲を減退させたに違いない。大切に思っているからこそ健康
ていくのか、その理由をわかったつもりになっていた。しこりに触れた羽柴は乳癌の可能
と、囁《ささや》いてリラックスさせてゆく。冴子は、あれほど猛っていたものがなぜ小さくなっ
「いいのよ」

冴子は、羽柴の手を取って、もう一度胸のしこりに導いた。

「たぶん、乳腺炎《にゅうせんえん》でしょうけど……、検査に行こうと思いつつ、忙しくて……」

冴子はそう言って、もう片方の手で羽柴の頭を撫で続けた。

「とにかく、検査だけでもしておいたほうがいい」

羽柴はごろりと半回転してあお向けになり、冴子の手を取って何を見るでもなく天井に視線を泳がせた。低く調整されたダウンライトが、ベッドルームの雰囲気を柔らかくしていた。ブリーフのゴムは萎えた性器を軽く締め、ずらされたブラジャーの下で乳首はしぼんでいる。どっちつかずの中途半端な恰好であることも気にせず、ふたりはしばらくの間、じっと動かないでいた。

落ち着きを取り戻すと、羽柴の頭に、さっきまで抱いていた疑問が、再度浮上してくる。

……このひとは、どうして、こんな豪壮なマンションに住んでいるのだろう。

「ところで、きみのお父さんは、何者だったの？」

「喋《しゃべ》れば、長くなるわ」

「でも、知りたい」

冴子は、身体を斜めにして、羽柴の表情を覗《のぞ》き込むようにした。

「ねえ、今晩、泊まってってくれないかしら？」

お父さんのことを話すのは構わない。でも、聞き終わったらさよならというのは嫌、というニュアンスがあった。

羽柴は即答したわけではなかった。微妙な間を置き、枕許《まくらもと》の時計に目をやってから、

「ああ、いいよ」

と、泊まっていってほしいという誘いを受け入れた。

冴子は、微妙な間の持つ意味をあれこれ考えようとした。もし、独身なら、間も置かず即答できたはずである。妻子持ちなら、急な外泊の理由を考えながら返事を引き延ばすか、何やかやと理由をつけて断ってくる可能性のほうが高い。そのどちらともつかぬ長さが、冴子を悩ませた。

「羽柴さん、結婚してらっしゃるの？」

意を決して、冴子は訊《き》いた。あれほど、悩んでいたのに、いざとなると、核心をつく問いがするりと口をついて出る。

本人はさりげなく尋ねたつもりでいたが、身体は正直に胸の内を語っていた。冴子は両

手でシーツを握り締め、救済を求めるかのような縋《すが》りつく視線をじっと羽柴に注いでいた。

羽柴は目をそらすことなく、しかし、ほんのわずか顔を引いて答えた。

「いや、独身だよ」

羽柴の声は断乎《だんこ》として嘘の匂いが感じられず、冴子は、真偽を問い詰める気にもならない。独身という事実が、じわじわと肌に染み込んでいく。

ほっとしたのと嬉しいのとが相俟《あいま》って、冴子の目尻《めじり》から思わず涙が流れた。思いも寄らぬ涙に自分自身でも驚き、羽柴に悟られないよう、そっとシーツをずり上げる。

「ありがとう」

羽柴へのお礼の言葉ではなかった。自分の願う方向に状況を導いてくれた者への、感謝の気持ちである。

冴子は、ベッド横のワードローブからパジャマを二組取り出して、ひとつを羽柴に渡した。

安心がもたらしたのは心地いい眠気である。二言三言言葉を交わすうち、ふたりは同時に眠りに落ち、寝息をたて始めた。

眠りに落ちてどれほど時間が経過したかわからない。冴子の意識は、ほんの一瞬、薄く覚醒《かくせい》した。本能的に手をずらし、横に羽柴がいることを確認するや安心を得て、眠りに戻ろうとしたところで、複数の人間が声高に喋る音が聞こえてきた。

音の源はテレビに相違なかった。階下から声が上がってくることは絶対にない。どうもリビングルームのテレビがつけっ放しになっているようだ。普段から、玄関から上がるとすぐ、リビングルームのテレビをオンにするのが癖となっている。テレビがついていたとしても不思議はない。ただ、いつどこでオンにしたのか、冴子にはその記憶がなかった。羽柴ともつれ合って転んだとき、うっかりリモコンのスイッチを押してしまったのかもしれない。

羽柴の寝息はいつの間にか止んで、部屋は静寂に包まれていた。頑丈なサッシ窓は夜の都会の音を一切遮断して、水に浮いた巨大なカプセルの中にいるかのような錯覚をもたらす。遠くから聞こえるテレビの音は、海の底から海面に向けて立ち上る無数の泡だ。泡が砕けるたび、中からは言葉が飛び出してくる。切れ切れの言葉は、脈絡を欠いて意味不明であるが、数が増えるにしたがって、緊急事態を告げる響きを持ち始める。はっきりと警鐘が鳴らされる前に、冴子は寝入っていた。

5

冴子の住むペントハウスにはひとつだけ鍵《かぎ》のかかった部屋がある。

翌朝の七時過ぎ、同時に目覚めたベッドの上で、昨夜からの話の続きで父のことを訊かれると、冴子は、サイドテーブルから鍵をひとつ取り出して、羽柴をその部屋の前に案内した。

結婚して、夫をここに迎え入れたときに封印し、離婚後もそのまま鍵を開けることがなかった。総床面積五百平米（約百五十坪）という広大なフロアには、リビングダイニング以外に個室が六部屋ある。一部屋ぐらい鍵をかけて閉鎖しておいたほうが掃除をする手間が省けるというものだ。

羽柴に父のことを説明しようとして、もっとも手っ取り早いのは、まず部屋に案内することであった。

指の先まで袖《そで》に隠れるだぶだぶのパジャマを着た冴子は、その袖の下から鍵のついたキィホルダーを取り出して、羽柴の前でゆっくりと回して見せた。

「ここ、父の書斎なの」

「常に鍵をかけてあるわけ？」

「別れた夫が、そうしろと言ったものですから」

「どうして？」

「嫌だったんでしょう。ふたりだけの暮らしの中に、父の存在が際立ってくるのが。だから彼、封印して欲しいって……。実際、そんなふうに言っていたわ」

冴子は、キィホルダーを指にかけ、ガンマンが拳銃《けんじゅう》を操るように回し続けている。

結婚生活を長引かせようと思えば、住む場所を変えたほうがよかったのかもしれない。夫から引っ越しを提案されたことは幾度もある。夫は、この家の中には、曰《いわ》く言いがたい不気味な雰囲気が漂っているとよくこぼしていた。だが、冴子は、父と暮らした家を出ることができなかった。そんなことをすれば、父が二度と戻ってこないことを認めるようなものだ。

……変わっているよ。おまえたち、どこかおかしいんじゃない。

彼は、冴子を指して、おまえたちと複数形で呼ぶことがあった。冴子以外のもうひとりは、もちろん父である。

冴子にしてみれば、別れた夫のほうこそ変な奴と思い込んでいたが、今になって考えれば、変わっていたのは自分たち親子だったかもしれないと思う。

ただ、ここにいる羽柴にだけは、変わり者の女と思われたくなかった。

羽柴は、何か思い出したようにぽつりと言った。

「なんとなく、わかるような気がする」

別れた夫への共感を口にしたのだと勘違いして、ドアを開けようとしていた冴子は、はっと手を止めて振り返った。

「何が？」

「不在によって、人間の存在が、より一層際立つことは確かにある。今回の失踪《しっそう》事件と関係あるかもしれないけどね……」

そう言って、羽柴は小学校時代の経験談を語り始めた。

冴子は、ドアにもたれかかったまま、彼の話に耳を傾けた。

……ぼくは、生まれは静岡県の三島なんだけれど、すぐに東京の三鷹《みたか》に引っ越し、小学校の四年で、三島に戻ってきた。転校したのは四年の、夏休み明けの九月、編入されたクラスで自己紹介を終えて休み時間になると、色白でちょっと可愛い感じの男子生徒が近づいてきて、馴《な》れ馴《な》れしく肩に手を回してきた。東京からやってきた転校生に興味を持ったんだろうね、しきりに東京はどんなところだと、訊いてきた。適当に返事していると、家に遊びに来ないかと、熱心に誘われてしまった。こっちは転校したばかりで友人がいなかったから、ちょっと変わった奴だけどまあいいかって、その日の帰りにさっそく彼の家に寄ったんだ。

彼の家は、三島大社の裏手の、閑静な住宅地にあった。母屋は新築二階建ての洋風の家だった。でも、玄関の手前の、どうみても同じ敷地内と思えるスペースに、平屋建ての古めかしい小屋がぽつんと建っているんだ。木立に囲まれて、小屋の周囲だけなんとなく暗く陰っている。洒落《しゃれ》た洋風の母屋と、古びた炭焼き小屋とでも呼べるような家が、同じ敷地内にあるのが、なんとも不自然で、ぼくはどうしようもなく気になってしまった。

その日は、一緒に将棋をしたりテレビを見たりして帰ったけれど、意外と気が合って、ぼくたちはちょくちょく遊ぶようになった。彼の家にいくたび、小屋のことが気になって、訊いたことがあった。この小屋は何なのって。すると、彼は急に顔を曇らせ、声を低めて、ぼくにこう言ったんだ。

「だめだよ、絶対に。中に入ったらいけない」

ぼくは、もちろん理由を訊いた。すると彼は、当たり前のことを訊くなよとばかり、ちょっと呆《あき》れた表情になった。

「なぜって……、言わなかったっけ。頭がおかしくなったおじいさんが、ひとりで住んでいるんだ。相当の変わり者だから、絶対に近寄らないこと。へたすると、首筋を齧《かじ》られちゃうよ」

彼は、そのおじいさんがどれほど変人なのか、いろいろなエピソードを交えて語ってくれた。

蠅取り紙に張り付いた蠅を、箸《はし》を使って一匹一匹取り除き、ガラス製のポットに入れて集めている……、動物が大嫌いで、野良が近づいてくるとわざわざ下駄《げた》を履いて蹴《け》り上げ、知っているだけでこれまでに野良猫二匹と野良犬一匹を蹴り殺した……、縁側には空気銃がたてかけてあって、気が向くとカラスを撃ち落とす……、御飯のおかずは瓶詰めのなめたけだけ、それ以外は一切口にしない……、いつも独り言をぶつぶつ呟《つぶや》いている……、母が三度三度の食事をお盆に載せて玄関の三和土《たたき》に置くと、ほんの数分ですべて平らげる、なにしろ、食べるのは白米となめたけだけだから、その早いこと早いこと、空になった食器はいつもきちんと元の場所に置かれている……、ここ数か月間というもの、家族のだれひとりとしておじいさんの顔を見ていない、食器の上げ下げをする母でさえ、ここしばらくは呻《うめ》き声を聞いただけ……。

彼が話すのを聞いているうち、ぼくの頭の中には、むくむくとおじいさんのイメージが浮かんでいった。汚い掘っ立て小屋に住んで、風呂《ふろ》には滅多に入らず、着物の裾《すそ》は汚れて悪臭を漂わせ、偏屈で、近寄ると何をするかわからない人物。どことなく恐ろしげで、危険な人物像が、脳裏に定着していったんだ。

彼の家に遊びに行くときは、必ずおじいさんの住む小屋の横を通らなければならなかった。小屋にはなるべく近寄らないようにしていたけれど、それでも不意に中から物音が聞こえたりすると、びっくりして一目散に走り抜けたりしたものだ。

その友人は勉強ができ、ちょっと意地悪で、人をおちょくるのが好きだったけれど、新しい遊びを考案することに関しては、天才的なひらめきを持っていた。一緒にいてすごくおもしろかったし、教えられることも多かった。だから、よく出かけたよ、彼の家に。おじいさんの小屋に近づくのだけは嫌だったけどね。

彼が私立中学に受かって上京するまでの二年半というもの、ぼくは彼の家に通い、その間も、おじいさんは小屋に住み続けた。一度もお目にかかったことはない。でも、風が吹いて木立が揺れると、ざわざわという葉音が、歯ぎしりのように聞こえたりする。とたんに、着物の裾をはだけ、髪を振り乱したおじいさんの姿が頭に浮かび、怒鳴り声を上げて、裏木戸を開けて飛び出してきそうで、怖くて、心臓が締め上げられたものだ。

友人が私立中学に受かって上京する直前に一度だけ、ぼくはおじいさんの姿をこの目で見ることになった。

その日、夕暮れが迫る頃、ぼくたちは、芝生の敷き詰められた庭でキャッチボールをやっていた。取り損ねた球が、運悪く、半開きだった小屋の玄関内に転がっていったんだ。やばいと、ぼくは動きを止めて、彼のほうを見た。ごくりと唾《つば》を飲み込んだのを覚えている。

友人は、ぼくがおじいさんを怖がっているのを知っていて、面白がっているふしがあった。なんとなく挑むような視線をこちらに投げてよこすんだ。おまえが取り損なったんだから、ボールを取ってくるのはおまえの役目だぞとばかり、自分は一歩も動かないと決めてかかっている。顔にうすら笑いを浮かべ、腕を組んで状況を見守ろうという、子どものくせにやけにませた態度をしていた。

わかるだろう。男の子にとって一番嫌なことは、人から意気地なしだ、弱虫だと思われることなんだ。こんな場合、ぼくは何事もなかったかのように小屋の玄関に入り、ボールを取ってこなければならない。勇を鼓して玄関に向かおうとしたけれど、足が交互に出ないほど動揺してしまった。かといって、無様に怖がる姿を彼の前で晒《さら》すわけにはいかない。嫌なことは早くすませようと、腰を屈《かが》めて玄関に入って、ボールを捜した。小屋の中は、外よりもっと土の臭いがした。空気は湿っていて、ヒヤリと冷たい。心臓は激しく鼓動を繰り返している。

ボールは、上がり框《がまち》の手前に転がっていた。ボールの横には先のちびた下駄が、一組きちんと並べられてある。野良たちを蹴り殺したときに履いていた下駄に違いない。そこに手を伸ばそうとしたときだった。不意に、下駄の鼻緒に、薄汚れた素足が突っ込まれてきたんだ。足の甲と言わず指先と言わず、皮は白く剝《む》け、両方とも小指の爪はくしゃくしゃとした塊と化していた。乱れた着物の裾から踝《くるぶし》がのぞき、骨の丸い膨らみのところには巨大なほくろがあった。ぼくは声も出ないほどびっくりして顔を上げた。すると、まさにぼくがイメージした通りの、おじいさんが立っている。薄暗い玄関先で、ぬぼーっとだらしなく着物を羽織り、顔にはまるで生気がなかった。虚《うつ》ろな表情で口をもぐもぐさせ、何か喋《しゃべ》ろうとして、口から御飯をこぼすんだ。腰が抜けたのはあとにも先にもその一回きりだよ。下半身から力が抜け、ぼくはすとんとその場に尻《しり》をついて、うしろに両手を添えた。喉《のど》がつまって声は出ず、友人を呼ぶこともできなかった。

おじいさんは、片方の足で、ボールをちょこんと蹴ってよこした。ボールはちょうど手のほうに転がってきた。ぼくはどうにかそれを摑《つか》むと、後退《あとずさ》りして玄関を出て、友人の待つ庭先までつんのめるようにして走った。もはや恰好《かっこう》など気にする余裕はなかった。弱虫と呼ばれようが構うことはない。芝生の上に這《は》いつくばって、はあはあと大仰に息をついた。

すると友人は跪《ひざまず》いて、

「どうしたの？」

と訊《き》いてきた。うすら笑いは引っ込んでいた。さっきまでの傲慢《ごうまん》な態度も影を潜め、どことなく怯《おび》えたように、ぼくの肩に手を置いてきたんだ。

「お、おじいさんに会っちゃった」

ぼくはようやくそれだけ言った。友人は、一旦《いったん》顔を上げて小屋のほうをうかがい、ゆっくりと間を置いてつぶやいた。

「そんなことあるわけないじゃん」

「だって、下駄の先でこのボールを蹴ってよこしたもの」

ぼくはそう言って、証拠のボールを彼のほうに放った。すると、友人は身体をのけ反らせるようにしてボールを避け、

「そんなことあるわけないじゃん」

と、語調を強め、また同じ台詞《せりふ》を吐いた。彼の言っている意味がわからない。

「何言ってんだよ」

「おじいさんなんているわけないよ。だって、あれ、ぼくの作り話だもの」

「え、どういうこと？」

「おじいちゃんなんか、ぼくが生まれるずっと前に死んでるよ。小屋は物置になっているだけで、中にはだれも住んでなんかいやしない」

彼は嘘をついていたことを謝ってから、事情を説明してくれた。幼稚園の頃から彼の家に遊びに来る友人は多く、彼らは小屋をいい遊び場所と決め込んで荒らし回ることが多かった。物置には、値の張る陶器なども置かれていて、父さんからこう言いつけられていたという。

……おまえが友人を家に連れてくるのは構わない。しかし、絶対に小屋の中に入れちゃだ

めだぞ。大切な陶器を壊されたら、おまえに弁償してもらうからな。

だから、苦肉の策で、彼は、友人たちの前で、おじいさんが小屋に住んでいるように見せかけることにした。そうすれば、だれも小屋に近づかないだろうと考えたんだ。最初のうちは単なる作り話だったが、そのうち肉がついて、おじいさんの暮らしぶりに具体性が出てきた。変人ぶりは誇張され、怖い人物としてキャラクターも定着した。こうして、いたずらっ子たちを小屋に近づけないための、うってつけの番人に仕上がっていったってわけさ。

話を聞き終えると、ぼくと友人は、おそるおそる小屋に近づいていった。もちろん、おじいさんが小屋の中にいないことを確認するためだ。そのとき、怖がっていたのは、むしろ彼のほうだったかもしれない。ぼくは、自分の心の中に起きた現象を、なんとなくわかり始めていた。

小屋にはだれもいなかったよ。ぼくと友人は、玄関から中を覗《のぞ》き、耳を澄ませたけど、何の物音もしなかった。三和土に並べられていたはずの下駄もなかった。自分の作り上げた幻影に怯えるのだから、友人の姿はちょっと滑稽《こっけい》だったけどね……。

喋り終えると、羽柴は壁に凭《もた》れていた肩を離し、冴子の頭のすぐ横に手をついてきた。

「ぼくがどんな解釈を与えたかわかるかい？　二年半というもの、小屋の中には怖いおじいさんがいると信じ込み、友人から得た情報をもとに、人物像を勝手に作り上げてしまったんだ。実際に、その人は居らず、実物を見ているわけではない。だからよけいに存在感があった。頭の中で生まれた生き物は、想像力を餌としてどんどん肥え太り、恐ろしげな表情を顔に刻みつけてゆく。

そうして、ボールを取りにいった一瞬、パニックの中で、想像力の産物と対面することになった。ちょっとした錯乱状態ってやつさ。幻影であるおじいさんが、ぼくが想像した通りの顔をしていたのは、そのためだと思う。

ところで、ここでちょっと仮定の話をしてみよう。たとえば仮に、ぼくが友人に騙《だま》されたままだとする。友人は、東京の中学入学を決めたのをしおに、もう必要がなくなったからと、おじいさんの存在を消そうと試みる。彼は、ある日突然、ぼくたちに向かってこう言うだけでいいんだ。おじいさんが姿を消してしまった、失踪《しっそう》してしまった、と。さっそく小屋を調べてみて、そこにだれもいないことが明らかになれば、認識する主体からはおじいさんが『失踪』してしまったように見えるはずだ。今までここで暮らしていた人間がある日突然姿を消してしまったって。こっちは、もともと存在しなかったなんて思いも寄らない。

今回の失踪事件を扱っていて、ぼくはときどきそんなことを考えたりもした。本当に藤村家の人々は、高遠の家で暮らしていたのだろうか、ってね。ばかみたいだろう。でも、当然だと信じ込んでいることまで疑ってかからないと、謎は解けないかもしれない」

冴子は、アインシュタインとボーアの論争を思い出していた。

「月は我々が見ているからそこにあり、我々が見ていないときはそこにないっていうのか」

コペンハーゲン解釈の極端な例である。観察者がいて初めて、物が実在するかもしれない可能性を、アインシュタインはこう言って否定した。量子レベルで現象をとらえた場合、観察する側の心が、ものの状態に影響を与えるかのように見えることがある。大切なのは相互作用であり、認識する主体との相互作用で世界が作られていく可能性は、冴子自身、何度か考慮に入れたことがある。

「観察した瞬間に波動関数が収縮するのは、人間だけに与えられた特権なのかしら……」

冴子の疑問は声となって外に出た。

「波動関数？」

羽柴にとっては聞き慣れない単語に違いなく、聞き返してきた。

「シュレーディンガー方程式に出てくるプサイのこと。わたしたちが観測したとたん、それまで確率論的に漂っていて、つかみどころのなかった量子の波は、きゅっと収縮して居場所を明らかにするの」

羽柴の顔がわずかに遠のいていくのがわかった。

その瞬間、冴子は、「ああ、またやってしまった」と思う。

「きみは物理が得意だったの」

「得意というわけじゃないけど。子どもの頃から親しんできたほうかしら」

「ぼくは相対論も量子力学も理解していない。でも、生きていく上で、困ったことはなかったな」

言い方に、驚きと嫉妬《しっと》、皮肉が込められているように感じられた。

物理数学が得意と言うたび、たいがいの人間に驚かれてしまう。日常の中、ごく普通に数学や物理に囲まれていた冴子にしてみれば、驚いて一歩引き下がる男性に触れて初めて、自分が受けてきた教育が風変わりであることを知る。

どんな教育を受けてきたのか、言葉で説明するより、父の部屋に案内すればわかるだろうと、冴子は、父の部屋のドアをコンコンとノックしてみせた。

「とりあえず、我が家のほったて小屋に案内するわ」

冴子は、鍵穴《かぎあな》に鍵を差し込んで施錠を解き、ドアを押した。

部屋に入るのは何年ぶりだろう。四年、五年……。閉めたのがいつなのか、はっきり覚えているわけではない。結婚してからなのか、それとも同棲《どうせい》を始めた頃なのか……。とにかく、結婚していた期間より長く、この部屋は閉ざされていた。

ドアが開くと、緑色の澱《よど》んだ空気が鼻腔《びこう》に流れ込んでくる。冴子は、その中に父の匂いが含まれていることを嗅《か》ぎ分けていた。幻ではない。かつて確かに存在した。この部屋は父にとっての聖域である。

6

部屋の三分の二を、天井まで届く書棚が占めていた。手前の壁から窓まで、五列に並んだアルミ製のラックには、それぞれの段にぎっしりと前後二列に書籍が並び、三十畳大の部屋を櫛《くし》状に区切って、圧迫感をもたらしている。

息苦しくなるほどの、膨大な量の書物で、部屋全体が埋め尽くされていた。

窓にはグリーンのブラインドが下り、プラスチックの板の隙間から朝の光が差し込み、そのせいで、空気は暗く緑がかっている。

一歩部屋に入るなり、羽柴は言った。

「きみのお父さん、作家だったのかい?」

「うーん、厳密にいうと違うかな」

冴子は、書棚の隙間を縫って窓際に行き、ブラインドを上げ、窓を開けた。突如流れ込む外気と朝の長い日差し……、空気が動くと同時に、止まっていた時計の針が回り始めた。

L字形の部屋の奥まったところが、書斎スペースになっていて、ドアから見えない位置に父の机があった。そのさらに奥には、仮眠用のソファベッドが置かれている。本革製の椅子がきしみ、今にも背もたれが回転して、父の両膝《りょうひざ》が壁の角から現れそうな気がする。

ドアをノックして部屋に入ると、いつも父は背もたれをぐっと後ろに倒して入り口を覗き、冴子の姿をそこにみとめると、椅子を回転させて立ち上がったものだ。

いくら仕事に熱中していても、父は、冴子が入っていくと歓迎してくれた。それがわかっているだけに、冴子は、入るべき理由がない限り、迂闊《うかつ》にドアをノックしないようにしていた。意味もなく父の仕事を中断させる気にはならない。

羽柴は、立ちすくむ冴子を放ったまま、部屋を何度も往復して、ここの主《あるじ》について知りたがる。

「きみのお父さんは、何をやっていたんだい？」

羽柴の声が遠くから聞こえた。父のことを語ろうとするとき、自分の声ですら、自分のものでなくなる。急激な気圧の変化についていけず、鼓膜が逆に膨らんだまま、耳の奥がきーんと鳴るのに似ていた。内耳にシャッターが下りて、別の空間との間に細い通り道ができてしまうのだ。父が死んだというのなら、そんなふうには感じないだろう。どこかで生きているかもしれないと思うと、彼が生きている世界と自分との間に細い道筋を保っていたくなる。

羽柴に父のことを説明していて、別の人のことを喋《しゃべ》っているように思えることがあった。考えてみれば、父の本当の姿を知る人間などだれひとりいない。父の会社の部下だった人が語る人物像と、冴子が知っている人物像とでは、百八十度異なってくる。冴子にとっての父は、優しくて愛情たっぷりの愉快な人、会社の部下にとっての父は、些細《ささい》なことで怒鳴り散らす野人ともいえるもの……。しかし、それでいて、両方とも父のキャラクターの一面を確かに描出している。

羽柴に語ることができるのは、冴子から見た父の姿だけだった。


冴子の父、栗山眞一郎は、学者と経営者という、一般には相反すると思われる資質を両方持ち合わせた希有《けう》な人物だった。一分野を体系的に修めたというより、数学、物理学、哲学、文学を始め、進化論、生物学、社会学、宗教、占星術、歴史、考古学、心理学など、世界の森羅万象に興味を抱いて、これに精通した博物学者といったほうがいい。

大学の学部時代は理学部の数学科に籍を置いたが、大学院では哲学科に転じ、ある新聞社の奨学金を得て渡ったヨーロッパ留学で、その後の人生を変える大きな出会いを経験する。

二十四歳の夏、イギリス、オックスフォードの書店で、偶然に一冊の本を手に入れたのだ。

本のタイトルは、『The Plumed Serpent』。

購入したのは単なる勘違いによるものだった。眞一郎は、タイトルだけから、D.H.ロレンスの小説だとばかり思い込み、ページを捲《めく》りもせず、レジでお金を払い、下宿に持ち帰って著者名を見て初めて、同じタイトルで中身の異なる書物を買ってしまったことを知った。著者の名前は似ていなくもない。タイトルの下に小さくO.H.Wollesと記載されている。著者のプロフィールによれば、ロンドン大学考古学教授とある。さすがに博覧強記の眞一郎でも、この作者の業績がどの程度のものなのか知らなかった。

しかし、読み始めるや、眞一郎は、ぐいぐい中身に引き込まれていった。その書物は、古代史にまつわる謎を扱っていて、彼の興味と重なるところが多く、想像力は大いに刺激された。本自体は、ベストセラーというわけでもなく、イギリスですらほとんど埋もれた存在だった。

読み終わって、彼はひとつのインスピレーションを得た。

……この本を日本語に訳そう。

日本語訳を出版すれば、絶対に売れるという確信があったわけではない。ただなんとなく訳すのが自分の使命のように感じられた。

二年間の留学を終えて帰国すると、眞一郎は、翻訳した原稿を持って、主だった出版社を回った。留学中、著者に直接会って、版権の許諾は取り付けてある。あとは本にしてくれる出版社を見つけるだけでいい。ところが、コネを頼ったり、飛び込みで回った出版社の返事はどれもつれなかった。編集者が実際に原稿を読んだのかどうかも怪しいもので、皆が皆、売れる見込みはなさそうだと、言葉を濁してきた。だからといって、はっきり駄目と言われたわけでもない。自分の社では出せないが、他社で出してベストセラーにでもなったら大変という、微妙なニュアンスが態度に見え隠れした。

イエスかノーか、はっきりしてくれれば、まだ対処のしようがある。あやふやなまま何か月も返事を保留されては、時間を無駄にするだけだ。業を煮やした眞一郎は、出版社を立ち上げ、独力で本を出版する決意のもと、大学院を中退する。

実家の母から金を借りて資本金に充て、唯一この本の面白さを買ってはくれたが、上司の反対にあって泣く泣く断ってきた若手編集者を仲間に引っ張り込んで株式会社の体裁を整え、出版社コード取得にこぎつけた。

翌年、借金に借金を重ね、出版の準備が整ったところで、思いもかけない僥倖《ぎょうこう》に恵まれる。著者の母国イギリスで、ウォレスの仮説が科学的に実証されたというニュースが持ち上がり、またたく間に世界を駆け巡ったのだ。

『The Plumed Serpent』(日本語タイトル、『翼ある蛇』)の中で、ウォレスは、古代の遺跡が南米のある場所で発見されるだろうと予言し、まさに彼が指摘したとおりの場所で、実際に発見されたのだ。彼があると予言した場所にそれはあった。

かつてドイツの考古学者シュリーマンは、ホメロスの叙事詩が史実を扱っていると信じ、トルコ北西部にあるヒッサリクこそが伝説の古代都市トロイであるとの仮説を立て、これを発掘したところ、初期青銅器時代に始まる大規模な遺跡を発見することができた。マスコミはこぞって、ウォレスを現代のシュリーマンと囃《はや》し立て、彼の業績を大々的に紹介した。そうして、予言が記載された著書『The Plumed Serpent』は、ヨーロッパを中心に、凄《すさ》まじい勢いで売れ始めたのである。

これ以上ないというタイミングで、眞一郎は本を書店に並べることに成功する。彼のもとにはマスコミ取材が殺到し、一躍、時の人となった。大学院を中退したばかりの、二十六歳の青年が、恐るべき先見の明を発揮して、ヒット作を発掘し、自ら訳し自ら出版するという勝負に打って出たのだ。その行動力は、同世代の若者たちによって圧倒的に支持され、憧憬《しょうけい》の的となった。

そうして、無償のパブリシティが功を奏し、本は次々に版を重ね、百万部を超えるミリオンセラーを樹立した。

ウォレスと眞一郎は、著者と翻訳者という関係を超えて、親交を深めていった。六十歳の大学教授は、この日本人青年をえらく気に入り、彼の著作の全版権を眞一郎に渡したのである。なぜウォレスは眞一郎を気に入ったのか。彼は眞一郎をこう評した。

「売れるという見込みがないにもかかわらず、その面白さを発見し、翻訳にエネルギーを割くのは、類《たぐ》い稀《まれ》な直感の持ち主である」

たった三人のスタッフで立ち上げた出版社は、のっけから快調な滑り出しを見せた。時を移さずウォレスの次作を出版し、それ以外にも、自然界の不思議を扱ったノンフィクションを矢継ぎ早に世に送り出して、どれもベストセラーリストに食い込ませ、眞一郎は、経営者としても辣腕《らつわん》を振るい、会社は急成長を遂げた。

社長自ら翻訳にあたったため利益率は高く、あっという間に借金は消え、以降、二度と負債を抱えることはなかった。その代わり、眞一郎の仕事量は、超人的なものとなった。一日の睡眠時間は、二、三時間程度に抑えられ、昼間会社経営の陣頭指揮に立ったと思えば、夜は書斎にこもって執筆者として原書にあたり、資料に取り組んだ。人間離れした働きぶりに、周囲の者は常に驚異の目を向けざるを得なかった。

その間、私生活において、彼は、結婚と娘の誕生と妻の死を、ほんの一年足らずの短期間に経験することになる。

結婚を決めたのは、会社設立後三年を経過した頃のことで、大学時代からの恋人のお腹には、既に赤ん坊がいた。ところが、結婚式を挙げ、いざ出産というところで事故が生じ、妻はあっけなく息を引き取ってしまう。冴子は誕生と同時に母を失ったのだ。

順風満帆だった彼の人生で、これは最初で最後の、大きなダメージとなる。さすがの眞一郎も、このときばかりは悲嘆にくれ、数か月というもの執筆の意欲が湧かなかった。

妻の死と引き換えに生まれてきた娘を、眞一郎は溺愛《できあい》し、ベビーシッターたちの手を借りながらも、どうにか男手一つで丈夫な子に育て上げた。冴子の存在は眞一郎に新たなエネルギーをもたらし、これまであまり関心のなかった教育という分野に目を開くことになる。

眞一郎は、冴子が小学校に入る頃から、彼女に自然科学や社会科学などをわかりやすく教えていった。機会を見つけては取材旅行に付き合わせ、世界中の遺跡や寺院、歴史上有名なポイントなどに連れていき、知り得る限りの知識を授けた。理解できるできないは重要ではなかった。冴子に教えることが、眞一郎自身の喜びでもあったのだ。

そうして、彼の会社は青少年向けの教育図書の出版にも手を伸ばすことになる。

会社創立十周年で、眞一郎は念願の自社ビルを手に入れ、従業員数は五十人を超えた。

その間、眞一郎が翻訳した作品が十七作、自ら執筆した著作が六作を数えている。翻訳と執筆を兼ねた眞一郎の個人所得は莫大《ばくだい》な額に上り、この頃から全国の長者番付に名を連ねるようになった。

彼が失踪《しっそう》したのは、会社にとってちょうど二十周年という節目の年である。このとき、従業員百五十人に対して、年商は五百億という驚異的な数字を誇り、中堅出版社としての地歩を着実に固めつつあった。

しかし、栗山眞一郎というキャラクターあっての会社であることは、役員始め社員一同十分に認識していたことである。ワンマン社長を失って、負債を大きくしてからでは元も子もないと、役員会は早々に会社の解散を決め、資産を整理して、社員は悠々と同業他社へと散っていった。

眞一郎の個人遺産は、信頼のおける弁護士の手によって、信託銀行に保管され、その正確な額は、冴子自身把握し切れていない。

彼女の場合、働く必要などまったくない身の上であった。ルポライターという仕事は、生きていく手段ではない。興味と生き甲斐《がい》をもたらし、充実した毎日を送るための手段である。冴子もまた興味ある対象を見つけ、それを解明し、表現することが好きで好きでならない。

7

冴子の話を聞いているうち、羽柴は、おぼろげながら栗山眞一郎という名前と顔を思い出してきたようだった。

「覚えているよ。彼がきみのお父さんだったのか。高校二年の、夏休みが終わる頃だったと思う。連日のように、ワイドショーで、出版界の風雲児が謎の失踪をしたとかなんとか、やってたよな。そうかあ、あれが、きみのお父さんだったとは……。知らなかった」

羽柴は手を打ちながら興奮気味に喋《しゃべ》り、ふと気づいたように神妙な顔に戻っていった。冴子にとって、父の失踪は辛《つら》い思い出なのだ。父が著名人で、間接的に知っていたからといって、大はしゃぎする道理はない。

羽柴は救いを求めて書棚の中に目をさまよわせた。するとすぐに、栗山眞一郎の著作が目についてきた。手を伸ばして引き抜くと、タイトルには『進化の風景』とある。かつて一度手にしたことのある本だった。ページを捲《めく》り、目次を見ただけで、中身が甦《よみがえ》ってくる。地球上に最初の生命が誕生して以来、これまで生命界には数々の事件が起こってきた。バクテリアを中心とした原核生物からより複雑で高度な真核生物が生まれたこと。光合成生物の誕生とそれにともなう大気中酸素の増加。カンブリア紀における爆発的な生物の多様化。海から陸への生物の上陸。恐竜の絶滅。そして、それらの流れは、我々、言語を持った知的生物の起源へとつながっていく。

眞一郎は、本の中で、進化の過程で起こったこれらの事件にスポットを当て、あたかもタイムマシンで時間旅行に訪れ、実際にこの目で観察してきたかのような描写で、過去の世界をリアルにわかりやすく再現してみせている。「青少年のための科学啓蒙書《けいもう》」が売り文句の本だった。

「この本、高校生のときに読んだよ」

羽柴は、そう言って懐かしそうな顔をする。

「もちろん、わたしも読まされた。たぶん同じ頃」

羽柴もまた父の本の愛読者だと知り、冴子は、なんとなく嬉《うれ》しくなる。

「うらやましいよ。お父さんが書いた本を読めるなんて。ひょっとして、いつもきみが最初の読者だったのかい？」

「ううん、違うわ。その栄誉はいつも担当編集者のもの。ゲラの段階でわたしが読むことは、特に高校生になってからは、一度もなかった」

「どうして」

「わたしが読んで、批判じみたことを言われるのが、嫌だったみたい。わたしの言うことはなぜかすっごく気にして、ちょっとした批判にも耐えられず、本の中身を変えたくなってしまうんだって」

会社の部下は平気で怒鳴りつけ、ワンマンを押し通すくせに、娘の意見には頭を悩ましてちまちまと自著を書き直したりする……。そんな姿から、子どもっぽく、愛すべき父親像が頭に浮かんで微笑ましくなる。

「ということは、お父さんが失踪直前に書いていた本の内容を、きみは知らないんだ」

「正確には何も知らないわ」

「それは残念だ」

失踪した直後、冴子は、父が書きかけだった原稿を捜したことがあった。当時はポータブルワープロが普及し始めた頃である。眞一郎は、執筆を手書きからワープロへと切り換えたばかりで、生原稿はおろか、文書を保存したフロッピーの存在さえ明らかにはならなかった。

「でも、ときどき書こうとする内容を、断片的に喋ることがあった。わたしに喋ることによって、考えをまとめたり、ヒントを得ようとしたのね。それで、ヒントが得られると、すぐに手帳を取り出して書き込んだり……」

冴子は、中途半端に言葉を止め、目を細めた。

「どうしたんだい？」

「そう、手帳よ。手帳を見れば、パパが書こうとした本の中身がある程度わかるかもしれない」

藤村家で発見された手帳は、ハンドバッグに入れたままだ。

冴子は手帳の存在を思い出して、両手を打ち合わせた。

常に肌身離さず手帳を持ち歩いてはいたが、父の悪筆は尋常でなく、書かれている文章はほとんど暗号も同様で、解読しようとすれば相当の忍耐が強いられた。しかし、解読すべき目的がひとつに定まれば、情報を引き出せる可能性は十分にある。

冴子は、ベッドルームに取って返し、ハンドバッグから手帳を引き出すやそれを手に摑《つか》んで、書斎に戻った。

「ちょっと、その手帳、見せてくれないかな」

羽柴が手帳を指差すと、冴子は、

「どうぞ、ごらんになって」

と、手渡す。

羽柴はまずそのずしりとした手応《てごた》えに驚く。サイズも普通のものより一回り大きく、本革製のカバーで覆われていた。表紙には金箔《きんぱく》で1994年と西暦が記載され、重厚な肌触りがある。

中身を覗いてみると、八月終わり頃までぎっしりと文字で埋まっていて、その後はまばらになっている。スケジュールを書き込むと同時に、気づいたことをメモするノートの役も果たしていた。

ページを捲っていて、羽柴はふと気になることを発見した。真ん中あたりのページに、不自然な方向に引っ張られる力が働いているように感じられる。今度はそのことに注意して、開いたり閉じたりしてみる。

羽柴の指の先が、カバーの表面に微妙な凹凸を探り当てたのはそのときだった。

「あ」

と、声に出してから、彼はもどかしげな手つきでカバーをはずした。すると、その隙間から何かがすり抜け、音もなく絨毯《じゅうたん》の上に落ちていった。

落ちた物を拾い上げ、指で挟んで顔の前に持ってくる。三・五インチサイズのフロッピーディスクだった。中央に貼られたラベルには、手帳と同じく「一九九四年」と西暦だけが記入されている。比べるまでもなく、筆跡は手帳の中身と同じだった。

羽柴と冴子は、しばらく無言のまま、裏にしたり、表にしたりと、ためつすがめつフロッピーを見つめた。

「これひょっとして……」

羽柴の台詞《せりふ》を受けて、冴子が続けた。

「パパの書きかけの原稿」

当時、眞一郎は、まとめて数台ポータブルワープロを購入して、それぞれ別荘や仕事場に設置していた。取材旅行などにもワープロを持参し、どこでも執筆できるようにしていたため、書きかけの原稿はフロッピーに保存して持ち歩くのが常だった。

十八年前、いくら捜しても見つけられなかったはずである。フロッピーは、手帳のカバーの裏に挟まれ、高遠の藤村家に置かれてあったのだから。

「パソコンで読み取るのは不可能だろう」

現在、ほとんどのワープロは生産を中止して、パソコンへと移行されている。文書を読もうとすれば、当時のワープロを使ってプリントアウトする以外になさそうだ。

冴子は、窓際のラックに寄って、レースの布を取り払った。そこには前時代の遺物たる真っ黒なボディのワープロが鎮座している。

「とにかく、文書を呼び出してみるわ」

冴子は、十八年間使われることのなかったワープロのコードを手に取り、プラグをコンセントに差し込んで、電源をオンにした。かすかな電子音をたてて、機械は息を吹き返し、細長い長方形のディスプレイに文字が並んだ。

冴子は、スツールに座って、慎重に指を動かしていった。父のワープロを扱うのは初めてであるが、なにしろ初期のものだ。操作は難しくない。

祈るような気持ちで冴子は文書をディスプレイに呼び出し、カーソルを下に移動させた。フロッピーには、十四の文書が保存され、一文書は約十ページで構成されている。一ページの文字数は八百字だから、原稿用紙にして三百枚弱の容量があることになる。これは眞一郎が執筆する本一冊分の分量としては少なすぎる。彼はいつも、一冊の本を五百枚から八百枚程度の枚数で仕上げていた。未完であるのは明らかだ。ここにあるのはたぶん全体の半分にも満たない量だろう。

ディスプレイに表示できるのはたった半ページほどであり、見にくいことこの上ない。思ったとおり、文書を読もうとすれば、プリントアウトする他なかった。

印刷を指示してから、冴子は、インクリボンがセットされていることを確認し、ワープロ用紙を一枚セットした。

実行のボタンを押すと、のんべんだらりと、現在とは比べ物にならない速度で、一行一行印刷されていく。人をばかにしたような遅さであるが、だからといって他に方法はなかった。

二枚三枚と印刷が仕上がり、要領をつかんだところで、冴子は振り返って羽柴に訊《き》いた。

「どう、印刷の仕方、おわかり?」

「ああ、簡単だ」

「ちょっと代わっていただけないかしら。わたし、コーヒーと、簡単な朝食を用意してくるわ」

「任してくれ」

冴子が立って、代わりに羽柴がスツールに座ったとき、ワープロは四枚目の紙をゆっくりと上に吐き出すところだった。

8

父の書斎を出てからドアを閉めると、ワープロの印刷音がくぐもって聞こえた。ジージーと虫の鳴く声に似て、廊下を歩くほどに後方に長く伸び、か細くなっていく。

壁掛け時計が八時五分を指していた。ベッドから起き出したのが、七時ちょっと過ぎのことだから、父の書斎で、羽柴と一緒に、一時間近くも時間をつぶしたことになる。

昨晩、羽柴がここに泊まったのは、予定外の行動のはずだ。彼の出社時間は大丈夫かと気になった。彼は普段、何時に起き、何時に出社しているのだろう。マスコミ関係の仕事が朝早くから始まらないことはよく知っているけれど、自分のわがままで彼を遅刻させるわけにはいかない。

リビングルームを通過してダイニングに行こうとして、冴子はふと足を止めた。

壁ぴったりに立てかけられた五十インチ液晶テレビの、電源がオンになっているのだ。スピーカーのボリュームは小さく、大画面には朝のワイドショーが映し出されていた。

冴子は思い出した。昨夜、眠りに落ちる直前、リビングのテレビがついているような音を聞いた。自分ではスイッチをオンにしたつもりはなかった。だれがリモコンを操作したかわからず、空耳かと思っているうち、眠りに落ち、そのまま忘れていたが、今こうして目の当たりにすると、昨夜ベッドで耳にした音声が脳裏に甦《よみがえ》ってくる。水泡に包まれた人間の声が、海底から立ち上っては砕け、断片的な会話らしき言葉を届けるのだが、筋道のあるストーリーにまでは至らなかった。にもかかわらず、不吉な予感だけが膨らんでいった。

冴子は、昨夜の予感を思い出し、コーヒーを淹《い》れるのも忘れ、テレビの前に立ち尽くした。

家に帰ってくるやいなや、まずリモコンを手に取り、テレビのスイッチを入れるのは、父が失踪《しっそう》して以来の癖となっている。広大なフロアにひとりでいるのが怖く、いつの間にかそんな癖が身についてしまったのだ。

別れた夫からは、改めるように何度も指摘された。

……見もしないテレビをつけるなよ。

わかった、と頭では納得しながら、手は無意識のうちに動いていつの間にかスイッチをオンにしている。

……おい、おれがそばにいるだろう。

一緒に暮らしているにもかかわらず、まだ寂しさを紛らす癖が抜け切らぬ妻に苛立《いらだ》ち、夫からリモコンを投げつけられたこともある。

だから……、昨夜も癖が出て、知らぬ間に電源を入れていた可能性はなきにしもあらずだ。しかし、冴子ははっきりと覚えている。昨夜は普段と状況が著しく異なっていた。玄関に入るなり、羽柴と抱き合い、もつれるようにしてリビングルームを横切り、ベッドに倒れ込んでいった。激しい情熱で相手の身体をまさぐり、たったひとつの行為へと邁進《まいしん》する最中でさえ、テレビのスイッチを入れていたのだとすれば、なんだか自分が不憫《ふびん》になる。父の失踪によって受けたダメージが、これほどまで無意識の領域に蓄積されているのかと、今更ながら思い知らされてしまうのだ。

冴子は力なくテレビ画面に目を落とし、だからといって見るでもなく、自分のことを考えていた。そのうち、番組の内容が次第に意識の表面にクローズアップされていく。「おやっ」と引っ掛かるものがあった。

マイクを持った女性レポーターが、海をバックに何か喋《しゃべ》っている。

彼女は、興奮気味の声でこう言っていた。

「昨日、ここ、海に面したハーブ園で、大変奇妙な事件が持ち上がりました」

レポーターの背後を、白いワゴン車がのろのろと通り過ぎて、その後を数台の乗用車が続いていた。どの車も低スピードで、平日にもかかわらず道が渋滞していることがわかる。

背後に広がる海は穏やかだったが、左手にそそり立つ断崖《だんがい》が、ごつごつとした岩肌を日に晒《さら》して急角度で海になだれ込み、海面に接するあたりにだけわずかに白波がたっていた。

やがてバラバラバラとヘリコプターの舞う音がマイクに混入してきた。画面には映っていないが、現場の上空に数機、旋回しているのは確かなようだ。

ヘリコプターのローター音は、いやがうえにも緊迫感を高め、「大変奇妙な事件」というレポーターの台詞《せりふ》を引き立てた。

冴子には、一目で、レポーターが立っているのがどこかわかった。熱海から国道一三五号線を数キロ南に下ったあたりである。父の実家のある熱海には、子どもの頃から何回も訪れていて地理には詳しい。

……その熱海で、一体何が起こったというの？

冴子は、リモコンを操作して、ボリュームを大きくした。

印刷の速度があまりに遅いため、羽柴には、プリントアウトされた原稿を読む時間が十分にあった。十七枚目のページが排出され、新しい用紙をセットしたところで、彼は、読み終わった原稿をつかんで立ち上がった。

コーヒーを淹れてくるといって出たまま、冴子は書斎に戻って来なかった。もし朝食の準備が整っているなら、ダイニングに出向いて食べたほうが面倒がかからないかもしれない。それ以上に、原稿の内容を早く彼女に伝えたかった。過去に起こった、集団失踪事件を取り上げようとしているのだ。

歴史上、原因不明の集団失踪事件は数多く起きている。

七世紀、現在のメキシコ、グアテマラ、ホンジュラス付近に住んでいたマヤ族の集団が、忽然《こつぜん》と消え失《う》せた。このときの人数は把握し切れてはいない。一五九〇年、アメリカはノーフォークの南に位置する、ロアノーク島へ移住したイギリス人百二十人が、跡形もなく消えた。一七一一年、スペイン継承戦争の最中、ピレネー山脈へ遠征した四千人の兵士が、一人残らず姿を消してしまった。現場はそう険しくもなく、兵士たちにとって土地勘のある場所にもかかわらずである。一九二三年、アマゾン川流域の開拓地、ホヤ・ヴェルデで、六百五人の住人が、昼間、突然に姿を消した。一九八〇年、中央アフリカの先住民四千人が一斉にいなくなってしまった。このときには、野生動物の減少という、自然界の不可解な出来事が付随して起こっている。

あるいは幽霊船で有名なマリー・セレスト号の事件や、フロリダのマイアミ、プエルトリコ、バミューダ諸島を結ぶ三角地帯、通称バミューダトライアングルで忽然と姿を消す船舶や飛行機も、この範疇《はんちゅう》に入るだろう。

このように、数十人規模から多い場合は数千人規模で、世界各地で集団失踪は生じてきた。いずれの場合も、死体は一体も発見されておらず、暴力や闘争の形跡もない。

眞一郎は、史実に残るこれらの現象に光を当て、この本の中で独自の解釈を試みようとしたものらしい。

集団失踪に関する本を執筆中、眞一郎自身、謎の失踪を遂げてしまったということになる。果たしてそんな偶然があるだろうか。

羽柴はまずそれだけでも冴子に知らせようと、ダイニングに向かった。

ふたりが顔を合わせたのはテレビの前だった。

「きみのお父さんが、何を書こうとしていたか、わかったよ」

羽柴は、力なく立ちすくむ冴子にそう言って、手に握った原稿の束を持ち上げた。

しかし、冴子はその言葉に反応しなかった。心ここにあらずといった表情で、立ったまま、呆然《ぼうぜん》とテレビ画面を見下ろしている。

羽柴は、冴子の視線につられて、テレビのほうに顔を向けていった。

そこでは女性レポーターがマイク片手に声を張り上げている。

「昨日の午後二時、ここ、熱海から三キロほど南に下ったところにあるハーブ園で、入場者の大部分が、一斉に姿を消すという怪事件が発生しました。今のところ、入場者の数は把握し切れていませんが、百人程度と見られています」

高度を下げたためだろうか、ヘリコプターのローター音が一際高くなった。寒そうに肩を縮める女性レポーターの後ろで、数人の少年たちがしきりにVサインを送っている。

女性レポーターは緊張の面持ちを作っていた。しかし、彼女は現実に起こっていることの正体を見極めてはいない。興味半分に視聴者を煽《あお》ってはいるけれど、疑問だらけでレポートしているのは表情からも明らかである。一瞬にして、百人の人間が消えてしまうわけがないと、彼女は思い込んでいる。何かの勘違い、あるいは、どこかのカルト団体が、話題作りのために集団でいたずらを仕掛けたのかもしれない。たぶん、あっけなく種明かしされるに決まっている……。

しかし、羽柴と冴子は違った。熱海での怪現象が一連の失踪事件と無関係なはずがない。連続して生じる失踪の環《わ》に、この大規模なものが組み込まれている……、ふたりは即座にそんな直感を抱いた。

なにしろ昨夜、北沢の事務所で地図のディスプレイを見せられていた。アメリカ、そして日本の地形図、特に日本列島の地質構造は詳細なカラー映像で示され、地下における特徴を把握したばかりだ。だから冴子と羽柴は、知っている。ユーラシアプレートとフィリピン海プレートの境目付近、要するに、地底にできた巨大な亀裂《きれつ》の上に、熱海が位置することを……。

（下巻につづく）

本書は、二〇〇八年十二月に弊社より刊行された単行本を加筆・修正し、文庫化したものです。

エッジ 上

鈴木光司《すずきこうじ》

角川ホラー文庫　Hす1-6　17237

平成24年1月25日　初版発行
平成25年10月15日　6版発行

発行者――山下直久
発行所――株式会社KADOKAWA
東京都千代田区富士見2-13-3
電話(03)3238-8521(営業)
〒102-8177
http://www.kadokawa.co.jp/
編　集――角川書店
東京都千代田区富士見1-8-19
電話(03)3238-8555(編集部)
〒102-8078
印刷所――暁印刷　製本所――BBC
装幀者――田島照久

ISBN978-4-04-100137 0 C0193

角川文庫発刊に際して

角川源義

第二次世界大戦の敗北は、軍事力の敗北であった以上に、私たちの若い文化力の敗退であった。私たちの文化が戦争に対して如何に無力であり、単なるあだ花に過ぎなかったかを、私たちは身を以て体験し痛感した。西洋近代文化の摂取にとって、明治以後八十年の歳月は決して短かすぎたとは言えない。にもかかわらず、近代文化の伝統を確立し、自由な批判と柔軟な良識に富む文化層として自らを形成することに私たちは失敗して来た。そしてこれは、各層への文化の普及滲透を任務とする出版人の責任でもあった。

一九四五年以来、私たちは再び振出しに戻り、第一歩から踏み出すことを余儀なくされた。これは大きな不幸ではあるが、反面、これまでの混沌・未熟・歪曲の中にあった我が国の文化に秩序と確たる基礎を齎らすためには絶好の機会でもある。角川書店は、このような祖国の文化的危機にあたり、微力をも顧みず再建の礎石たるべき抱負と決意とをもって出発したが、ここに創立以来の念願を果すべく角川文庫を発刊する。これまで刊行されたあらゆる全集叢書文庫類の長所と短所とを検討し、古今東西の不朽の典籍を、良心的編集のもとに、廉価に、そして書架にふさわしい美本として、多くのひとびとに提供しようとする。しかし私たちは徒らに百科全書的な知識のジレッタントを作ることを目的とせず、あくまで祖国の文化に秩序と再建への道を示し、この文庫を角川書店の栄ある事業として、今後永久に継続発展せしめ、学芸と教養との殿堂として大成せんことを期したい。多くの読書子の愛情ある忠言と支持とによって、この希望と抱負とを完遂せしめられんことを願う。

一九四九年五月三日

リング

鈴木光司

Jホラーシーンに輝く金字塔！

同日の同時刻に苦悶と驚愕の表情を残して死亡した４人の少年少女。雑誌記者の浅川は姪《めい》の死に不審を抱き、調査を始めた。――そしていま、浅川は１本のビデオテープを手にしている。少年たちは、これを見た１週間後に死亡している。浅川は、震える手でビデオをデッキに送り込む。期待と恐怖に顔を歪めながら。画面に光が入る。静かにビデオが始まった……。恐怖とともに、未知なる世界へと導くホラー小説の金字塔。

角川ホラー文庫

ISBN 978-4-04-188001-2

らせん

鈴木光司

“リング”の恐怖、再び……。

監察医の安藤は、謎の死を遂げた友人・高山竜司の解剖を担当した。冠動脈から正体不明の肉腫が発見され、遺体からはみ出た新聞紙に書かれた数字は、ある言葉を暗示していた。……「リング」とは？　死因を追う安藤が、ついに到達する真理。それは人類進化の扉か、破滅への階段なのか。史上かつてないストーリーと圧倒的リアリティで、20世紀最高のカルトホラーとしてセンセーションを巻き起こしたベストセラー、待望の文庫化。

ISBN 978-4-04-188003-6

ループ

鈴木光司

壮大なリングサーガ、最終章。

医学生の馨にとって家族はかけがえのないものだった。しかし、父親と馨の恋人を始め、多くの人々が次々と新種のガンウィルスに侵され、世界は存亡の危機に立たされた。ウィルスはどこからやって来たのか？　あるプロジェクトとの関連を知った馨は一人アメリカの砂漠を疾走するが……。『リング』『らせん』で提示された謎と世界の仕組み、人間の存在に深く迫るシリーズ完結編。否応もなく魂を揺さぶられる鈴木文学の最高傑作。

角川ホラー文庫

ISBN 978-4-04-188006-7

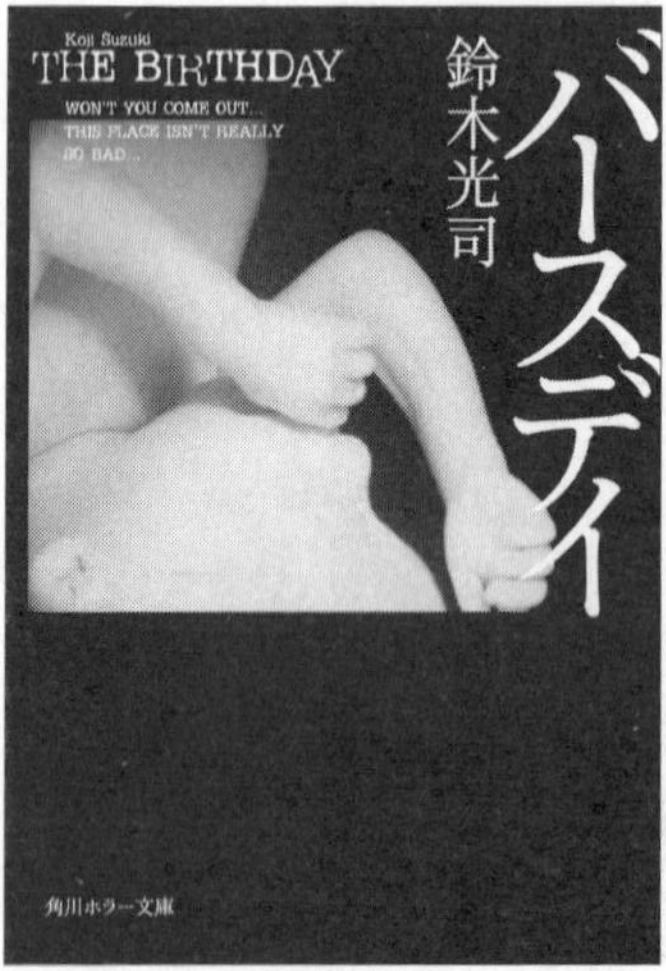
Koji Suzuki
THE BIRTHDAY
WON'T YOU COME OUT...
THIS PLACE ISN'T REALLY
SO BAD...
バースデイ
鈴木光司
角川ホラー文庫

バースデイ

鈴木光司

リング事件はここから始まった！

リング事件発生の30年前、小劇団・飛翔に不思議な美しさを放つ新人女優がいた。山村貞子——。貞子を溺愛する劇団員の遠山は、彼女のこころを掴《つか》んだかにみえたが、そこには大きな落とし穴があった……リング事件ファイルØ《ぜろ》ともいうべき「レモンハート」、シリーズ中最も清楚《せいそ》な女性・高野舞の秘密を描いた「空に浮かぶ棺」、他一編を収録。“誕生”をモチーフに３部作以上の恐怖と感動を凝縮《ぎょうしゅく》した、シリーズを結ぶ完結編。

角川ホラー文庫

ISBN 978-4-04-188007-4

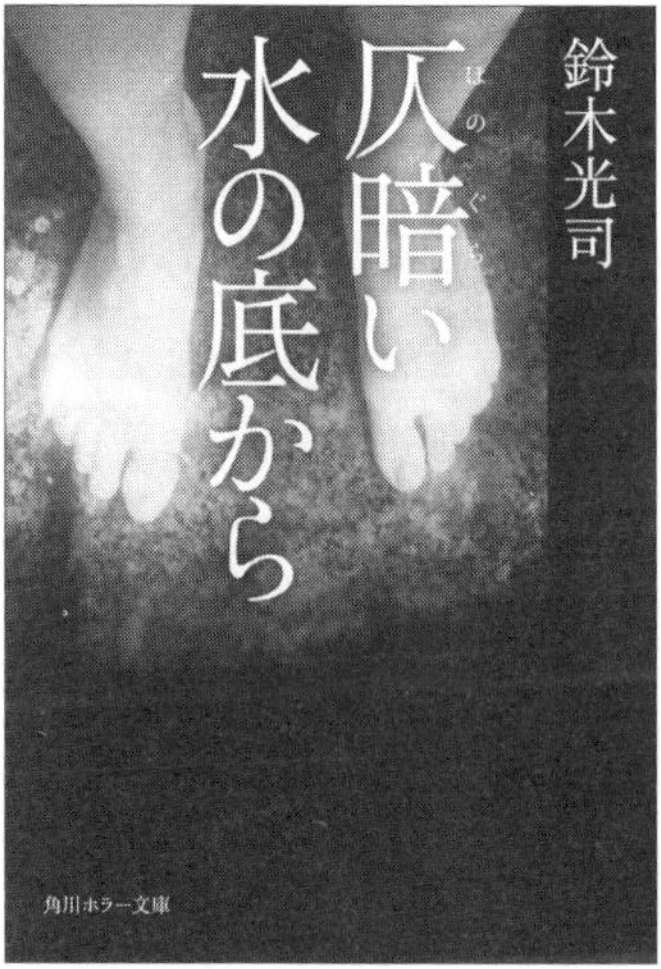

仄暗《ほのぐら》い水の底から

鈴木光司

映画化もされた、Jホラー文学の傑作。

巨大都市《メガロポリス》の欲望を呑みつくす圧倒的な〈水たまり〉東京湾。ゴミ、汚物、夢、憎悪……あらゆる残骸が堆積する湾岸の〈埋立地〉。この不安定な領域に浮かんでは消えていく不可思議な出来事。実は皆が知っているのだ……海が邪悪を胎んでしまったことを。『リング』『らせん』『ループ』の著者が筆力を尽くした、恐怖と感動を呼ぶカルトホラーの傑作。

角川ホラー文庫

ISBN 978-4-04-188002-9

ゆがんだ闇

小池真理子・小林泰三・篠田節子
鈴木光司・瀬名秀明・坂東眞砂子

最恐のホラー・アンソロジー

脳細胞までも凍らす、恐怖の連続……。

ホラー・シーンに新たな局面を拓《ひら》いた作家６人が、それぞれの“怖さ”を突きつめ、描きこんだホラー小説の競作。あなたはどれが一番怖い？〈解説／三橋暁〉

角川ホラー文庫

ISBN 978-4-04-188004-3

忍びの森

武内 涼

忍者VS妖怪の死闘がはじまる!!

時は戦国。織田の軍に妻子を殺された若き上忍・影正は、信長への復讐を誓い紀州をめざす。付き従うは右腕の朽磨呂、くノ一の詩音ら、一騎当千の七人。だが山中の荒れ寺に辿りついた彼らを異変が襲う。寺の空間が不自然にひき伸ばされ、どうしても脱出できないのだ！　さらに一人が、姿の見えない敵によって一瞬で屠《ほふ》られる。それはこの寺に棲む五体の妖怪が仕掛けた、死の五番勝負だった――。究極の戦国エンタテインメント!!

角川ホラー文庫

ISBN 978-4-04-394433-0